A Brasileira de Prazins
Cenas do Minho

Camilo Castelo Branco

TEXTO INTEGRAL

EDITORA AFILIADA

Os Objetivos, a Filosofia e a Missão da Editora Martin Claret

O principal Objetivo da MARTIN CLARET é continuar a desenvolver uma grande e poderosa empresa editorial brasileira, para melhor servir a seus leitores.

A Filosofia de trabalho da MARTIN CLARET consiste em criar, inovar, produzir e distribuir, sinergicamente, livros da melhor qualidade editorial e gráfica, para o maior número de leitores e por um preço economicamente acessível.

A Missão da MARTIN CLARET é conscientizar e motivar as pessoas a desenvolver e utilizar o seu pleno potencial espiritual, mental, emocional e social.

A MARTIN CLARET está empenhada em contribuir para a difusão da educação e da cultura, por meio da democratização do livro, usando todos os canais ortodoxos e heterodoxos de comercialização.

A MARTIN CLARET, em sua missão empresarial, acredita na verdadeira função do livro: o livro muda as pessoas.

A MARTIN CLARET, em sua vocação educacional, deseja, por meio do livro, claretizar, otimizar e iluminar a vida das pessoas.

Revolucione-se: leia mais para ser mais!

COLEÇÃO A OBRA-PRIMA DE CADA AUTOR

A BrasileirA
de PrazinS

Camilo Castelo Branco

TEXTO INTEGRAL

MARTIN CLARET

CRÉDITOS

© *Copyright* Editora Martin Claret, 2004

IDEALIZAÇÃO E COORDENAÇÃO
Martin Claret

CAPA
Ilustração
Cláudio Gianfardoni

MIOLO
Revisão
Adelia Sampaio
Fransmar Costa Lima

Projeto Gráfico
José Duarte T. de Castro

Direção de Arte
José Duarte T. de Castro

Digitação
Graziella Gatti Leonardo

Editoração Eletrônica
Editora Martin Claret

Fotolitos da Capa
OESP

Papel
Off-Set, 70g/m²

Impressão e Acabamento
Paulus Gráfica

Editora Martin Claret – Rua Alegrete, 62 – Bairro Sumaré
CEP 01254-010 – São Paulo - SP
Tel.: (0xx11) 3672-8144 – Fax: (0xx11) 3673-7146
www.martinclaret.com.br

Agradecemos a todos os nossos amigos e colaboradores — pessoas físicas e jurídicas — que deram as condições para que fosse possível a publicação deste livro.

Este livro foi impresso na primavera de 2004.

PREFÁCIO

A história do livro e a coleção "A Obra-Prima de Cada Autor"

MARTIN CLARET

Que é o livro? Para fins estatísticos, na década de 60, a UNESCO considerou o livro "uma publicação impressa, não periódica, que consta de no mínimo 49 páginas, sem contar as capas".

O livro é um produto industrial.

Mas também é mais do que um simples produto. O primeiro conceito que deveríamos reter é o de que o livro como objeto é o veículo, o suporte de uma informação. O livro é uma das mais revolucionárias invenções do homem.

A *Enciclopédia Abril* (1972), publicada pelo editor e empresário Victor Civita, no verbete "livro" traz concisas e importantes informações sobre a história do livro. A seguir, transcrevemos alguns tópicos desse estudo didático sobre o livro.

O livro na Antiguidade

Antes mesmo que o homem pensasse em utilizar determinados materiais para escrever (como, por exemplo, fibras vegetais e tecidos), as bibliotecas da Antiguidade estavam repletas de textos gravados em tabuinhas de barro cozido. Eram os primeiros "livros", depois progressivamente modificados até chegar a ser feitos — em grandes tiragens — em papel impresso mecanicamente, proporcionando facilidade de leitura e transporte. Com eles, tornou-se possível, em todas as épocas, transmitir fatos, acontecimentos históricos, descobertas, tratados, códigos ou apenas entretenimento.

Como sua fabricação, a função do livro sofreu enormes modificações dentro das mais diversas sociedades, a ponto de constituir uma mercadoria especial, com técnica, intenção e utilização determinadas. No moderno movimento editorial das chamadas sociedades de consumo, o livro pode ser considerado uma mercadoria cultural, com maior ou menor significado no contexto socioeconômico em que é publicado. Como mercadoria, pode ser comprado, vendido ou trocado. Isso não ocorre, porém, com sua função intrínseca, insubstituível: pode-se dizer que o livro é essencialmente um instrumento cultural de difusão de idéias, transmissão de conceitos, documentação (inclusive fotográfica e iconográfica), entretenimento ou ainda de condensação e acumulação do conhecimento. A palavra escrita venceu o tempo, e o livro conquistou o espaço. Teoricamente, toda a humanidade pode ser atingida por textos que difundem idéias que vão de Sócrates e Horácio a Sartre e McLuhan, de Adolf Hitler a Karl Marx.

Espelho da sociedade

A história do livro confunde-se, em muitos aspectos, com a história da humanidade. Sempre que escolhem frases e temas, e transmitem idéias e conceitos, os escritores estão elegendo o que consideram significativo no momento histórico e cultural que vivem. E assim, fornecem dados para a análise de sua sociedade. O conteúdo de um livro — aceito, discutido ou refutado socialmente — integra a estrutura intelectual dos grupos sociais.

Nos primeiros tempos, o escritor geralmente vivia em contato direto com seu público, que era formado por uns poucos letrados, já cientes das opiniões, idéias, imaginação e teses do autor, pela própria convivência que tinha com ele. Muitas vezes, mesmo antes de ser redigido o texto, as idéias nele contidas já haviam sido intensamente discutidas pelo escritor e parte de seus leitores. Nessa época, como em várias outras, não se pensava no enorme percentual de analfabetos. Até o século XV, o livro servia exclusivamente a uma pequena minoria de sábios e estudiosos que constituíam os círculos intelectuais (confinados aos mosteiros no início da Idade Média) e que tinham acesso às bibliotecas, cheias de manuscritos ricamente ilustrados.

Com o reflorescimento comercial europeu em fins do século XIV, burgueses e comerciantes passaram a integrar o mercado livreiro da época. A erudição laicizou-se, e o número de escritores aumentou, surgindo também as primeiras obras escritas em línguas que não o latim e o grego (reservadas aos textos clássicos e aos assuntos considerados dignos de atenção).

Nos séculos XVI e XVII surgiram diversas literaturas nacionais, demonstrando, além do florescimento intelectual da época, que a população letrada dos países europeus estava mais capacitada a adquirir obras escritas.

Cultura e comércio

Com o desenvolvimento do sistema de impressão de Gutenberg, a Europa conseguiu dinamizar a fabricação de livros, imprimindo, em cinqüenta anos, cerca de vinte milhões de exemplares para uma população de quase cem milhões de habitantes, a maioria analfabeta. Para a época, isso significou enorme revolução, demonstrando que a imprensa só se tornou uma realidade diante da necessidade social de ler mais.

Impressos em papel, feitos em cadernos costurados e posteriormente encapados, os livros tornaram-se empreendimento cultural e comercial: os editores passaram logo a se preocupar com melhor apresentação e redução de preços. Tudo isso levou à comercialização do livro. E os livreiros baseavam-se no gosto do público para imprimir, sobretudo, obras religiosas, novelas, coleções de anedotas, manuais técnicos e receitas.

Mas o percentual de leitores não cresceu na mesma proporção que a expansão demográfica mundial. Somente com as modificações socioculturais e econômicas do século XIX — quando o livro começou a ser utilizado também como meio de divulgação dessas modificações, e o conhecimento passou a significar uma conquista para o homem, que, segundo se acreditava, poderia ascender socialmente se lesse — houve um relativo aumento no número de leitores, sobretudo na França e na Inglaterra, onde alguns editores passaram a produzir, a preços baixos, obras completas de autores famosos. O livro era então interpretado como símbolo de liberdade, conseguida por conquistas culturais. Entretanto, na maioria dos países, não houve nenhuma grande modificação nos índices percentuais até o fim da Primeira Guerra Mundial (1914/18), quando surgiram as primeiras grandes tiragens de livros, principalmente romances, novelas e textos didáticos. O número elevado de cópias, além de baratear o preço da unidade, difundiu ainda mais a literatura. Mesmo assim, a maior parte da população de muitos países continuou distanciada, em parte porque o livro, em si, tinha sido durante muitos séculos considerado objeto raro, passível de ser adquirido somente por um pequeno número de eruditos. A grande massa da população mostrou maior receptividade aos jornais, periódicos e folhetins, mais dinâmicos e atualizados, além de acessíveis ao poder aquisitivo da grande maioria.

Mas isso não chegou a ameaçar o livro como símbolo cultural de difusão de idéias, como fariam, mais tarde, o rádio, o cinema e a televisão.

O advento das técnicas eletrônicas, o aperfeiçoamento dos métodos fotográficos e a pesquisa de materiais praticamente imperecíveis fazem alguns teóricos da comunicação de massa pensar em um futuro sem os livros tradicionais, com seu formato quadrado ou retangular, composto de folhas de papel, unidas umas às outras por um dos lados.

Seu conteúdo e suas mensagens, racionais ou emocionais, seriam transmitidos por outros meios, como, por exemplo, microfilmes e fitas gravadas.

A televisão transformaria o mundo inteiro em uma grande "aldeia" (como afirmou Marshall McLuhan), no momento em que todas as sociedades decretassem sua prioridade em relação aos textos escritos.

Mas a palavra escrita dificilmente deixaria de ser considerada uma das mais importantes heranças culturais, para todos os povos.

E no decurso de toda a sua evolução, o livro sempre pôde ser visto como objeto cultural (manuseável, com forma entendida e interpretada em função de valores plásticos) e símbolo cultural (dotado de conteúdo, entendido e interpretado em função de valores semânticos). As duas maneiras podem fundir-se no pensamento coletivo, como um conjunto orgânico (onde texto e arte se completam, como, por exemplo, em um livro de arte) ou apenas como um conjunto textual (onde a mensagem escrita vem em primeiro lugar — em um livro de matemática, por exemplo).

A mensagem (racional, prática ou emocional) de um livro é sempre intelectual e pode ser revivida a cada momento.

O conteúdo, estático em si, dinamiza-se em função da assimilação das palavras pelo leitor, que pode discuti-las, reafirmá-las, negá-las ou transformá-las. Por isso, o livro pode ser considerado um instrumento cultural capaz de liberar informação, sons, imagens, sentimentos e idéias através do tempo e do espaço.

A quantidade e a qualidade das idéias colocadas em um texto podem ser aceitas por uma sociedade, ou por ela negadas, quando entram em choque com conceitos ou normas culturalmente admitidas.

Nas sociedades modernas, em que a classe média tende a considerar o livro como sinal de *status* e cultura (erudição), os compradores utilizam-no como símbolo mesmo, desvirtuando suas funções ao transformá-lo em livro-objeto.

Mas o livro é antes de tudo funcional — seu conteúdo é que lhe confere valor (como os livros das ciências, de filosofia, religião, artes, história e geografia, que representam cerca de 75% dos títulos publicados anualmente em todo o mundo).

O mundo lê mais

No século XX, o consumo e a produção de livros aumentaram progressivamente. Lançado logo após a Segunda Guerra Mundial (1939/45), quando uma das características principais da edição de um livro eram as capas entreteladas ou cartonadas, o livro de bolso constituiu um grande êxito comercial. As obras — sobretudo *best-sellers* publicados algum tempo antes em edições de luxo — passaram a ser impressas em rotativas, como as revistas, e distribuídas às bancas de jornal. Como as tiragens elevadas permitiam preços muito baixos, essas edições de bolso popularizaram-se e ganharam importância em todo o mundo.

Até 1950, existiam somente livros de bolso destinados a pessoas de baixo poder aquisitivo; a partir de 1955, desenvolveu-se a categoria do livro de bolso "de luxo". As características principais destes últimos eram a abundância de coleções — em 1964 havia mais de duzentas nos Estados Unidos — e a variedade de títulos, endereçados a um público intelectualmente mais refinado.

A essa diversificação das categorias adiciona-se a dos pontos-de-venda, que passaram a abranger, além das bancas de jornal, farmácias, lojas, livrarias, etc. Assim, nos Estados Unidos, o número de títulos publicados em edições de bolso chegou a 35 mil em 1969, representando quase 35% do total dos títulos editados.

Proposta da coleção
"A Obra-Prima de Cada Autor"

A palavra "coleção" é uma palavra há muito tempo dicionarizada, e define o conjunto ou reunião de objetos da mesma natureza ou que têm qualquer relação entre si. Em um sentido editorial, significa o conjunto não-limitado de obras de autores diversos, publicado por uma mesma editora, sob um título geral indicativo de assunto ou área, para atendimento de segmentos definidos do mercado.

A coleção "A Obra-Prima de Cada Autor" corresponde plenamente à definição acima mencionada. Nosso principal objetivo é oferecer, em formato de bolso, a obra mais importante de cada autor, satisfazendo o leitor que procura qualidade.*

Desde os tempos mais remotos existiram coleções de livros. Em Nínive, em Pérgamo e na Anatólia existiam coleções de obras literárias de grande importância cultural. Mas nenhuma delas superou a célebre biblioteca de Alexandria, incendiada em 48 a.C. pelas legiões de Júlio César, quando estes arrasaram a cidade.

A coleção "A Obra-Prima de Cada Autor" é uma série de livros a ser composta de mais de 400 volumes, formato de bolso, com preço altamente competitivo, e pode ser encontrada em centenas de pontos-de-venda. O critério de seleção dos títulos foi o já estabelecido pela tradição e pela crítica especializada. Em sua maioria são obras de ficção e filosofia, embora possa haver textos sobre religião, poesia, política, psicologia e obras de auto-ajuda. Inauguram a coleção quatro textos clássicos: *Dom Casmurro*, de Machado de Assis; *O Príncipe*, de Maquiavel; *Mensagem*, de Fernando Pessoa, e *O Lobo do Mar*, de Jack London.

Nossa proposta é fazer uma coleção quantitativamente aberta. A periodicidade é mensal. Editorialmente, sentimo-nos orgulhosos de poder oferecer a coleção "A Obra-Prima de Cada Autor" aos leitores brasileiros. Nós acreditamos na função do livro.

---

* Atendendo a sugestões de leitores, livreiros e professores, a partir de certo número da coleção, começamos a publicar, de alguns autores, outras obras além da sua obra-prima.

Introdução

E ntre as diversas moléstias significativas da minha velhice, o amor aos livros antigos — a mais dispendiosa — leva-me o dinheiro que me sobra da botica, onde os outros achaques me obrigam a fazer grandes orgias de pílulas e tisanas. E, quando cuido que me curo com as drogas e me ilustro com os arcaísmos, arruino o estômago, e enferrujo o cérebro numa caturrice acadêmica.

Constou-me aqui há dias que a Sra. Joaquina de Vilalva tinha um gigo de livros velhos entre duas pipas na adega, e que as pipas, em vez de malhais de pão, assentavam sobre missais. O meu informador denomina missais todos os livros grandes; aos pequenos chama cartilhas. Mandei perguntar à Sra. Joaquina se dava licença que eu visse os livros. Não só nos deixou ver, mas até nos deu todos — que escolhesse, que levasse. Examinei-os com alvoroço de bibliômano. Eles, gordurosos, úmidos, empoeirados, pareciam-me sedutores como ao leitor delicadamente sensual se lhe afigura a face da mulher querida, oleosa de cold-cream, pulverizada de bismuto.

Havia sermonários latinos, um Marco Marullo, três retóricas, muitas teologias morais, um Euclides, comentários de versões literais de Tito Livio e Virgílio. Deixei tudo na benemérita podridão, tirante uma versão castelhana do mantuano por Diego Lopez e um muito raro Entendimento literal e construiçam portugueza de todas as obras de Horácio, por indústria de Francisco da Costa*, impresso em 1639.

---

* A grafia refere-se à obra do século XVII, quando o idioma português em muito se afastava do que nós conhecemos hoje. (N. do E.)

Disse-me a dadivosa viúva de Vilalva que os livros estavam na adega, havia mais de trinta anos, desde que seu cunhado, que estudava para padre, morrera ético; que o seu homem — Deus lhe fale na alma — mandara calear o quarto onde o estudante acabara, e atirou para as lojas tudo o que era do defunto — trastes, roupa e livralhada. Contou-me isto secamente do extinto cunhado, ao mesmo tempo que roçava com a mão fagueira o ventre grávido de uma gata maltesa que lhe resbunava no regaço, passando-lhe pela cara a cauda em atritos de uma flacidez de arminho. E eu que dedico aos bichos um afeto nostálgico, uma sensibilidade retroativa, um atavismo que me retrocede aos meus saudosos tempos de gorilha, olhava para a gata que me piscava um olho com uma meiguice antiga — a das meninas da minha mocidade que piscavam. Onde isto vai!

A Sra. Joaquina, para me obrigar a um eterno reconhecimento, ofereceu-me uma das crias da sua gata que andava para cada hora e se chama Velhaca — *ajuntou com a satisfação de quem completa um esclarecimento interessante. Agradeci o porvindouro filho da Velhaca, fiz uma carícia no dorso crespo da mãe, que ma recebeu familiarmente, e saí com os livros velhos empacotados em duas bulas de 1816 e 1817 que a Sra. Joaquina, com um riso céptico, indisciplinado, me disse serem do tempo dos Afonsinhos. — Porque o seu sogro, acrescentou, era um asno às direitas que comprava a bula para poder comer carne em dia de jejum; e, sem que eu a provocasse a vomitar heresias, disse que os padres vendiam a bula e compravam a carne; e, juntando à heresia um anexim de limpeza muito duvidosa, disse o que quer que fosse a respeito dos pecados que entram pela boca.*

Depois informaram-me que esta viúva, bastante estragada no moral e ainda mais no físico, andara de amores ilícitos com um escrivão do juiz de paz, o Barroso, um dos 7.500 do Mindelo[1] que lera o Bom senso *do cura João Meslier, e a saturara de má filosofia, e também a esbulhara de parte dos seus bens de raiz e do melhor da sua riqueza — a Fé, o bordão com que as velhas e os velhos caminham resignados e contentes para os mistérios da eternidade.*

---

[1] Expedição organizada em Inglaterra pelos emigrados portugueses. Desembarcaram no norte, na praia do Mindelo, a 7 de julho de 1832.

Logo que cheguei a casa, entrei a folhear as páginas dos dois livros, preparado para o dissabor de encontrá-los mutilados, defeituosos, com folhas de menos, comidas pelas ratazanas colaboradoras roazes do galicismo na ruína da boa linguagem quinhentista. Folheei o Entendimento literal *e* constrvição *até páginas 154, e aqui achei um quarto de papel almaço amarelecido, com umas linhas de letra esbranquiçada, mas legível e regularmente escrita. O conteúdo do papel, onde se conheciam vincos de dobras; era o seguinte:*

José, teu irmão, quando eu hoje saía da igreja, onde fui pedir a Nossa Senhora a tua vida ou minha morte, disse-me que eu não tardaria a pedir a Deus pela tua alma. Eu já não posso chorar mais nem rezar. Agora o que peço a Deus é que me leve também. Se não morrer, endoideço. Perdoa-me, José, e pede a Deus que me leve depressa para ao pé de ti.

Marta.

Não é preciso ser a gente extraordinariamente romântica para interessar-se, averiguar, querer notícias das duas pessoas que têm nestas linhas uma história qualquer, mais ou menos vulgar. Ocorreu-me logo que o estudante, a quem o livro pertencera, tinha morrido na flor dos anos. Além disso, na margem superior do frontispício do volume, está escrito o nome do possuidor — José Dias de Vilalva, *e a carta é dirigida a um José. Concluí ser o cunhado da viúva quem recebera a carta.*

Voltei à casa da Sra. Joaquina, muito açodado, como um antropologista que procura um dente pré-histórico, e perguntei-lhe se o seu cunhado se chamava José Dias; e se tinha alguma, quando morreu. — Que sim, que o cunhado era José Dias e que morrera pela Maria da Fonte.[2]

— Pois ele amou a Maria da Fonte? — perguntei com ardente curiosidade histórica, para esclarecer a minha pátria com um episódio romanesco das suas guerras civis. Ela sorriu e respondeu:

— Agora! Quer dizer que o meu cunhado morreu quando por aí

---

[2] Vivandeira célebre que deu o nome ao levantamento popular no Minho, em 1846.

andavam os da Maria da Fonte a tocar os sinos e a queimar a papelada dos escrivães, sabe vossemecê? Acho que foi então ou por perto. E ajuntou: — Ele gostava ai muito de uma moça, isso é verdade. Era a Marta...

— Marta? — disse eu com a satisfação de ver confirmada a assinatura do bilhete.

— Vossemecê conhece-a?

— Não conheço.

— É a brasileira de Prazins, a mulher do Feliciano da Retorta, que tem quinze quintas entre grandes e pequenas. — Bem sei; mas nunca vi essa mulher.

— Não que ela nunca sai do quarto; está assim a modos de atolambada há muito tempo. Credo! há muitos anos que a não vejo. Dá-lhe a gota, salvo seja, e estrebucha como se tivesse coisa má no interior. É uma pena. Não sabe o que tem de seu. O Feliciano é o homem mais rico destes arredores, e vivem como os cabaneiros, de caldo e pão de milho. Ele quando vai ao Porto receber um alqueire de soberanos que lhe vem do Brasil todos os anos, vai a pé, e mete ao bolso umas côdeas de boroa e quatro maçãs para não ir à estalagem.

Interrompi com interesse de artista:

— Disse-me que ela endoidecera. Foi logo depois da morte do seu cunhado?

— Isso já me não escordo. Quando eu vim casar para aqui já meu cunhado tinha morrido. O que me lembra é dizer-me o meu defunto, que Deus tem, que o rapaz ganhou doença do peito por amor dela. Esses casos há muita gente que lhos conte. Há por ai muito homem do seu tempo. Pergunte isso ao sr. reitor de Caldelas que andou com ele nos estudos e sabe todas essas trapalhadas. — E num tom de noticia festival: — Olhe que o gatinho nasceu esta noite; lá lho mando assim que estiver criado. Quer que lhe corte as orelhas e o rabito?

— Faça-me o favor de lhe não cortar nada.

Eu tinha lido, dias antes, a judiciosa crítica de uma dama inglesa à nossa costumeira de desorelhar e derrabar gatos. Ela, lady Jackson, escreve que lhe fazem compaixão os pobres bichanos que, sem cauda nem orelhas, estão como que envergonhados de si mesmos. Excelente senhora!

Pedi que me apresentassem ao reitor de Caldelas na feira de

Santo Tirso. Achei-lhe um semblante convidativo, animador a entabular-se com ele uma indagação de curiosidades sentimentais.

Fazia respeitável a sua batina sem nódoas o Padre Osório. Parece que também as não tem na vida. Passa por ser um velho triste, que não teve mocidade, nem as ambições que suprem os doces afetos do coração mutilados pelo cálculo ou congelados pelo temperamento. Há trinta e dois anos que pastoreia uma das mais pobres freguesias do arcebispado. Pregou alguns anos com aplauso dos entendidos e inutilidade dos pecadores. A retórica é a arte de falar bem; mas os vícios são a arte de viver bem e alegremente. Assim se pensa, embora não se diga.

Como pregava gratuitamente, o vigário de Caldelas era chamado por todos os mordomos e confrarias festeiras. Quando se esgotavam os panegíricos dos santos mais ou menos hipotéticos, pediam-lhe que pregasse da cura milagrosa de umas maleitas ou de um leicenço — casos que a pobre Natureza e o periódico chamado Esculápio só de per si não poderiam explicar.

O vigário subia ao púlpito e improvisava coisas de grande engenho em linguagem muito singela. Afirmava que Deus era tão bom, tão previdente, que dera à condição enfermiça do homem forças vitais, sobressalentes que resistiam à destruição; e que a Natureza, grande milagre do seu Criador, só de per si era bastante para si mesma se restaurar. Ora, um abade rico, bacharel em teologia, que lhe ouvira estas idéias assaz naturalistas, perguntou-lhe à puridade, se ele negava os milagres. O reitor respondeu que a respeito das sezões e dos leicenços acreditava mais na lanceta e no sulfato de quinino. Depois, acrescentou: — Deus fez o supremo milagre da ciência para centuplicar as forças à natureza enfraquecida. — O teólogo enrugou cientificamente a fronte cheia de suspeitas e replicou: — O sr. reitor foi ferido da peste do século. Está iscado de Voltaire e de Alexandre Herculano. Deixou-se contaminar. Mundifique-se. Estude mais e melhor. — O reitor de Caldelas afastou-se triste, e nunca mais freqüentou o púlpito.

Estas informações e o aspecto lhano, harmônico do padre, animaram-me a dizer-lhe que solicitara o seu conhecimento para lhe pedir alguns esclarecimentos a respeito de uma carta encontrada num livro que pertencera ao seu condiscípulo José Dias de Vilalva. Recorda-se? perguntei.

— Se me recordo do meu pobre José Dias! Pois não recordo? Parece-me que ainda sinto neste braço o peso enorme da sua face *morta, e já lá vão trinta e cinco anos. É preciso ter na alma dolorosas reminiscências para se recordar um amigo morto há tantíssimo tempo, não lhe parece? Como sabe você que existiu esse obscuro filho de um lavrador?*

Mostrei-lhe a carta. O padre olhou para a assinatura, gesticulou afirmativamente, e, após uma breve pausa de recolhimento com as suas recordações, disse:

— Fui eu que pus esta carta entre as páginas de um livro do Dias. O meu pobre condiscípulo, quando este papel lhe foi mandado à cama, já não o podia ler. Tinha caído no torpor, na indiferença que, a meu ver, é a compaixão da Providência pelos que morrem amando e não querendo morrer. Já não via a vida nem a morte. Li esta carta; e, como ele nada me perguntou, eu nada lhe disse... Agora me recordo perfeitamente. Era um comento de Horácio que eu lia nos seus intervalos de modorra, a fim de dar ao meu ânimo uma folga que me fortalecesse para resistir ao golpe final. Já sei pois o que você deseja. Quer saber se esta Marta está no caso de merecer a consagração romântica que Bernardin de Saint-Pierre usurpou às dores verdadeiras, para coroar de uma eterna auréola a sua fantástica Virgínia.

— Não vou tão longe — respondi com a modéstia genial dos escritores que imortalizam. — A brasileira de Prazins não pode contar com o seu imortalizador em mim, nem me parece bastante fecundo o assunto. Sei que temos um namoro de uma menina com um estudante, o estudante morre e a menina casa com um sujeito que tem quinze quintas. Se não há mais do que isto...

O cura interrompeu:

— Vejo que sabe quem é Marta; mas não a conhece bem. Virgínia e Francesca e Julieta não são mais dignas de piedade nem de romance. Parece-me que o amor que enlouquece e permite que se abram intercadências de luz no espírito para que a saudade rebrilhe na escuridão da demência, é incomparavelmente mais funesto que o amor fulminante. O que é vulgar é morrer logo ou esquecer quinze dias depois. Quando eu tinha uma irmã que lia novelas, à custa de lhas ouvir analisar com um entusiasmo digno de melhor emprego, achei-me envolvido na literatura de Sue, de Soulié e de Balzac, a ponto de fazer presente do meu santo Afonso Maria de Ligório e da minha Teologia moral de Pizelli e a um padre bom e atinado que me profetizou que minha irmã havia de morrer doida, a cismar nas patacoadas das novelas. Ela não

morreu doida; mas pensava em romancear a história de Marta, porque dizia ela que, tendo lido trezentos volumes de novelas, não encontrara caso imitante. — E, dando-me o bilhete de Marta: — Este quarto de papel é o exórdio de uma agonia original.

Como a exposição do reitor saiu muito enfeitada de jóias sentimentais — detestável espécie arqueológica que ninguém tolera — farei quanto em mim couber por, uma a uma, ir montando e refugando as flores de modo que as cenas dramáticas se exponham áridas, bravias como serro de montanha por onde lavrou incêndio, sem deixar bonina, sequer folhinha de giesta em que a aurora imperle uma lágrima. A aurora a chorar! de que tempo isto é! Como a gente, sem querer, mostra numa idéia a sua certidão de idade e uma relíquia testemunhal da idade de pedra! Oh! os bigodes tingem-se; mas as frases — madeixas do espírito — são refratárias ao rejuvenescimento dos vernizes.

I

Marta era filha de um lavrador mediano que tinha em Pernambuco um irmão rico de quem dizia o diabo. Chamava-lhe ladrão porque, no espaço de vinte anos, lhe mandara três moedas, com os seguintes encargos: à mãe 6$000 réis fortes, às almas do Purgatório, de Negrelos, 3$000 réis também fortes, que lhos prometera quando embarcou, e o resto para ele "5$400 réis, dizia, é que o maroto, podre de rico, me mandou em vinte anos!"

A rapariga conversou diversos mancebos, uns da lavoura, outros da arte, e, afinal, quando o pai lhe negociava o casamento com um pedreiro, mestre-de-obras, muito endinheirado e já maduro, apareceu o José Dias, filho de um lavrador rico de Vilalva, a namoriscá-la. Este rapaz estudava latim para clérigo; mas, como era fraco, de poucas carnes e amarelo, o cirurgião disse ao pai que o moço não lhe fazia bem puxar pelas memórias. Os padres do Minho, naquele tempo, não puxavam quase nada pelas memórias; ordenavam-se tão alheios às faculdades da alma que, sem memória nem entendimento, e às vezes sem vontade, eram sofríveis sacerdotes, davam poucas silabadas no Missal e liam os salmos do Breviário com uma grande incerteza do que queria dizer o penitente Davi. Pois, assim mesmo, sendo tão fácil a ordenação — uma coisa que se fazia com uma perna às costas, diziam certos vigários — sem precisão absoluta de puxar pelas memórias, o Joaquim Dias quis tirar o filho do *latim* que lhe ensinava um egresso da Ordem Terceira, o Fr. Roque. Este padre-mestre tinha uma irmã paralítica; sabia ler, e prendas de costura, marcava, fizera um pavão de miçanga, não desconhecia o *croché* e ensinava raparigas para se distrair.

No quinteiro do padre-mestre Roque foi que o José de Vilalva se afez a reparar na Marta de Prazins, uma rapariga muito alva, magrinha, de cabelo atado, muito limpa, com a sua saia de chita amarela com dois folhos, jaqueta de fazenda azul com o forro dos punhos escarlates, muito séria com propósito de mulher e ares muito sonsos — diziam as outras, que lhe chamavam a *songuinha*. Os outros estudantes, rapazolas vermelhaços, refeitos, grandes parvajolas, com grandes nacos de boroa nas algibeiras das véstias de saragoça de varas, e os velhos Virgílios ensebados em saquitos de estopa suja, diziam graçolas a Marta — chamavam-lhe boa pequena, franga e peixão. O José Dias, arredado do grupo dos trocistas alvares, via-a passar silenciosa, indiferente aos gracejos, olhos no chão, e um grande resguardo na barra da saia quando subia a escada. Os rapazes, aqueles embriões de abades, como a escada de pedra era íngreme e aberta do lado do quinteiro, punham-se a espreitar as pernas das alunas da paralítica, pela maior parte raparigas entre doze e dezesseis anos, muito musculosas, com pés grandes e os tecidos repuxados e cheios pelo exercício dos carretos nas safras da lavoura.

Marta ia nos catorze quando o pai a quis tirar da mestra. Chegara-lhe aos ouvidos que os estudantes, má canalha, lhe impeticavam com a filha. Queixou-se a Fr. Roque.

O egresso, resfolegando honradas cóleras e pulverizações de esturrinho, mandou enfileirar os gargajolas na quadra da aula, e chamou a Marta.

— Qual foi destes tratantes o que implicou contigo, cachopa? — perguntou o padre-mestre olhando-a por cima dos óculos, orbiculares, com as hastes oxidadas de um cobre antigo. E, apontando para o primeiro da fileira que era o José de Vilalva:

— Foi este?

— Esse nunca me disse nada — respondeu com a voz trêmula, toda vermelha, a rapariga.

— Foi este?

Marta não ergueu os olhos nem respondeu.

— Então, moça? qual foi dos nove? Diz lá. Tu que te queixaste é que algum embarrou por ti.

— Eu não me queixe... murmurou a interrogada.

Verdadeiramente ela não se queixara. Foi o Zeferino, o filho do alferes da Lamela, o mestre-pedreiro que andando a construir um canastro na eira do padre-mestre, observara que os estudantes rentavam à cachopa, e ajeitavam-se em atitudes abrejeiradas, como de quem espreita, quando ela subia a escada.

O denunciante ao pai de Marta foi ele, o pedreiro abastado, não porque o espicaçassem nessa denúncia o zelo dos bons costumes, e um justo ódio às concupiscentes espionagens dos rapazes, mas porque gostava, deveras, da moça. Ele passava já dos trinta e dois e era a primeira vez que sentia no coração as alvoradas do amor. Frei Roque, averiguado o caso, advertiu o pedreiro que não fosse má-língua, que não andasse a difamar os seus discípulos, que se preparavam para o sacerdócio — uma coisa séria. O episódio acabaria assim menos mal, se dois dos estudantes, que se preparavam para o sacerdócio, mais fortes no fueiro que nas conjugações, desistissem de o moer a pauladas, uma noite, num pinhal. O mestre-de-obras iniciou-se pelo martírio obscuro num amor que principiava bastante mal. Ele nunca soube ao certo quem lhe batera, e atribuiu a sova a êmulos na arte, covardes e misteriosos, por causa da construção de uma igreja que ele desdenhara, citando as regras do Vignola. Vinha a ser o desastre uma tunda por motivos de arquitetura — um martírio de artista. Invejas. Por causa da Arte padecera o seu colega Afonso Domingues, o arquiteto da Batalha, e João de Castilho, o do convento de Tomar, e já tinha padecido seu mestre, o Manuel Chasco, a quem inimigos quebraram a cabeça na feira dos 21, porque ele, desfazendo na obra de um colega, dissera que o botaréu de um cunhal estava torto.

Passado tempo, Marta saiu pronta da mestra. Lia a cartilha do Salamondi e o *Grito das almas*, decifrava menos mal umas sentenças velhas que havia na casa de Prazins, monumentos das ruínas de antigas demandas, e escrevia regularmente. A primeira carta que escreveu por pauta foi para o tio de Pernambuco, o tio Feliciano. Pedia-lhe a sua bênção e duas moedas de ouro para umas arrecadas. Era o pai que lhe ditava a carta, cheia de lástimas mendigas, mentirosas, historietas velhacas de penhoras, as grandes décimas, a ferrugem das oliveiras, o bicho da batata, o gorgulho que pegara no milho, muitas alicantinas.

— Que era a ver se o ladrão mandava alguma coisa — dizia ele, pondo cuspo na obreia vermelha para fechar a carta.

A segunda carta, que ela escreveu, já sem pauta, foi a José Dias, o estudante, que já não estudava por causa das memórias nocivas à sua saúde fraca, um pelém.

Neste tempo já o Zeferino da Lamela se tinha declarado com o Simeão de Prazins, de um modo quase original.

— Você quanto deve, ó tio Simeão? — perguntou.

— Quanto devo? Você quer pagar-me as dívidas?

— Pode ser. Você deve à Irmandade de Nossa Senhora de Negrelos um conto e cem mil-réis; você deve de tornas a seu irmão quatrocentos. Há de andar lá para um conto e quinhentos, p'ra riba que não p'ra baixo.

— É isso; você sabe a minha vida melhor que eu a sua: um conto e quinhentos e pico.

— Quanto é o pico?

— Obra de dez moedas, mais pinto menos pinto. Miudezas na loja ao mercador e um restito da vaca amarela que comprei ao Tarraxa na feira dos 13.

— Você quer fazer um cambalacho? — tornou o pedreiro recuando o chapéu para a nuca e pondo-lhe as mãos espalmadas com força nos ombros.

— Se pintar... Já sei o que você quer... Não me serve. Você quer comprar-me o lameiro da azenha: não vendo.

— Eu ainda lhe não disse o que queria, tio Simeão. Olhe bem para mim. Você está a falar c'um nome. Pago-lhe as dívidas, você não fica a dever nada, e eu caso com a sua Marta. Pode dar os bens ao outro filho que eu não lhe quero uma de X.

— Você fala sério, ó sor Zeferino?

— Se falo sério?! Então você não sabe com quem é que trata.

— Ora bem, entendamo-nos, é a rapariga que você quer, a rapariga estreme, sem dote nem escritura?

— Eu não tenho senão uma palavra. Já lhe disse que sim.

— A rapariga é sua.

Negociara a filha com o Zeferino como tinha negociado com o Tarraxa a vaca amarela na feira dos 13. Eis um caso esquisito de aldeia que pela torpeza parece acontecido numa cidade culta. Conversou-se este diálogo debaixo de um castanheiro frondoso, com um pavilhão de folhagem gorjeado de pássaros, com uns tons de luz esverdeada, na doce placidez crepuscular de uma tarde de agosto, entre dois homens de tamancos, arremangados, com os peitos cabeludos a negrejar de entre os peitilhos da camisa surrada de suor e poeira, brutos no gesto e na frase. Análogas passagens, com estilo pouco melhor, têm sido dramatizadas nas salas, entre homens da melhor polpa e casca social — uns que mandaram ensinar às filhas os verbos franceses e são assinantes do *Journal des Dames* que marca às meninas a baliza até onde pode chegar o arrojo da língua francesa e os seus mais avançados destinos. Da outra parte, homens ricos, de fígado ingurgitado, fatigados, sedentos de senhoras finas que ponham no luxo das suas salas os tons vivos da carne constelada de diamantes. É o epílogo de vinte anos de lavra dura, o substrato da compra de negras a milhares: — comprar uma branca, das que o amor pobre e o talento estéril não podem negociar. O contrato feito em Prazins — eis a diferença — por parte do pedreiro era um heroísmo: dava o seu dinheiro por aquela mulher; daria mais depressa o seu sangue. Era uma paixão das que não pegam com os dentes anavalhados em corações civilizados, quase desfeitos. Ora, os pedreiros que vêm de além-mar, e se vestiram no Pool ou no Keil, não amam nem compram assim. Fazem o dote econômico, comezinho à esposa. Compram uma máquina de propagação, condicionalmente. Se, extinto o comprador, a máquina, não deteriorada, tiver pretendente, o substituto que a compre. O defunto prefere que a sua viúva, adelgaçada e espiritualizada por jejuns, lhe converse com a alma.

II

Por esses dias chegou carta de Pernambuco, incluindo ordem, primeira via, 48$000 réis, dez moedas de ouro. Feliciano mendava 12$000 réis para as arrecadas da sobrinha, e o resto ao irmão. Dizia-lhe que estava a liquidar para vir, enfim, descansar de vez, que já tinha para os feijões. Recomendava-lhe que fosse deitando o olho a uma ou duas quintas que se vendessem até trinta ou quarenta mil cruzados; que se ainda houvesse conventos à venda, os fosse apalavrando até ele chegar.

— Quarenta mil cruzados, com um raio de diabos! — exclamou o Simeão, e foi mostrar a carta ao padre-mestre Roque, ao Trepa de Santo Tirso e ao ex-capitão-mor de Landim; e como encontrasse na feira o dono do mosteiro dos beneditinos, o Pinto Soares, um deputado gordo — a retórica viva do silêncio mais fecundo que a língua, de uma grande pacificação sonolenta — perguntou-lhe se queria vender as quintas dos frades, que tinha comprador. O Pinto Soares, como um homem que acorda com espírito e um pouco de ateísmo, respondeu-lhe que não vendia para não transmitir ao comprador a excomunhão que arranjara comprando bens das ordens religiosas. Mas o Simeão, em matéria e raios do Vaticano, tinha na sua estupidez a invenção de Franklim. Continuava a perguntar a toda a gente se sabiam de conventos à venda, ou quintas aí para quarenta mil cruzados.

O Zeferino das Lamelas, o pedreiro que se julgava noivo por ter o negócio fechado num conto, quinhentos e pico, procurou o lavrador para se cuidar dos banhos. O velhaco, depois de o ouvir com ares de abstração palerma, disse-lhe a mastigar as palavras:

— Home, o caso mudou muito de figura. Então você pelos modos ainda não sabe que vem aí o meu irmão de Pernambuco comprar quintas e conventos?

E começou a desenrolar o nastro gorduroso de uma carteira de couro em que tinha recibos da décima, um aviso da junta de paróquia para pagar a côngrua, uma conta de azeviche contra maus-olhados, uma oração manuscrita contra as maleitas, um ofício antigo que o nomeava regedor, de que fora demitido pelos Cabrais, uma velha ressalva de recrutamento, uns versos que ele recitara no Natal, num Auto do nascimento do Menino, onde ele fazia de rei mago, e finalmente o livrinho de Santa Bárbara, muito sebáceo, com um lustre azulado de graxa e a carta do Feliciano tão suja que parecia ter estado em infusão de pingue.

— Você ainda não ouviu falar desta carta!? — perguntou com sobrançaria impertinente, dando saliva aos dedos para a desdobrar.

— Não se fala noutra coisa. Toda a gente sabe que vem aí do Brasil o meu Feliciano para comprar quintas.

— Já me constou — disse o pedreiro — mas você rói a corda à conta disso, acho eu... — E como o lavrador hesitasse: — O negócio da rapariga está feito ou não está feito? Os homens conhecem-se pela palavra e os bois pelos cornos. Ponha para aí o que tem no interior.

O Simeão mascava, torcia-se, metia com dois dedos a carta estafada na carteira e resmungava:

— Você, enfim, isto é um modo de falar, como o outro que diz; você bem entende que... sim...

— O que eu entendo fisicamente falando é que você não me dá a rapariga.

— Deixe ver, deixe ver o que diz o meu irmão — tartamudeava.

— Sabe você que mais? — volveu iracundo o arquiteto, dando com o olho do machado num canhoto. — Você é de má casta. Não

tem palavra nem vergonha nessa cara estanhada. Você é da geração dos Travessas da Serra Negra, e basta... Não lhe digo mais nada...
— Alusão pungente a um tio do Simeão, o Barnabé, capitão das maltas de salteadores que infestaram em 1835 aquela serra.
— Veja como fala... — interrompeu o lavrador ferido na sua linhagem. — Você não me deite a perder...
E o outro, num ímpeto de consciência robusta:
— Você é um safado. É o que lhe eu digo. Não guarda palavra em contrato que faça. Eu já devia conhecê-lo. Faz para as matanças seis anos que você ajustou comigo uma porca por quatro moedas e foi depois vendê-la ao Antônio do Eido por mais um quartinho. Lembra-se, seu alma de cântaro? — numa irritação crescente: — Se você não fosse um velho, dava-lhe com este machado na caveira. E muito esbandalhado nos gestos, com sarcasmo: — Guarde a filha que eu hei de achar mulher muito melhor que ela pelo preço, ouviu você? que leve o Diabo a burra e mais quem a tange, como o outro que diz. Livrei-me de boa espiga. De você não pode sair coisa boa; e mais da mãe que ela teve, que já lá está a dar contas...
E o lavrador com extremada prudência e na pacatez de um grande espírito de ordem e paz:
— Você não tem que desfazer na minha filha, ouviu?
— Ouvi, que não sou mouco. Ainda ontem a topei na bouça do Reguengo de palestra com o estudante de Vilalva. Espere-lhe a volta. A songuinha, que não olha direita pra um homem, que anda ali esmadrigada de cabeça ao lado, lá estava de mão na ilharga a dar treta ao estudante, aquele pau de encher tripas, que há de ser mesmo um padre daquela casta! Olhe se ele lha quer para casar... Pois não quiseste? — e arregaçava a pálpebra do olho esquerdo mostrando o interior inflamado com uns pontos amarelos, purulentos, indicativos de insuficiente lavagem, um trejeito de garotice. E continuava: — Quem lhe dera dois pontapés, nele a mais nela! — e muito rubro de cólera dava pancadaria nas pedras, nas raízes nodosas dos castanheiros, e metia grande terror no ânimo do Simeão quando faiscava lume nos calhaus com a percussão do machado.

Esta situação prometia acabar pela fuga prudente do pai de Marta, se o estudante de Vilalva não assomasse ao fundo do castanhal com uma matilha de coelheiros que ladravam a um porco muito eriçado, que a esperava com o focinho de esguelha, bufando e grunhindo. O caçador chamava os cães, assobiava, fazia uma bulha convencional para que a Marta o ouvisse.

Ele não tinha visto o pedreiro; os cães é que o viram e deixaram o porco destemido para atacarem o homem, com uma velha birra que lhe tinham. O Zeferino, noutra ocasião, segundo o seu costume, desprezaria a arremetida da matilha; mas, naquela conjuntura de ódio ao caçador, esperou a canzoada com o machado em riste, empunhava o cabo com as mãos cabeludas, e fazia, com o corpo inclinado, avanços provocadores. José Dias chamava os cães obedientes; mas o Zeferino, muito azedo, engelhando na cara uns trejeitos de bazófia, dizia sarcástico:

— Deixe-os vir, deixe-os vir, que o primeiro que chegar faço-lhe saltar os miolos à cara de você.

Que se acomodasse, conciliava pacificamente o estudante — que os cães não tinham outra fala. E o pedreiro insistente, muito arrogante: — que venham para cá, e mais o dono, o caçador de borra! e dizia palavradas canalhas, muito danado porque vira aparecer a Marta na varanda, a fazer meia com a cesta do novelo no braço.

— Ó Sr. Zeferino, fale bem, ponha cobro na língua — advertiu o José Dias com uma serenidade de mau agouro — quando eu lhe ladrar então se fará com o machado para mim. Os cães ladraram-lhe, eu chamei-os, que mais quer você, homem? Siga o seu caminho.

— O meu caminho? O meu caminho é este — disse batendo com o machado na terra. — Quer você mandar-me embora daqui? Ora não seja tolo.

A presença da moça enfurecia-o; contra o seu costume, sentia-se valente. O amor, como um vinho indigesto, dava-lhe a coragem interina dos bêbedos, e berrava:

— Se é homem, venha para cá! Você manda-me sair daqui, seu pedaço de asno?

E o estudante, já amarelo:

— Eu não o mando sair daí, nem lhe consinto que me chame asno. Olhe que eu largo a espingarda, tiro-lhe das unhas o machado e dou-lhe com ele.

— Ó alma do diabo! — exclamou o pedreiro crescendo para o caçador.

Nisto, um dos cães, atravessado de cão de gado e cadela coelheira, que aprendera a morder nas ocasiões razoáveis, atirou-se-lhe ao assento das calças de estopa e puxou até lhe descobrir a epiderme da nádega esquerda.

O pedreiro floreava debalde o machado; os golpes cortavam o ar, e nem de leve apanhavam o cão, que dava pulos de esconso, atacando-o pela nádega direita. A restante matilha fraternizara com o outro e juntavam os focinhos num complexo de dentuças minacíssimas com os olhos sangüíneos cravados nos movimentos do machado. José Dias, no entanto, espancava a caniçada, e Marta não sabia se havia de descer para ajudar o pai a acomodar a bulha, ou se havia de cair na varanda a rir-se. Ela sentia-se envergonhada do espetáculo que exibia a calça esfarrapada; mas não havia pudor que resistisse àquilo. O pedreiro sabia que o cão lhe chegara um pouco à calça; mas, no calor da luta, não sentira esfriar-se-lhe a pele descoberta, nem se lembrou que andava sem ceroulas. Depois, como sentisse uma frescura extraordinária na cútis, exposta ao contato da atmosfera, levou a mão conscienciosamente ao sítio, e achou em si aquele espécime obsoleto do Adão primitivamente inocente. No entanto, Marta, não podendo já consigo, entalada de riso, fugira da varanda e atirara-se de bruços sobre a cama, a rebolar-se, a espernear como se tivesse uma cólica. O estudante retirou-se assobiando à matilha ainda refilada às nádegas do homem. O Simeão coçava-se com as dez unhas e dizia velhacamente comovido:

— Meta-se aí na corte da égua que eu vou-lhe buscar umas calças, seu Zeferino, ou dá-se-lhe aí quatro pontos pra remediar. Dê cá as calças, e não se aflija...

O pedreiro respondeu-lhe porcamente e de modo tão trivial, que o outro lhe replicou:

— Vá você!

E meteu-se em casa como quem receava contra-réplica menos suja e mais dura.

III

O Zeferino era afilhado do morgado de Barrimau, um major de cavalaria, convencionado em Évora Monte, miguelista intransigente, mas cordato. Vivia no seu escalavrado solar com um irmão egresso beneditino, Fr. Gervásio, muito cevado e inerte, que continuava em casa a sua missão monástica. Era um contemplativo. Não lia senão no livro da Natureza. Se não dormia, estrumava o seu vegetalismo com muitos adubos crassos de toucinho e capoeira, com um grande farfalhar de mastigação, porque dispunha de dentadura insuficiente. Tinha outro sinal ruidoso de vida — era um pigarro de catarral crônica, arrancado dos gorgomilos com tamanho estrupido que parecia ao longe o grito rouco de um estrangulado, no 5º ato de um drama de costumes. A velha criada da cozinha, muito flatulenta, nunca pudera afazer-se às explosões daquela garganta escabrosa de mucos empedrados. Quando o grasnido aspérrimo de pavão lhe feria os ouvidos, reboando nos côncavos tetos dos salões, a mulher estremecia e raras vezes deixava de resmungar: — Que medo! credo! diabos leve a esgana do home, Deus me perdoe!

De dois em dois meses apareciam em Barrimau dois egressos de Cabeceiras de Basto, companheiros de noviciado de Fr. Gervásio. Juntavam-se os três amigos numa intimidade de palestras saudosas. Com intercadências mudas de poética tristeza, comemoravam os seus conventuais falecidos, rezavam juntos pelos seus breviários beneditinos; depois, a passo cadencioso, claustral, iam para a mesa com o recolhimento prescrito pela Regra do patriarca. Aí, pegava de puxar por eles a natureza objetiva, e dava-lhe horas de salutar esquecimento do passado irreparável. Gorgolejavam copiosamente os vinhos engarrafados, traiçoeiros, da companhia, em que Fr. Gervásio derretia a prestação; porque, de resto, a mesa do mano morgado era farta e a sua bolsa generosa para as moderadas necessidades do egresso.

O Major Zeferino Bezerra de Castro não tinha grande casa; mas, como era solteiro e qüinquagenário, fazia de conta que os bens lhe haviam de sobejar à vida, vendendo os alodiais e empenhado, se necessário fosse, o morgadio, que era insignificante. Concorria com vinte moedas para as miseráveis 1.000 libras que o Sr. D. Miguel recebia anualmente de donativos de monarcas e dos seus partidários portugueses.[3] Festejava dispendiosamente os natalícios

---

[3] Um historiador moderno disse que D. Miguel, em 1855, recebia setenta contos anuais de donativos. Provavelmente deu causa a esta liberalidade de cifras um lapso do Sr. Joaquim Martins de Carvalho que a págs. 254—255 dos seus *Apontamentos para a História contemporânea*, transcreveu de uma carta de *Lourenço Viegas* o seguinte período:... "Os rendimentos de el-rei compõem-se das 600 libras que vêm de Lisboa da *comissão alimentícia*, 1.000 francos mensais que com toda a exatidão lhe manda o Conde de Chambord, 5.000 francos que anualmente lhe manda o *Duque de Modena* e 6.000 francos do *Imperador Fernando de Áustria*, também anuais, mas sem época fixa, junto a alguns extraordinários da província o Minho, fazem subir a renda anual a 400.000 francos, e esta chega apenas para a despesa e economia doméstica". *Chegando apenas*

do rei, convidando a jantar os realistas notáveis da comarca; e, contando os anos da proscrição, ia calculando a patente que lhe competia quando o soberano legítimo se restaurasse. Correspondia-se com alguns camaradas, esquecidos e atrofiados nas aldeias, o General Póvoas, o Bernardino, o Magessi, o Montalegre, o José Marcelino. Mas as cartas quem lhas redigia era o mano frade, recheando-as de trechos de política de púlpito — resultado das suas digestões morosas, contemplativas — que serviram de ornamento nas colunas do *Portugal velho*, periódico miguelista da época.

Naquele ano, por meados de 1845, espalhara-se no ambiente dos realistas, como um aroma de jardins floridos, o boato de que vinha o Sr. D. Miguel. O seu enorme partido sentia-se palpitar no anseio daqueles vagos anelos que estremeciam as nações pagãs ao avizinhar-se o profetizado aparecimento do Messias. Afirmam-no os Santos Padres, e os padres do Minho asseveravam o mesmo a respeito do príncipe proscrito. Fr. Gervásio recebia do alto da província cartas misteriosas de uns padres que paroquiavam na Póvoa de Lanhoso e Vieira. Era ali o foco latente do apostolado. Naqueles estábulos de ignorância supersticiosa é que devia aparecer, pelos modos, o presépio do novo redentor. Citavam-se profecias apocalípticas de frades que estavam inteiros sob as lajes das claustras. Convergiam àquele ponto missionários de aspectos seráficos, olhando para as estrelas como os magos e os pastores da Palestina. O frade mostrava as cartas ao irmão e dizia-lhe: "Ele há coisa...".

— Mas muito grande! — corroborava o Major com cabeçadas afirmativas muito exageradas.

— A Rússia move-se, é o que é — afirmou Fr. Gervásio, correlacionando a iniciativa de Lanhoso com a propaganda autocrática da Rússia.

Num destes diálogos, em que havia desabafos, exuberâncias de júbilo, interveio o Zeferino das Lamelas, o pedreiro afilhado do Major. Vinha contar o caso do Simeão de Prazins e a pega que teve com os cães do Dias de Vilalva. Mostrava a calça remendada — que por pouco lhe não entravam no couro os cães — dizia, e

---

doméstica de D. Miguel, 72.000$000, quanto lhe seria necessário para as despesas de fora? Um dos zeros do Sr. Martins de Carvalho deve passar para a direita do 4, e reduzir a anuidade do príncipe a 7.200$000 réis ou 40.000 francos. [N. do A.]

protestava vingar-se. O egresso pacificava-o; que deixasse lá a rapariga e mais o estudante; que se fosse preparando para desembainhar a espada de seu pai em defesa do trono e do altar. E o Major:

— Estamos chegando a elas, Zeferino.

E o pedreiro, esfregando as mãos coriáceas, que rangiam como duas lixas friccionadas:

— A eles, sr. padrinho! A espada vai-se amolar... Vou pedi-la ao velho!

O pai de Zeferino, o Gaspar das Lamelas, tinha sido alferes do 17 de linha; e, em 1834, como o perseguissem os liberais do concelho por pancadaria e testemunhos falsos nas devassas de 28, andou foragido alguns meses. Seqüestraram-lhe os bens; e o filho que já era muito barbado e não tinha modo de vida, fez-se pedreiro. Depois, aplacadas as fúrias dos vencedores e restabelecida a justiça, restituíram ao Zeferino as terras devastadas. O ex-alferes saiu do seu esconderijo, e recolheu-se a casa com a espada muito cheia de verdete, dizendo que havia de lavá-la no sangue dos malhados. Em 1838, dia de Natal, embebedou-se despropositadamente e saiu para a rua a dar *vivas* ao Sr. D. Miguel. Outros piteireiros, do mesmo credo, afetos às velhas instituições, responderam aos *vivas* com um entusiasmo homicida. O Gaspar foi buscar a espada, cingiu a banda sobre a niza de saragoça, pôs a barretina com os amarelos muito oxidados, e, à frente de um grupo de jornaleiros e garotos, caminhou para a cabeça do concelho a fim de oferecer batalha campal às autoridades. Além da espada do caudilho, havia na jolda três espingardas reiúnas; o restante eram foices de gancho encavadas em grossas varas. Um porqueiro colossal floreava uma lâmina brunida da faca de matar os cevados. A guerrilha, já engrossada por outros bêbados encontrados nas tavernas do trânsito, chegou à porta do morgado de Barrimau, e a clamorosos brados elegeram-no general. Já se ouvia tocar a rebate em diversas torres, à discrição dos garotos destacados. O morgado mandou-lhes por vinho, e que debandassem, que recolhessem a suas casas, porque iam levar grande tareia inutilmente. O egresso veio a uma janela que abria sobre o átrio, e tentou dissuadi-los do desvario que mais parecia um excesso de vinho que de patriotismo — dizia. Não fez nada. Cada vez mais picado, o alferes, faminto de vingança, bradava que estivera quinze meses escondido, que lhe tinham estragado a sua casa, e que ia pedir contas aos Trepas e aos Andrades de Santo Tirso, uns malhados, cujas cabeças havia de deixar espetadas em pinheiros.

Na vila ouvia-se o toque a rebate. Dizia-se que era incêndio. Alguns vadios atravessaram a ponte muito açodados em direção às freguesias de onde soavam as primeiras badaladas. O regedor de Vilalva, o pai do José Dias, descia esbaforido do monte do Barreiro a dar parte à autoridade. Assim que se espalhou a nova em Santo Tirso, já se ouvia alarido de vozes. A garotagem dava *vivas*, e guinchava uns apupos prolongados que punham ecos nas margens tortuosas do rio Ave. Os liberais de Santo Tirso rodearam o administrador, armados, com os seus criados. Os negociantes, com medo de saque, também saíram de clavinas. As famílias nas janelas faziam clamores, numa grande desolação. Naquela vila lembrava ainda a mortandade do tempo do cerco do Porto, e havia velhos que presenciaram outra semelhante no tempo dos franceses. O regedor de Vilalva dissera que o comandante da guerrilha era o morgado de Barrimau. Esta notícia fez aumentar o pavor, porque, se o morgado, sério, prudente e bravo, aceitara o comando dos populares é porque a coisa era séria. Os homens de negócio depuseram as armas, enfardelaram os valores e fugiram, caminho do Porto. Os proprietários, os empregados públicos, os oficiais de justiça, alguns que haviam militado e emigrado, desceram à ponte armados em número de oitenta. Outros seguiram vereda diferente para passar o rio. A guerrilha cuja vozeada se aproximava, no trajeto de uma légua, pegou a sua febre a mais de trezentos homens. Era um domingo de festa solene, consagrado à descida do Filho de Deus, para aplacar os bárbaros ódios do gênero humano: — uma grande alegria que passaria despercebida, se o vinho não preparasse as almas a compreende-la e senti-la. Depois, muito comunicativa, como se vê. Gaspar das Lamelas emborracha-se ao jantar e faz brindes ao Menino Jesus e ao Sr. D. Miguel I. Pica-lhe na caneca, pungem-no saudades do rei, e sai para o terreiro a dar-lhe *vivas*. Outros vinhos em ebulição respondem-lhe num grito de sinceridade compacta. Trava da espada, que se tingira no sangue de três batalhas à volta do Porto; entra com ele a convicção em delírio acrisolada pela alucinação da embriaguez. E o arrojo temerário dos grandes guerreiros o que é senão uma embriaguez de glória, quando não é uma embriaguez de genebra? Nas guerras civis portuguesas houve aí um bravo soldado de fortuna que, no vigor dos anos, ganhara as charlateiras de general e uma coroa de conde. Os seus camaradas, mais retardados na carreira por causa da abstinência, diziam que ele nunca saíra vitorioso de campanha onde não entrasse bêbado.

Este general, ao declinar da vida, casado e abstêmio, não deu uma página gloriosa à sua história, presidiu sem iniciativa militar nem política à junta Suprema do Porto, e fechou o ciclo das suas façanhas a parlamentar em Vieira com o Padre Casimiro, o *General Defensor das cinco chagas*.

Também no cérebro vinolento do alferes das Lamelas rutilavam os relâmpagos da glória quando, a brandir o gládio ferruginoso, descia, na vanguarda da guerrilha, o outeiro sobrejacente à Ponte de Santo Tirso. À entrada da ponte de pau havia taverna, com as prateleiras alinhadas de garrafas da Companhia, com rótulos.

A multidão parou, avistando gente armada que descia a calçada de além, ao nível da quinta do mosteiro de S. Bento. O taverneiro, muito caloteado, dessa vez, disse ao comandante, ao Gaspar, que não caísse em se meter à ponte.

— Vocês vão cair aí nessa ponte como tordos, e os que não caírem têm de largar os socos a fugir — avisava, porque sabia que os de lá eram tesos, e vinham todos armados.

O cabecilha tinha o seu vinho quase digerido; a bravura começava a ceder às reflexões sensatas do taverneiro; mas o seu estado-maior, uns facínoras da quadrilha que três anos antes infestara as encruzilhadas da Terra Negra e Travagem, não transigiam, e forçavam-no a beber copos de aguardente. — Que o primeiro que mostrasse os calcanhares ia malhar da ponte abaixo! — protestavam os velhos salteadores do Minho, batendo com as coronhas no balcão.

Entretanto, o administrador do concelho com dois empregados inermes atravessava a ponte. A guerrilha, estupefata da audácia, esperava-o numa atitude pacífica, estúpida, um retraimento de covardia, olhando-se uns para os outros e todos para o alferes. Ele, empurrado pelos valentes, colocou-se à frente, na boca da ponte, com a espada nua. O administrador chegou muito de passo e perguntou se estava ali o sr. morgado de Barrimau, que desejava falar-lhe.

— Que não estava; eu sou o chefe — disse o Gaspar. — Logo me pareceu que um homem sério, como o morgado, não estaria à frente deste bom povo enganado — ponderou a autoridade. — E vossemecê quem é? — perguntou ao chefe. — Que era o alferes das Lamelas, bem conhecido em toda a parte; que perguntasse aos malhados de Santo Tirso, a esses ladrões que o perseguiram e lhe roubaram os seus bens.

O administrador, um bacharel, de cabeleira à Saint-Simon, era discursivo e não perdia lanço de eloqüência em casos de um romanesco medonho. A torrente do rio rugia quebrada pelo triângulo dos pegões. Uma rica e fúnebre paisagem, cortada de um lado pelos cata-ventos que rangiam nas cristas das torres do mosteiro, e do outro pela mata verde-negra, eriçada de pinheiros gementes. Um pitoresco cheio de sugestões, de uma palpitação ciclópica. Depois o enorme auditório, trezentas cabeças, flutuando com as bocas muito escancaradas numa bestialidade feramente espasmódica de lobos espantados por um archote aceso. O meio era demostênico, inspirativo. Borbotou-lhe a golfos um palavreado discreto, aconselhando a turba a retirar-se *aos seus apriscos*, à honrada labutação *dos seus mesteres*, e a não perturbarem com *demagogias a pacificação dos ânimos e a sacratíssima inviolabilidade das instituições*. Quando o funcionário fechou a parlenda, um dos mais bêbados, quer por chalaça, quer por insuficiente compreensão dos princípios políticos da autoridade, atirou o chapéu ao ar e exclamou: "Viva o Sr. D. Miguel I, rei de Portugal!"

A autoridade ia replicar; mas a gritaria abafou-o. Ele voltou as costas à canalha, e foi-se com bons exemplos de oradores antigos. Os liberais, logo que o viram retroceder, entraram na ponte de madeira com um sonoro estrondo de marcha cadenciada.

Capitaneava-os um escrivão de direito, dos 7.500, cavaleiro da Torre e Espada, o Lobato, que pedira baixa de tenente no fim da campanha.

Outro bravo, o ex-sargento Lopes, que era guarda-chefe dos tabacos, tinha pedido vinte homens, e atravessara com eles o Ave, na revolta do rio, sem ser visto, na bateira do José Pinto Soares. Ele não podia levar a bem que aqueles pategos se retirassem sem uma sova pela retaguarda e outra pela frente. Contava com a debandada pela ladeira das matas, e prometia, lá do alto, escorraçá-los de modo que eles se espetassem entre dois fogos. Os seus vinte homens eram soldados com baixa, guardas do tabaco, e sócios aposentados das quadrilhas de 1834 — um misto de políticos, de ladrões e mártires das enxovias.

Os quatro facínoras da horda do alferes, quando viram a marcha firme e solene dos de Santo Tirso — é agora, rapazes! — exclamaram, desfechando as espingardas. Os populares que as tinham, descarregaram as suas, e avançaram, ponte dentro, numa arremetida impetuosamente esbandalhada, de rodilhão. Uma das balas prostrara um arrieiro da primeira fila dos liberais; havia mais alguns feridos que se amparavam gementes às guardas da ponte. O bravo do Mindelo viu cair morto o seu homem, e, contendo a fúria das fileiras numa disciplina rigorosa, deu a voz da descarga à primeira, e mandou abrir passagem à imediata, que sustentava o fogo enquanto a outra carregava as armas.

Os pelouros cortavam fundo pelas carnes da populaça. Viam-se homens que fugiam a coxearem, atiravam-se às ribanceiras, escabujando em arrancos de morte. Os que não tinham espingardas e ainda os que as tinham sem cartuchame, pegavam dos tamancos e galgavam socalcos, buscando o refúgio dos pinhais e carvalheiras.

O alferes sentiu um choque duro de coisa que lhe contundia as costas e lhe apertava o pescoço. Era o Retrinca de Santiago de Antas, o mais feroz da sua malta, que se amparava nele, quando caía varado por um pelouro. Este espetáculo trivial não aterrava o soldado de Ponte Ferreira, das Antas e da Asseiceira; mas dava-lhe as antigas pernas que o serviram nessas gloriosas batalhas. Tinha cinqüenta anos, e fugia ganhando a dianteira aos garotos do seu bando destroçado. Porém, quando ele escalava a ladeira barrenta que se precipita ao sopé do monte, desciam em saltos de bezerros mordidos por vespeiros os seus homens, num turbilhão, acossados pelo tiroteio da companhia do ex-sargento Lopes — uns barbaçudos que pareciam gigantes no topo da colina, e davam uns berros clangorosos imitantes a mugidos de bois. O dia de juízo!

O Gaspar arrepiou carreira e desfilou por uma várzea alagada que ia esbeiçar com o rio. Como a banda do alferes vermelhava ao longe, e a espada a prumo no punho lhe dava uma caracterização jeitosa e provocante para alvejar as espingardas, as balas sibilavam-lhe por perto, chofrando nos pântanos. Alguns homens perseguiam-no chapinando no lameiral, porque o chefe dos tabacos, o Lopes, dizia-lhes: "Ó rapazes, vede se matais aquele diabo que é o cabecilha!" Os mais veleiros levavam-no esfalfado, cambaleando, atortemelado, quando o viram desaparecer de súbito entre uma espessa moita de plátanos. Daí a instantes, abeirando-se à ourela do rio, viram a barretina e a niza de saragoça sobre uns cômoros ervecidos; e, a distância de dez varas, aquele bêbado imortal atravessava o rio a nado, numa tarde de dezembro, com a espada nos dentes, e a banda a tiracolo.

— Ó alma do diabo! — dizia o Patarro de Monte Córdova, cevando a arma com zagalotes para lhe atirar. — Vou matar aquele pato bravo!

E o mais novo dos quatro, um imberbe que tinha pai:

— Não lhe atire, ó tio Patarro! É um velho, coitado! Não lhe vê os cabelos brancos? Aquele homem não se deve matar. Ele vai morrer afogado antes de chegar à outra banda. Verá. Que raio de amizade ele tem à espada! Aquilo é que é!

A meio do rio, onde a veia de água resvalava mais impetuosa, deixou-se derivar sem esforço de natação. Mal bracejava. Depois, o Ave espraiava-se em murmúrios de lago dormente, muito barrento, e deixava-se apegar. O alferes, com a água pela cinta, desatascou-se dos lamaçais de além e, horas depois, repassando o Ave na Ponte da Lagoncinha e vencidas duas léguas de chafurdeiros e barrocas, entrava na sua casa das Lamelas, bebia um grande trago de genebra, e floreando a espada, bradava: "Viva o Sr. D. Miguel I!"

Depois, sobreveio-lhe um reumatismo articular, e ficou tolhido.

Sete anos passados, quando todas as aldeias do Minho conclamavam D. Miguel, ele ainda vivia, mas entrevado num carrinho, e chorava, em impotentes arquejos do corpo paralítico, porque não podia amolar a lâmina da espada nos ossos dos malhados.

Tinha-a diante dos olhos pendurada numa escápula com o boldrié e a banda. Às vezes, depois de beber, punha-se a olhar para ela com os olhos envidraçados de lágrimas, e pedia que a metessem na sua sepultura, que o enterrassem com ela. E enterraram. Espera-se que o esqueleto deste legitimista, com as falanges esburgadas e fecurvas no punho azevrado da espada, ressuscite, ao ulular da trombeta, na ressurreição geral das Legitimidades. Ponto é que a Rússia se mova — como dizia o frade de Barrimau.

IV

Do Alto Minho continuavam as notícias alegremente agitadoras. O Cristóvão Bezerra, ex-capitão-mor de Santa Marta de Bouro, escreveu ao seu parente de Barrimau. Dizia-lhe que constava que o Sr. D. Miguel estava no seu reino, e — o que mais era — muito perto dali. Que não se podia explicar mais pelo claro sem ter a certeza de que seu primo entendia a cifra de comunicação entre os membros da ordem de S. Miguel da Ala, instituída pelo Sr. D. Afonso Henriques e renovada ultimamente pelo monarca legítimo — explicava. O Major Bezerra era comendador da ordem e conhecia a cifra: — que escrevesse francamente. E, desconfiando do correio, mandou a Santa Maria de Bouro o afilhado, o filho do alferes

Gaspar, com uma carta muito importante. O pedreiro, a impar de soberba por tal mensagem, posto que não participasse do segredo do padrinho que era discreto, disse ao pai:

— Ou eu me engano, ou o Sr. D. Miguel está por aí, não tarda...

O alferes sentiu uma descarga elétrica na coluna vertebral e convulsionou-se extraordinariamente. Fazia lembrar fenômenos que se contam de movimento galvânico nos paralíticos, colhidos de improviso pelo terror ou pela exultação; mas o Gaspar, como só tinha o esôfago desimpedido, bebeu, com a escorrência absorvente de um olho-marinho, muita aguardente, o desatou a berrar o *Rei chegou*.

O filho, com a discrição própria de um agente secreto da restauração realista, zangou-se com o berreiro cívico do pai e perguntou-lhe se estava bêbedo. O velho entusiasta, ferido no seu coração de vassalo e de progenitor, teve um honrado intervalo lúcido, quando lhe replicou:

— Se eu não estivesse aqui tolhido, respondia-te, malandro!

Deitou o albardão à égua e partiu para terras de Bouro o Zeferino. Quando passava defronte da casa do Simeão, em Prazins, olhou de esguelha, por debaixo da aba do chapéu, para o lavrador que estava apondo os bois ao carro, e regougou um arrastado pigarro de goelas encatarroadas; e, dando de espora à andadeira, deixou cair o pau ferrado ao longo da perna. "Qualquer dia, estou-te em cima!" dizia de si consigo, ladeando a besta em corcovos chibantes. O Simeão, quando o perdeu de vista, murmurou: — Valha-te o diabo, banabóia!

O ex-capitão-mor de Santa Marta respondeu às perguntas do primo de Barrimau; e, como o portador se recomendou na qualidade de afilhado do fidalgo e filho de um alferes que comandara o ataque de 1838 sobre Santo Tirso, o Cristóvão Bezerra tratou-o muito bem e pediu-lhe notícias desse ataque a Santo Tirso que ele não conhecia. O pedreiro contou a façanha do pai, a nadar, com a espada nos dentes; e o fidalgo quando soube que ele estava entrevado, disse pungidamente: Mal empregado! — que um general romano fizera o mesmo e que o levasse às Caldas de Vizela à bomba quente.

Como estava conversando com o filho de tamanho realista, fez-lhe confidências: — que D. Miguel estava perto dali; mas não recebia ninguém porque os malhados já o espreitavam em Portugal. Que a aclamação havia de começar em terras de Bouro, e estender-se até Lisboa; e que estivesse certo que el-rei nosso senhor lhe daria a patente do pai ou talvez mais. O pedreiro esfregava os joelhos com as mãos e bamboava-se hilariante na cadeira como um idiota. Tirou da algibeira da véstia uma saquita de miçanga, onde tinha três peças e sete pintos. Pôs o dinheiro com estrondo diante do Bezerra — que o mandasse a el-rei para as suas despesas; que eu, acrescentou, há quatro anos que lhe dou uma moeda de ouro por ano; ele há de saber pelo rol quem é o Zeferino das Lamelas, porque o Padre Luís de Sousa Couto, do Porto, disse-me que El-Rei conhece de nome todos os que lhe mandam dinheiro. O fidalgo recusou: — que não estava autorizado a receber donativos, nem os julgava por enquanto necessários, porque em poder do Dr. Cândido, de Anelhe, estavam cinqüenta contos, dados pela Senhora Infanta D. Isabel Maria, para pôr a procissão na rua.

A carta de que Zeferino foi o ditoso portador era mais explícita. Contava que D. Miguel estava escondido na residência do abade de São Gens de Calvos, no concelho da Póvoa de Lanhoso, o Reverendo Marcos Antônio de Faria Rebelo.[4] Que pouquíssimas pessoas o

---

[4] Como seria de mau gosto inventar este episódio, imponho-me o dever de afirmar que estas notícias me foram transmitidas por um ilustrado cavalheiro da Póvoa de Lanhoso, o Sr. José Joaquim Ferreira de Melo e Andrade, da casa nobilíssima das Argas, falecido, com mais de oitenta anos de idade, em 1881. Conquanto a imprensa contemporânea, que eu saiba, não falasse no pseudo D. Miguel, as revelações do ancião de Lanhoso merecem-me e são dignas de toda a confiança.

Além disso, consultei o reverendo Casimiro José Vieira, tão celebrado quando dirigia com mão armada a revolução do Minho, que se chamou *Maria da Fonte*. Hoje, com 66 anos de idade, vive na sua *casa da Alegria*, no concelho de Felgueiras, ao sopé do Monte de Santa Quitéria, preparando as suas *Memórias*, que devem esclarecer as obscuridades originais da insurreição de duas províncias. Este padre que, aos trinta anos, foi conclamado general pelo povo, e parlamentou face a face com o Conde das Antas, respondeu assim à minha consulta: *Eu apenas posso dizer a você que foi verdade ter estado o tal impostor oculto em casa do abade, porque ele mesmo mo disse; mas nada lhe perguntei a tal respeito, por me lembrar que ele teria vergonha de se deixar enganar, depois de lhe ter beijado a mão muitas vezes, no tempo de estudante e seminarista, quando o Sr. D. Miguel esteve em Braga, a ponto de se ter tornado saliente para o mesmo Sr. D. Miguel, como o mesmo abade me contou também, mas por isso mesmo nada mais posso acrescentar...* (Carta de 11 de novembro de 1882.) [N. do A.]

tinham visto, porque Sua Majestade só se mostraria aos seus amigos fiéis quando entrassem pela Galiza os generais estrangeiros que se esperavam, uns do antigo exército carlista, outros de Inglaterra.

Esta notícia dos generais estranhos beliscou a vaidade nacional do Major Zeferino Bezerra. Parecia-lhe impossível que o príncipe proscrito não confiasse na perícia e lealdade do Santa Marta, do Vitorino, do Póvoas e Bernardino. Era uma ingratidão, dizia ele ao mano frade, que acrescentou: — e uma bestialidade.

El-rei deve saber o que lhe valeram o Bourmont e o Pussieux e o MacDonnell, no fim da campanha. Sabes tu? — rematou o morgado — aqui anda marosca. O que tratam é de se abotoarem com os cinqüenta contos da Infanta D. Isabel Maria, e o primo Cristóvão é um asno chapado.

— Escreve-se ao Póvoas e ao Bernardino — aconselhou o egresso — que digam alguma coisa.

Os militares realistas responderam que sem dúvida estava a levedar alguma tentativa de restauração; que o Ribeiro Saraiva trabalhava deveras; que o Sr. D. Miguel era esperado em Londres; mas que não estava no reino, nem cá viria senão para se sentar de vez no seu trono usurpado.

— Deixa-te de asneiras, Zeferino — dizia o fidalgo ao afilhado com as cartas na mão — El-Rei há de vir; mas não veio. Meu primo foi codilhado pelo Abade de Calvos, e eu vou-lhe escrever que não seja palerma, nem caia com uma de X para o levantamento que é uma comedela.

O pedreiro, não obstante, apostava dobrado contra singelo que D. Miguel estava em Calvos, e puxava pela saquita de miçanga com gestos de troquilha de burros em feira:

— Aposto! Aqui está dinheiro! O fidalgo de Quadros, o sr. Tenente-Coronel Cerveira Lobo também diz que El-Rei já por cá anda.

— O Cerveira Lobo! olha que borrachão! — disse o frade. — Quem cá está é o rei dos bêbados no corpo dele — acrescentou o morgado.

— Mas diz que o Sr. D. Miguel I gostava muito dele — objetou o pedreiro. — Ouvi-lho eu.

— Não duvido... explicou o frade — que o Sr. D. Miguel gostava de grandes patifes...

O primo Cristóvão redargüiu, magoado na sua esperteza, que era tão certo estar el-rei em Calvos como era certo ter-lhe beijado a régia mão em casa do abade, na noite sempre memorável de 16 de abril de 1845. Que só o tinha visto de relance em Braga em 32, mas que o conhecera pelo retrato; que até manquejava um pouco, tal e qual, como se sabe, depois que Sua Majestade quebrou a perna em 28. Que el-rei nomeara o Abade de Calvos seu capelão-mor, que dera a mitra de Coimbra ao Abade de Priscos, e fizera chantre o Padre Manuel das Agras, e a ele lhe fizera a mercê de duas comendas e o título de Barão de Bouro, afora outras graças a diversos clérigos e leigos.

— Que te parece isto? — perguntou o morgado ao frade.

— Parece-me a notória estupidez do primo Bezerra e mais dos padres; mas, se o homem que lá está é o D. Miguel, então o estúpido é ele, e que me perdoe Sua Majestade fidelíssima...

Escreveu-se novamente ao Póvoas, ao Tavares de Fagilde e ao Pontes, um colaborador da *Nação*. Responderam-lhe que não havia tal D. Miguel em Calvos; mas que deixasse correr o marfim, porque era necessário uma agitação preparatória, um simulacro, uma apalpadela...

— Quer dizer — reflexionou o frade — que o tal impostor é um Batista, o precursor do verdadeiro Messias. Pois deixemos correr o marfim, e mais o simulacro... que palpem — e, pondo as duas mãos engalfinhadas sobre o umbigo proeminente, fazia girar um dedo polegar à volta do outro. Que o que fosse soaria, e não caísse o mano Zeferino na estultícia de se comprometer sem que os generais portugueses saíssem à rua.

Na correnteza destas coisas, o Zeferino das Lamelas não trabalhava de pedreiro; abandonou as obras de alvenaria aos oficiais, e andava numa dobadoira de casa do padrinho para casa do Tenente-Coronel realista, o Vasco Cerveira Leite, morgado de Quadros, um homem nascido ilustremente, que, desde Évora Monte, não cortara as barbas nem saíra das ruínas da casa-solar em Vermoim.

Como a sua paixão era inconsolável com o destino, deu-se à distração do álcool; e, porque tinha a consciência da sua miséria de bêbado, fechava-se no seu quarto, onde às vezes caía amodorrado sobre o vômito. Imbecilizara-se. Cerveira tinha sofrido um ataque cerebral quando o Brigadeiro José Urbano de Carvalho infamemente se passara com alguns esquadrões de cavalaria para o centro da divisão do Duque da Terceira, na Chamusca. Ele vira o seu Coronel Antônio Cardoso de Albuquerque dar vivas à carta constitucional e a D. Maria II. Achou-se arrastado, ilaqueado e prisioneiro, quando procurava abrir com a espada uma sepultura honrosa. Ali se extinguira coberto de opróbrio, naquela hora, o bravo e leal regimento de Chaves, que nunca dera um desertor para as fileiras do inimigo. O Tenente-Coronel, desde esse dia, foi um desgraçado incompreendido que se embriagava para esquecer o reviramento súbito da sua carreira. Depois, a corrente travada das misérias. Tinha filhos que se emborrachavam como ele, e filhas que se namoravam dos engenheiros das estradas, e andavam pelas romarias de roupinhas escarlates, com botinas de ponteira de verniz e chapéus desabados de seda preta com borlas e plumas. Sua mãe tinha sido açafata da apostólica D. Carlota Joaquina, fizera-se mulher do Ramalhão, e gabava-se de ter sido amada do Conde de Vila Flor. Quando entrou no vasto e velho casarão de Quadros, teve histerismos formidáveis e acordava os ecos das montanhas com gritos que punham terrores sobrenaturais na vizinhança. O Cerveira Leite poderia viver abundantemente na corte, porque os seus rendimentos e foros eram muito importantes: é o que D. Honorata lhe pedia com lágrimas; mas ele, colérico: — que não podia encarar os malhados, e não sairia mais de casa sem as suas divisas de tenente-coronel de dragões. E, apontando-lhe para os cinco filhos:

— Sê boa mãe, trata dessas crianças que andam aí porcas que fazem nojo! — Tinha estas eqüidades em jejum.

E ela:

— Mais nojo me fazem as borracheiras de você!

E o fidalgo então disciplinava-a militarmente. Quando lhe não dava alguns pontapés, desfechava-lhe um tiroteio de palavradas de tarimba, e perguntava-lhe se tinha saudades dos bordéis de Ramalhão, aqueles pagodes reais. Desta procacidade esquálida, derivou a um mutismo estúpido. Não lhe respondia. Fechava-se no seu quarto, contíguo à garrafeira.

D. Honorata Guião teria vinte e oito anos, quando saiu de Lisboa para o Minho em 34. Era formosa das finas graças aristocráticas. Uma elegância nervosa, inquieta, mordiscada de desejos como uma flor branca muito picada das abelhas. Aceitara o Major Cerveira, porque era rico e estadeava na corte as suas librés. Tinha trinta anos, e dizia-se que aos quarenta seria general, porque D. Miguel gostava muito dele. Rosnava-se que o Cerveira tinha sido um dos assassinos do Marquês de Loulé.

Este rapaz de corte e da intimidade do rei e das infantas, disputado pelas damas da rainha, era aquele ébrio encanecido que, debruçado na janela do seu quarto, fortemente fincado no peitoril de ferro da sacada, revessava ao caminho público golfos aziumados de vinhaça, e dizia garotices de lacaio às raparigas que passavam medrosas e o saudavam: — Guarde Deus V. Sa., Sr. fidalgo! — Tenha V. Sa. muito boas tardes, Sr. morgado! — E ele, almofaçando as barbas conspurcadas de vômito: — Ó brejeira, deixa lá ver o patriotismo; que tal é a anca? Não respondes, catraia? Olha como aquela rebola os quadris, o grande coldre! — As cachopas não respondiam; safavam-se com um grande medo, porque eram suas caseiras; mas comentavam:

— Que levasse o diabo o piteireiro do fidalgo! — que a fidalga fizera bem em se pisgar com o doutor dos Pombais. — Quer não — contrariava uma lavradeira idosa — foi má mulher que deixou assim os filhos, cinco crianças! uma desgraça! Nem as cadelas faziam isso. Os mais velhos já se emborracham, e as meninas estão quase mulheres e ainda não foram ao confesso nem sabem a doutrina. Que uma delas, a Teresinha, já se enfeitava para o estudante das Quintãs que andava por lá feito caçador, e que o morgadinho, o Sr. Heitor, namorava a filha do José Alho, e até se dizia que lhe falara em casamento. Vede vós que desgraça, ó moças! Um menino tão rico e tão fidalgo, vi-o aqui há tempos na taverna de Vilaverde que se não lambia, a pagar vinho ao Alho e mais à cróia da filha, e a comerem todos iscas de bacalhau com as mãos! Ao que eu vi chegar um senhor dos fidalgos de Quadros! Quando eu era rapariguita, aqueles senhores nunca saíam sem os seus mochilas fardados e tinham liteiras com as armas reais pintadas. Faziam mesmo um respeito! O Sr. Rodrigo, pai deste morgado velho, era disto dos governos lá de Lisboa, e quando vinha ver as suas quintas, ó senhores, caía aí o poder do mundo de Braga e Guimarães a visitá-lo! E as fidalgas? Isso então a gente, quando as via, corria logo a beijar-lhe a mão, e elas no dia de Páscoa mandavam às cachopas lenços para a cabeça e regueifas de pão podre. Aquela casa estava sempre cheia de frades de ordens ricas ...

— Isso, isso... eu logo vi que essas fidalgas haviam de estar cheias de frades de ordens ricas — dizia o José Dias de Vilalva. — Muito cheias de frades aquelas fidalgas, hem?

— Aí vens tu com as tuas alicantinas — retrucava, pronóstica e solene, a tia Rosa de Carude. — É o que tu estudas, meu valdevinos. Agora é melhor que então, pois não foste? As fidalgas de hoje em dia presentemente fogem com os doutores e deixam os filhos... Isto agora é que é bom às direitas, pois não é? No tempo antigo, valha-me Deus, as fidalgas eram umas desavergonhadas que conheciam frades e criavam os seus filhos.

— Os filhos dos frades? — perguntava o Dias.

— Cala-te aí, boca danada! Olha que padre havia de sair de ti! Ainda bem que a Marta de Prazins te fez mudar de rumo.

A fuga da Honorata Guião com o Silveira dos Pombais não amotinara a opinião pública escandalizada. À exceção da austera Rosa de Carude, toda a gente deu razão à fidalga. O Cerveira tinha amigas da ralé, que metia em casa — uma diversão à embriaguez, quando não exercia as duas distrações numa promiscuidade desaforada. D. Honorata visitava-se unicamente com a D. Andreza da Silveira, da casa dos Pombais, irmã de um bacharel delegado em Amarante. Chorava muito com ela e pedia-lhe que perguntasse ao mano doutor se poderia separar-se por justiça, antes de se atirar a uma cisterna. D. Andreza pediu ao irmão que viesse ouvir as tristes alegações da sua desgraçada amiga.

Estava Honorata nos trinta e três anos, quando Silveira a encontrou nos Pombais. O delegado era um romântico. Emigrara em 28, sendo estudante, quando alguns membros da sociedade dos *Divodignos* padeceram o suplício da forca pelo homicídio dos lentes. Completara a formatura em 38 e fora despachado. Muito lido em Schiller e Arlincourt. Fazia solaus em que havia abencerragens e infantas cristãs apaixonadas que tocavam arrabis, banhadas de lua nos revelins dos castelos roqueiros. Também fazia prosa na *Gazeta literária* do Porto — cenas dramáticas em que se jurava pela gorja e havia homens de prol que arrastavam mantos negros, cravavam lâminas de Toledo às portas de D. Fuas, e, cruzando os braços, rugiam cavernosamente: "Ah! Dom Ribaldo, Dom Ribaldo!" E depois, os arrepios de uma casquinada seca, de um estridente grasnido de gaivotas que se espicaçam por sobre o mar banzeiro.

A Honorata, esposa deplorativa, dama da rainha, esbeltamente magra, de uma elegância de raça afinada nos salões da Bemposta, palidez ebúrnea, esmaecida, *airs évaporés*, um sorriso nobre de ironia rebelde à desgraça, com a dupla poesia do martírio e da beleza, ultrapassou a encarnação viva dos ideais do bacharel. Ela tinha pejo de lhe contar os seus infortúnios, a vida crapulosa do marido, a libertinagem de portas adentro com as jornaleiras, e o abandono da educação dos filhos. Andreza é que contava tudo ao mano Adolfo na presença da mártir. Que o Cerveira se embriagava todas as tardes e tinha amásias da última gentalha que punham e dispunham em casa. Que os meninos eram criados brutamente; que o mais velho, o Heitor, nem ler sabia; porque o pai também fazia mal o seu nome. Que tiveram um padre de dentro para os ensinar, mas que o padre, em vez de lhes dar lição, trabalhava de carpinteiro em remendar os sobrados, e quando era a hora do estudo largava a enxó e vinha em mangas de camisa, sem gravata e de socos para a sala. Que os meninos não lhe tinham respeito nenhum, por isso o Heitor, quando ele o ameaçou com a palmatória, respondeu que lhe dava uma navalhada. O pai achou-lhe graça, e o padre foi-se embora. Depois, entrou um velho que dava escola em Guimarães, e os quisera ensinar com muita paciência; mas o Heitor e mais o Egas tais arrelias lhe faziam que o pobre homem fugiu. Que D. Honorata sofria aquele flagelo desde a queda da realeza, como se fosse a culpada da vitória de D. Pedro. Era da família dos Guiões, muito íntimos do Sr. Miguel e do Conde de Basto; mas todos os seus parentes foram perseguidos, roubados, de modo que ela, ainda que quisesse fugir ao marido, não tinha em Lisboa família que a pudesse sustentar; — que, se não fosse isso, já teria acabado o seu suplício, e que muitas vezes pensara em se matar, mas...

— Os filhinhos... atalhou Adolfo sentimentalmente.

— Não, senhor — acudiu a dama de Carlota Joaquina — não são os filhos. O coração de mãe só se enche do amor aos filhos quando se evapora o amor aos pais. Eu nunca amei este homem. Impuseram-me o casamento, aproveitaram-se do despeito que eu sentia pelas ingratidões de um conde que eu amava, e casaram-me à pressa. O caráter deste homem não piorou com a desgraça da política; ele é o que sempre foi, com a diferença de que na corte embriagava-se com os fidalgos, no Alfeite e em Queluz, e por lá dormia. As mulheres que corrompia ou o corrompiam não eram minhas criadas nem minhas conhecidas; e, se o eram, eu apenas tinha a convicção de que ele era um devasso. Tenho cinco filhos deste homem; mas basta que eu lhe diga, Sr. Dr. Adolfo, que são dele, são os produtos amaldiçoados de uma obrigação estúpida, a aviltadora obrigação de ser mãe quando se é esposa.

Tinha dito. O bacharel nunca ouvira coisa assim, nem se lembrava de ter achado nos romances uma razão tão filosófica e concludente da justiça com que a mãe pode aborrecer os filhos.

— Sentia vontade de me ajoelhar diante dela! — dizia Adolfo à irmã. — Que formosura e que talento, Andreza! Ó mana, eu viajei cinco anos, vi as mulheres mais encantadoras da Europa, estive no Pardo, no Bois de Boulogne, no Hyde-Park, e nunca vi mulher que tanto me penetrasse os íntimos seios de alma! Nunca, por estranha fatalidade, nunca! Como é que eu sinto aos vinte e oito anos as palpitações de um coração que nasce? Que faísca de amor é esta que me lavra um incêndio devastador das alegrias de alma que ainda ontem me doiravam a existência?

Era o estilo hidrópico de Arlincourt; mas é de crer que exprimisse garrafalmente a singela e natural comoção que lhe fez a gentileza, a poesia elegíaca, a majestade inflexa daquela mulher a quem a desgraça dera uma crítica moderna e revolucionária na religião das mães.

D. Andreza, escandalizada, cortava-lhe os voadoiros perguntando-lhe se a separação judicial poderia dar meios de subsistência a Honorata. O bacharel, muito abstrato, parecia esquecido do código. O estado da sua alma não lhe consentia folhear a infame prosa com mão jurisperita.

— Que havia de estudar a questão; mas que lhe parecia que ela, requerendo o divórcio, apenas tinha alimentos por não ter trazido nada ao casal. — Estas frases eram mastigadas com um tédio, um engulho, como se, depois de declamar uma *Contemplação* de Lamartine, tivesse de recitar dois parágrafos da lei da *enfiteuse*.

D. Andreza era senhora ajuizada, muito séria, educada no convento de Vairão; tinha missa em casa, e escrevia cartas a diversas freiras, pondo sempre no alto do papel: *Jesus, Maria, José*. Andava nos trinta e cinco anos, muito linfática e um grande horror aos vícios da carne. O mano Adolfo conhecia-lhe a índole. Não podia esperar dela aplauso, auxílio à sua afeição a mulher casada. Andreza concordava com o irmão na formosura de Honorata; mas observava com um risinho malicioso que o não chamara para saber se a sua amiga era bonita ou feia; mas sim para aconselhá-la e dirigi-la na separação do marido por justiça.

O Doutor Adolfo absteve-se de entusiasmos, e pôs-se a estudar a questão, em conferências com o Bento Cardoso, de Guimarães, e o Torres e Almeida, o Rasqueja de Braga, dois chavões. Mas o que ele queria era corar as delongas nos Pombais, ganhar tempo, a salvo das suspeitas da mana e do seu capelão, um realista finório que sabia da poda, e trazia a pedra no sapato, dizia, cacarejando uma risada velhaca — e conhecia até onde podia chegar a fragilidade de um homem sem sólidos princípios de religião, estragado por essas nações.

D. Andreza andava assustada, porque o mano nem ia para Amarante nem dava começo ao processo. A Honorata aparecia-lhe radiosa, com um grande esmero no trajar, vestidos fora da moda, mas elegantes, ricos, de mangas perdidas, com uns decotes que punham nos olhos do capelão luzernas esquisitas, escrúpulos. Adolfo era discreto na presença da mana. Contava as suas viagens, durante a emigração, citava nomes de literatos desconhecidos à fidalga, seus amigos íntimos em Paris; ai! Paris! — exclamava. — Se eu então me passaria pela mente que havia de vir de Paris para Amarante!

— Ele porta-se muito sério — dizia D. Andreza ao Padre Rocha. — Ela é que me parece mais levantada, muito azevieira, não acha?

— Acho, acho... — confirmava o capelão. — Daqui rebenta coisa, minha senhora; rebenta, V. Exa. verá...

E, com efeito, estava a rebentar, na frase explosiva do Padre Rocha. O delegado tinha correspondência diária com Honorata, mediante uma caseira de sua mana, irmã de uma criada do Cerveira Lobo. Cartas incendiárias escritas durante a noite trocavam-se de manhã, quando o Adolfo saía a respirar os bálsamos das ribanceiras orvalhadas. Às vezes, subia a encosta até à crista do monte do castelo de Vermoim. Daqui, avistava-se por sobre as selvas verdes de carvalheiras e pinhais a vasta casaria pardacenta de Quadros, com dois torreões denticulados. No andaime de um dos torrões via-se um vulto branco, com o braço amparado numa das ameias, e a cabeça encostada à mão como nas baladas de Baour Lormian. Era Honorata, com o binóculo assestado na fraga onde estava Adolfo, alaranjado pela primeira resplandecência do sol nascente.

Ao cabo de duas semanas, saíram dos domínios da balada. Uma noite, partiram de Guimarães, caminho do Porto, dois cavalos do Gaitas, e pararam na Ponte de Brito. Um dos cavalos era arreado com selim de senhora. Por volta da meia-noite, Adolfo e Honorata, num passo miúdo, com uma ansiedade, misto de exultação e de susto, chegaram à Ponte de Brito. Ele ajudou-a a sentar-se na sela; cavalgou, disse aos dois arrieiros o seu destino, e partiram trote largo.

V

Seis anos depois, em 1845, quando o Zeferino das Lamelas andava em roda-viva de Barrimau para Quadros, o Cerveira não tinha alterado sensivelmente os seus hábitos. Estava muito gordo, saúde de ferro — um desmentido triunfante aos foliculários que desacreditam as virtudes higiênicas, nutrientes do álcool. Os vomitórios quotidianos explicavam a depurada e sadia carnadura do Tenente-Coronel. Orçava pelos cinqüenta anos, com um arrogante aspecto marcial, de intonsas barbas grisalhas — olhos rutilantes afogueados pela calcinação cerebral. As filhas não mostravam vestígios alguns de educação senhoril. Aquela Teresinha, que a Rosa de Carude denunciara, fugira para casar com o minorista das Quintãs. As outras duas, muito boçais e alavradeiradas, tinham amantes — uns engenheiros e empreiteiros do Conde de Clarange Lucotte, que andava fazendo as estradas entre Braga, Porto e Guimarães. Ninguém decente as queria para casar porque, além do descrédito, o pai não dava dote; e, desde que a mãe fugira, convenceu-se de que não eram suas filhas. Heitor e Egas, dois galhardos moços, de jaqueta de alamares de prata, faixa vermelha, e sapatos de prateleira com ilhoses amarelos, tinham éguas travadas que entravam pelas feiras num arranque de rópia e pimponice, que ia tudo raso. De resto, valentes e bêbados, possantes garanhões de femeaço reles, e muito esquivos a tratarem com senhoras — canhestros e bestiais. Roubavam o milho e o vinho; vendiam, nas matas distantes, ao desbarato, cortes de madeira e roças de mato; além disso tinham umas pequenas mesadas que o pai lhes dava. Ainda assim, a casa de Quadros não estava empenhada, prosperava, e era das primeiras do concelho. O luxo do fidalgo era a garrafeira. Mais nada. As filhas de Honorata quando, entre si, falavam da mãe, chamavam-lhe "aquela desavergonhada"; os rapazes com um desapego desleixado que poderia fingir dignidade, nem se lembravam que tinham mãe. Quanto ao pai, esse antes de jantar, era taciturno, casmurro, como quem se esforça por sacudir um pesadelo; e, de tarde, sumia-se para recomeçar as suas visões luminosas interceptadas pelas trevas momentâneas da razão. Não se sabe o que ele pensava da mulher.

Admitia pouca gente em sua casa e pouquíssima à sua presença. Além dos caseiros que lhe pagavam as grossas rendas de Vila do Conde, de Esmoriz e S. Cosme do Vale, apenas recebia o pedreiro das Lamelas que lhe fizera os canastros e reconstruíra algumas paredes desabadas. Conhecia-lhe o pai, o alferes, desde a batalha de Ponte Ferreira. Mandava-lhe botijas de genebra e maços de cigarros; — que bebesse, que se embebedasse, que os tempos não iam para outra coisa. E o alferes com vaidade de fino:

— A quem ele vem dizer!

Ultimamente, falavam muito da chegada do Sr. D. Miguel — "o meu velho amigo", dizia o Cerveira, pondo as mãos no peito e os olhos no teto.

— Venha ele, e ver-me-ás, Zeferino, à frente dos meus dragões de Chaves! — Relampagueavam-lhe então as pupilas e fazia largos gestos marciais, com o braço trêmulo como se brandisse a espada, rompendo um quadrado; montado na fantasia, arqueava as pernas, descaía o tronco sobre um imaginário cavalo empinado e bufava com trejeitos ferozes. Era de um ridículo lacrimável. O Zeferino dizia ao pai que às vezes lhe tinha medo quando ele fazia aquelas partes.

— O vinho do Porto é o diabo! — dizia o alferes com uma grande experiência dessas façanhas incruentas — é o diabo!

O Zeferino, na volta de Santa Marta de Bouro, contou-lhe o que soubera em casa do Capitão-mor. O Tenente-Coronel quis imediatamente partir para Lanhoso; mas não tinha roupa decente para se apresentar a el-Rei. As fardas estavam traçadas, podres, com um bafio de rodilhas no fundo de uma arca; dos galões restava um tecido esbranquiçado com laivos verdoengos; o casco das dragonas esfarinhou-se-lhe nas mãos roído pelos ratos. Não tinha casaca. Desde a convenção de Évora Monte, mandava fazer a Guimarães uns ferragoulos de mescla à laia de capote de soldado para o inverno; de verão, para equilibrar o calor artificial interno com o da atmosfera, andava em ceroulas e fazia leque da fralda. Por decência, fechava-se nos seus aposentos. Mandou chamar um alfaiate a Braga, o Cambraia da Rua do Souto, para se vestir à militar e à paisana.

Entretanto o Zeferino, um pouco desanimado, contou-lhe que o seu padrinho de Barrimau e mais o frade não acreditavam que El-Rei estivesse em Calvos; que era uma comedela do Dr. Cândido de Anelhe e dos padres para apanharem cinqüenta contos à D. Isabel Maria; que os generais do Sr. D. Miguel não sabiam de nada.

O Cerveira Lobo esfriou. — Também me parece, dizia, que se o meu velho amigo D. Miguel aí estivesse, já me tinha mandado chamar.

Mas, depois que o Bezerra de Bouro asseverou que beijara a mão de el-Rei, o pedreiro e o Tenente-Coronel já não podiam duvidar. Combinou o fidalgo com Zeferino que partisse ele para Lanhoso, e dissesse ao Capitão-mor que o levasse a Calvos, e o abade que participasse a el-Rei que estava ali um próprio com uma carta de Vasco da Cerveira Lobo, tenente-coronel de dragões.

— Assim que el-Rei ouvir o meu nome, entras logo, imediatamente, num pronto. Depois, põe-te de joelhos, e entrega-lhe a carta, percebeste? Tu vais e trazes-me resposta. Por estes oito dias, o mais tardar, tenho cá o fardamento. No caso que Sua Majestade me mande ir vou, se não, trato de chamar às armas cinco ou seis mil homens com que posso contar.

Zeferino, para evitar questões atrasadoras, não disse nada ao padrinho nem ao pai, receando as expansões usuais da carraspana.

O Cerveira dizia ao Padre Rocha, capelão de D. Andreza: — Idéias não me faltam; mas esqueci aquilo que se chama... sim, aquilo com que se escreve, quero dizer...

— Ortografia?

— É como diz, Padre Rocha, ortografia.

Era o exórdio para lhe dar parte que o seu amigo e rei D. Miguel estava no concelho da Póvoa de Lanhoso; que lhe queria escrever; mas que não se metia nisso; e acrescentava: — ele, o rei, aqui há treze anos sabia tanta ortografia como eu; mas agora dizem as gazetas que ele estudou coisas e loisas e tal. Pedia, portanto, ao Padre Rocha que lhe escrevesse a carta para ele a copiar de seu vagar. E, pondo-lhe a mão no ombro: — E ouviu, padre? Vá pensando no que quer; uma boa abadia, Santiago de Antas, hem? serve-lhe? ou antes quereria ser cônego? Enfim, pense lá... Nós cá estamos às ordens.

O padre era a fina flor do clero realista. Sensato, inteligente e honesto. Primeiro, quando o Cerveira lhe revelou a meia voz a chegada do seu amigo e rei D. Miguel, imaginou-o no seu estado normal de bebedeira. Depois, reparando mais nas atitudes firmes e desempeno da língua, julgou-o sandeu, amolecimento cerebral pela alcoolização; por fim convenceu-se de que o pobre homem era enganado e escarnecido por alguns desfrutadores. O padre tinha muita compaixão do fidalgo que a mulher e as filhas enlameavam torpemente. Ele avisara D. Andreza que, no dia em que o Senhor Doutor Adolfo entrasse nos Pombais pela porta principal, ele sairia pela porta travessa; e a fidalga levara tão a mal o proceder do irmão que pensava em fazer testamento para que os filhos dele e de Honorata lhe não herdassem as quintas. Sabia-se nesse tempo que o Doutor Adolfo da Silveira era juiz de direito nos Açores e tinha consigo uma formosa amante com três meninos.

A única idéia com que o Cerveira contribuiu para a redação da carta foi que escrevesse: — "se Vossa Majestade precisa de dinheiro, diga o que quer que eu até onde chegarem as minhas posses está tudo às ordens de el-Rei meu senhor".

O Padre Rocha não se esquivou a colaborar na endrômina, dizia ele a D. Andreza — porque "eu, pela resposta da carta, hei de seguir o fio da esparrela que querem armar ao parvo do homem".

A carta ia pomposa, a ponto de Cerveira pedir comentários, explicações. Que estava uma obra profunda — dizia o fidalgo instruído enfim nas obscurezas do estilo.

E, tirando seis pintos do bolso do colete:

— Aí tem para o seu rapé, merece-os.

O capelão não aceitou; pediu que os aplicasse por sua intenção às necessidades do Sr. D. Miguel.

— É um realista às direitas, padre, um grande realista! — E, guardando os seis pintas, abraçou-o efusivamente e ofereceu-lhe um cálice de 1817.

— Eu desejaria muito ver a resposta de Sua Majestade — dizia o Padre Rocha.

— Isso é logo que ela chegar, padre! Pois então? Cá entre nós não há segredos; e, se o amigo quiser, no caso que el-Rei me mande ir, vai comigo, e pode logo vir despachado. Pois então?

— Está dito! — e o padre com um regozijo muito cômico, e o cálice aromático debaixo do nariz: — Quem sabe se eu ainda serei arcebispo, ó sr. Tenente-Coronel!

— Ora! como dois e dois são quatro! Há de ser arcebispo, não tenha dúvida. Isto vai tudo mudar! — E carregava-lhe forte no 1817. — Arre! estou aqui metido há doze anos nestes montes, que me tem levado os diabos! Tenho 49 anos: mas este punho ainda pode com a espada! Há de haver pancaria de criar bicho! Olé! Eu dizia às vezes ao meu amigo D. Miguel quando o Sedvém, e o Mata e o Miguel Alcaide davam cacetada nos malhados que aquilo não era bonito. Pois agora, Padre Rocha, hei de dizer-lhe: "É para baixo, real senhor! mocada de meter os tampos dentro a esses malhados! É acabar com eles por uma vez! uma forca em cada conselho, real senhor, muitas forcas! Ah! meu camarada Teles Jordão! tu o és que a sabias toda!"

O Cerveira começava a gaguejar, a cambalear, e entornava o cálice. O padre despediu-se.

VI

Na residência do Abade Marcos Rebêlo, em São Gens de Calvos, havia uma sala com alcova e janelas sobre uma horta arborizada. As pereiras, macieiras e abrunheiros principiavam a florir. Era no começo de abril. Ali, naquelas frígidas alturas, sopram as ventanias mordentes de Barroso, do Gerês, e gelam a seiva nos troncos filtrados da neve e das cristalizações glaciais. Fazia frio. Na saleta caiada, muito excrementícia de moscaria, com teto de castanho esfumaçado e o pavimento lurado do caruncho, havia a um lado duas caixas de cereais, no outro algumas cadeiras velhas de nogueira de diversos feitios, esfarpeladas no assento; nas paredes duas litografias — o retrato de D. João VI com o olho velhaco e o beiço belfo, e o Marquês de Pombal sentado com o decreto da expulsão dos jesuítas, apontando paralapatonamente para a barra onde alvejam panos de navios que levam os expulsos. Na velha cal esburacada e emporcalhada de escarros secos de antigos catarrais, destacavam molduras de carvalho com dois painéis a óleo cheios de gretas, S. Jerônimo no deserto, com uma cara aflita, de tique doloroso, e Santo Antônio de Pádua, num sadio *en bon point*, um bom sorriso ingênuo, numa bola que os hagiólogos diziam ser o globo terráqueo. No centro da quadra estava uma banca de pinho pintada a ocre, com uma coberta de cama, de chita vermelha, com araras, franjada de requifes de lã variegada. Ao lado da banca, uma cadeira de sola, com espaldar em relevo e pregaria amarela com verdete; do outro lado havia um fogareiro de ferro com brasas e uma cesta de verga cheia de carvão. Entre as duas pequenas janelas de rótulas interiores e cachorros de pedra, trabalhava estrondosamente um relógio de parede com os frisos do mostrador sem vidro, cheios de moscas mortas, penduradas por uma perna, de ventres brancos muito inchados e as asas abertas.

Dez horas. Abriu-se então a porta da alcova que rangeu ligeiramente na couceira desengonçada, e saiu um sujeito de mediana estatura, ombros largos, barba toda com raras cãs, olhos brilhantes, pálido-trigueiro, um nariz adunco. Representava entre trinta e seis e quarenta anos. Sentou-se à braseira e preparou um cigarro, vagarosamente, que acendeu na aresta chamejante de uma brasa. Com o cigarro ao canto dos lábios e um olho fechado pelo contato agro do fumo, foi abrir uma das vidraças, e pôs fora a mão a sondar a temperatura. Coxeava um pouco. Recolheu a mão com desagrado e fechou a janela. Vinha subindo a escada de comunicação com a cozinha uma mulher idosa, em mangas de camisa, meias azuis de lã e ourelos achinelados. Pediu licença para entrar, fez uma mesura de joelhos sem curvar o tronco, e perguntou:

— Vossa Majestade passou bem?

— Otimamente, Senhorinha, passei muito bem.

— Estimo muito, real senhor. O sr. abade foi chamado às oito horas para confessar uma freguesa que está a morrer de uma queda, e deixou dito que pusesse o almoço a Vossa Majestade, se ele não chegasse às nove e meia.

— Quando quiser, Senhorinha, quando quiser, visto que o abade deu essas ordens e quem manda aqui é ele.

Da cozinha vaporava um perfume de salpicão frito com ovos. Sua Majestade farejava com as narinas anelantes num forte apetite. A criada voltou com toalha, guardanapo, louça da índia, talheres de prata, e uma travessa coberta. Sua Majestade, muito familiar, tirou de sobre a mesa uns cadernos escritos, cosidos com seda escarlate, e um grande tinteiro de chumbo com penas de pato.

— Ora Vossa Majestade a incomodar-se! Valha-me Deus! eu tiro isso, real senhor! Não que uma coisa assim! Um rei a...

E o real senhor:

— Ande lá, Senhorinha, que eu ajudo. Um rei é um homem como qualquer homem.

— Credo! faz muita diferença... mesmo muita...

Ela descobriu a travessa a rir-se:

— Vossa Majestade diz que gosta...

— Sardinhas de escabeche? Se gosto!... Vamos a elas que estão a dizer: comei-me.

E atirou-se às sardinhas com uma sofreguidão pelintra.

Depois, serviu-lhe rodelas de salpicão com ovos. Sua Majestade gostava muito destas comezanas nacionais. Já tinha comido tripas, e dizia que no exílio se lembrava muitas vezes desta saborosa iguaria com feijão branco e chispe, que tinha comido em Braga. O

Abade de Calvos sensibilizava-se até às lágrimas quando via el-Rei a esbrugar uma unha de porco e a limpar as régias barbas oleosas das gorduras suínas. O terceiro prato era vitela assada. A Senhorinha trazia-lha no espeto, porque Sua Majestade gostava de ir trinchando finas talhadas, enquanto a cozinheira, de cócoras ao pé do fogareiro, conservava o espeto sobre o brasido, a rechinar, a lourejar. Bebeu harmônicamente o real hóspede um vinho branco antigo, da lavra de um fidalgo de Braga, proprietário do Douro, que estava no segredo do ditoso Abade de Calvos — capelão-mor de el-Rei e dom prior eleito de Guimarães.

A criada assistia muito jovial àquela deglutição formidável, e dizia particularmente ao abade: — Este senhor, pelo que come, parece que tem passado muitas fominhas! Ninguém há de crer o que Sua Majestade atafulha naquele bandulho! — e dizia que lhe dava vontade de chorar, lembrando-se das lazeiras que ele tinha apanhado; porque o Abade contava que lera no *Deus o quer*, do Visconde de Arlincourt, que o Sr. D. Miguel, em Roma, não tinha às vezes 10 réis de seu para almoçar uma xícara de leite. E, perguntando a el-Rei se era verdade aquilo — que sim, que chegara a essa extremidade; mas que preferia a fome a ceder os seus direitos e a felicidade dos seus vassalos pelos sessenta contos anuais que lhe ofereceram da Casa do Infantado, e que ele rejeitara.

Por fim, vinha o café. As fatias eram torradas ali, no fogareiro. Sua Majestade barrava-as de manteiga nacional — preferia a manteiga do seu País, como a vitela, e o lombo do porco no salpicão português, e o pé do porco nas tripas também portuguesas — tudo do seu País. Que rei, que patriota! — meditava o Abade de Priscos, bispo eleito de Coimbra, esmoncando-se e aparando as lágrimas ternas no alcobaça.

No fim do copioso almoço, el-Rei fumava charutos espanhóis, de contrabando; desabotoava o colete, dava arrotos, repoltreava-se na cadeira de sola um pouco desconfortável, e vaporava grandes colunas de fumo que se espiralavam até ao teto.

A Senhorinha veio à beira de el-Rei, e disse baixinho:

— Saberá Vossa Majestade que está ali o Sr. Trocatles.

— O...?

— Ai! já me esquecia... o sr. Visconde...

— Que suba.

O sujeito que entrou era o Torcato Nunes, um sargento do exército realista, de São Gens. O rei ergueu-se e fecharam-se na alcova.

A cozinheira dizia em baixo à outra criada de fora:

— Ó coisa! Mal diria eu que ainda havia de chamar *visconde* ao safardana do Trocatles!

E a outra, benzendo-se: — Não que ele, o mundo sempre dá voltas! Veja você! aquele moinante que me pediu uma vez dois patacos para cigarros, e por sinal que nunca nos pagou!

— Pois vês aí! Foi ele o primeiro que conheceu o Sr. D. Miguel, é o que foi, e Sua Majestade gosta muito dele. Foi feliz o diabo do homem! Aquilo vai a governo, tu verás; e já ouvi dizer que o sobrinho dele, o Padre Zé da Eira, o de Rio Caldo, que é zanagra, está cônego. Limparam-se da carepa, é o que é. A mulher dele já botou no domingo passado a sua saia e jaqué de pano azul.

— E que rico pano!

— Pois vês aí...

Entrava nesta conjuntura o Abade, esfadigado, suarento — que levasse o diabo a freguesia, que pouco tempo havia de aturar maçadas daquelas, para confessar uma bêbeda de uma velha que tinha bebido demais na feira da Póvoa e caíra de um valado abaixo. E ele? — perguntava — almoçou bem?

— Ora! não há que perguntar, senhor! Aquilo, salvo seja, é como a cal de uma azenha. É quanto lhe deitarem para a tripa. Coisa assim! Subiu agora para lá o Nunes. Ai! já me esquecia, ó sr. Abade! Olhe que na vila já perguntaram se cá na casa estavam hóspedes, porque vinham para cá muitas comidas. Que não vão eles pegar a desconfiar... Esta pergunta à moça traz água no bico.

— E tu que respondeste, moça?

— Que vinham por cá jantar uns senhores padres, que agora era tempo de confesso ...

— Andaste bem.

Quando o Padre Marcos Rebelo subia à sala, pedindo licença a meio da escada, já o Rei e o Visconde vinham saindo da alcova — um, aprumado na atitude da majestade, o outro, na do respeito, muito composto.

— Pede licença na sua casa, dom prior? — disse el-Rei.

O dom prior de Guimarães genuflectiu a perna direita; o soberano apressou-se a ergue-lo.

— Nada de etiqueta, já lho disse dúzias de vezes.

— Não posso nem devo proceder de outra maneira, senhor!

— Pode e deve que o mando eu.

E o Abade, inclinando-se com os braços em cruz sobre a batina:

— Saberá Vossa Majestade que o sr. Capitão-mor de Santa Marta, a quem Vossa Real Majestade fez barão de Bouro...
— Bem sei... aquele amável cavalheiro...
— Perfeito cavalheiro — atestou o Nunes.
— Escreveu-me a carta que tenho a honra de depositar nas mãos de Vossa Majestade.
El-rei leu alto:

Amigo Dom Prior de Guimarães. — Um realista do concelho de Famalicão chegou há pouco a esta casa, a fim de que eu escrevesse ao meu nobre e velho amigo para obter de S. M. licença para lho apresentar como portador de uma carta do Sr. Vasco Cerveira Lobo, morgado de Quadros, e tenente-coronel que foi do regimento de dragões de Chaves. Diz ele que o Sr. D. Miguel fora amigo pessoal do dito tenente-coronel, e por isso entende, e eu também, que será muito do real agrado do nosso rei e senhor receber a carta deste legitimista que nos pode ser muito útil, já pelo seu nome, como também pela sua riqueza. Ouvidas as ordens de S. M. F., queira transmitir-mas...

— Estou-me recordando — dizia o príncipe pausando as suas reminiscências — *Cerveira Lobo... tenente-coronel de dragões...* O Cerveira, o meu amigo Cerveira...
— Que foi prisioneiro na Chamusca, quando o Urbano se passou para os liberais com a cavalaria e mais o coronel de dragões, o Albuquerque — lembrou o Nunes, o Visconde Nunes — Vossa Majestade lembra-se?
— Perfeitamente. Dom prior, queira escrever ao Barão a dizer-lhe que espero ansiosamente a carta do meu amigo Cerveira.
Enquanto o Abade ia ao seu quarto escrever, o hóspede disse ao ouvido do outro:
— Isto corre mal...
— Por quê?!
— Se o homem cá vem, o meu *grande amigo*...
— Recebê-lo como o teu *grande amigo*...
— Se me fala em particularidades...
— Ele não sabe falar em particularidades. É uma besta, muito rico, e disse-me o morgado do Tanque, de Braga, seu primo, que está sempre bêbado. Nem ele cá vem, tu verás... Eu até acho que as coisas correm perfeitamente. — Ouviam-se os passos do Abade. —

Tem dinheiro, ele tem muito dinheiro, ouviste?
Entrou o Abade.
— Só duas palavras. E leu: *Sua Majestade recebe com muito prazer a carta do sr. Tenente-Coronel Cerveira Lobo.*
— Muito bem — aprovou el-Rei. — Hoje à noite, com todos os resguardos que urgem às cautelas.
— Um homem, o Caneta de Braga, o chapeleiro com uma carta — anunciou Senhorinha — só a entrega em mão própria ao sr. Abade.
— Que entrasse.
O Rei e o Visconde meteram-se à alcova, simulando receios.
Era uma carta do Abade de Priscos, bispo eleito de Coimbra. Tinha a honra de enviar a el-Rei cem peças, donativo que as senhoras Botelhas, de Braga, ofereciam de joelhos a S. M. F., e diziam que todos os seus haveres estavam às ordens de el-Rei seu senhor.
E entregou dois grossos cartuchos, cintados por fitas cruzadas de seda escarlate. E o Caneta muito pontual:
— Queria um recibinho, se lhe não custa, reverendo sr. Abade.
— Venha daí que eu passo-lhe o recibo.
Os dois saíram da alcova. Os rolos estavam sobre a mesa. Eles tinham ouvido falar em recibo. O Visconde Nunes, esgazeando os olhos, foi apalpar o embrulho, e muito baixinho:
— Arame! pesa que tem diabo! é ouro! Começa a pingadeira! Vês?
O outro arregalou os olhos e deitou a língua de fora quanto lhe foi possível. Nem parecia um rei!

VII

Às sete da noite a *soirée* do monarca de Calvos compunha-se do Visconde Nunes, seu secretário privado e brigadeiro de infantaria, cónegos despachados, e o ex-sargento-mor de Rio Caldo nomeado capitão-mor de Lanhoso. Estavam todos em pé resistindo à licença de se sentarem. A cadeira de sola estava com o príncipe encostada ao relógio; e, na mesa central, papéis, o tinteiro de chumbo, o *Novo Príncipe*, de Gama e Castro, a *Besta esfolada* e o *Punhal dos corcundas*, do Bispo Frei Fortunato. Em cima das caixas do milho estava um meio alqueire com feijões brancos destinados às tripas, e dois foles vazios que a Senhorinha tencionava encher de grão para a fornada quando el-Rei se recolhesse. Sobre um dos foles resbunava um gato enroscado.

Esperava-se o apresentante da carta de Vasco da Cerveira.

Às oito horas anunciaram-se os adventícios. O Barão de Bouro entrou primeiro a passo mesurado, com o peito alto, e o pescoço hirto numa gravata enchumaçada, preta, de cordãozinho de arame, sem laço, atacando os lóbulos das orelhas, um pouco reentrante na altura dos gorgomilos. Usava óculos de ouro quadrados, e uma pêra grisalha; de resto, rapado. Envergava casaca nova de lemiste, muito refestelada, de abas compridas com ancas proeminentes, segundo a moda; do cós das calças, cor de gema de ovo, pendiam berloques com armas, uma medalha com o retrato de D. Miguel aos vinte e dois anos, e uma peça de ouro com a mesma real efígie. No peito da camisa, entre as lapelas do colete de veludo cor de laranja, trazia pregado um punhal esmaltado, em miniatura, enigma convencional dos cavaleiros de S. Miguel da Ala, obra patriótica do ourives Novais, pai do poeta Faustino.

Após ele, entrou o Zeferino das Lamelas, muito enfiado, num espasmo, sentindo-se aluir pelos joelhos. Ia de niza de pano azul com botões amarelos, calça branca espipada com joelheiras pelos atritos do albardão. As pernas das calças chegavam apenas a meio cano das botas, que pelo tamanho dos pés dir-se-iam roubadas a um gigante.

O Bezerra dobrou o joelho, inclinando o tronco à mão esquiva de Sua Majestade. Por detrás dele, o Zeferino ajoelhara batendo com ambas as rótulas no tabuado. O Barão ia falar, quando o rei, reparando no outro, disse:

— Levante-se, homem. Isto aqui não é capela.

O pedreiro teimava, achava-se bem naquela postura que o dispensava de procurar outra.

— Sua Majestade manda-o levantar — disse o Visconde Nunes.

Ergueu-se, e num ímpeto silencioso ia entregar a carta ao da cadeira, quando o capelão-mor lhe observou que as cartas se entregavam ao secretário.

O Barão expôs que não pudera resistir aos pedidos que aquele honrado legitimista lhe fizera para o acompanhar, porque não se atrevia a entrar sozinho à presença de el-Rei, seu amo. Que era filho de um bravo alferes, o Gaspar das Lamelas, que em 1835, à frente de 300 homens, atacara a vila de Santo Tirso, dando vivas a el-Rei. Contou a façanha de atravessar o Ave a nado em janeiro, com a espada nos dentes, e que por causa disso entrevecera e nunca mais se levantou.

— Oh! — interjeccionou compungidamente o monarca. — Eu ignorava esse notável ataque... estava em Roma, sem notícias... Digno homem o meu honrado e bravo... como se chama seu pai?

— Saberá Vossa Majestade que se chama Gaspar Ferreira.

E o Rei:

— Visconde, escreva na lista.

O Nunes sentou-se à mesa, pedindo vênia a Sua Majestade que ditou:

— *Gaspar Ferreira, reformado em coronel de infantaria, com vencimento desde 1838.* Escreva à margem: *Batalha de Santo Tirso.* E voltando-se para Zeferino que ladeava para a parede:

— Diga a seu bravo pai que lhe dei a reforma em coronel, e vencerá soldo dos sete anos passados.

O Zeferino abriu a boca para dizer o que quer que fosse. — A carta do meu velho amigo Teixeira? — perguntou o Rei ao Visconde Nunes.

— *Cerveira,* perdoe Vossa Majestade, Cerveira Lobo.

— Ah! sim... Cerveira Lobo.

Abriu, leu para si, passou a carta ao secretário, e comentando exultante:

— Um grande amigo! dos raros! um dos nossos melhores esteios! Com homens assim dedicados, o triunfo é certo. Posso dizer com o grande vate Camões:

> *E dir-me-eis qual é mais excelente*
> *Se ser do mundo rei, se de tal gente.*

Um dos reitores que estavam na penumbra, lá em baixo ao pé da caixas, olhou com espanto para o outro, que lhe disse à puridade, discretamente:

— Diz que ele tem estudado o diabo... até o latim! El-Rei prosseguiu:

— Vou responder por meu próprio punho ao meu nobre amigo. É digno desta e de maiores considerações. Visconde, escreva na lista: *Vasco da Cerveira Lobo, general, de cavalaria, e conde de Quadros.* Depois, tirou de uma velha pasta de papelão uma folha de almaço, sentou-se a escrever — e que conversassem.

O abade, capelão-mor, aproveitou o ensejo para servir vinho do Douro e pastéis de Guimarães, cavacas do convento dos Remédios e forminhas.

Havia mastigação de mandíbulas pesadas; as forminhas eram frescas, muito torriscadas, davam rangidos numa trincadeira voluptuosa. Conversava-se em dois grupos. O Sargento-mor de Rio Caldo contava passagens de caça no Gerês, com enfáticos arremedos, movimentados, de altanaria. Que o porco bravo viera direito a ele, e cortava mato, troncos de giestas como a sua coxa — e mostrava — tinha apanhado de raspão a cadela, a Ligeira, raça de todos os diabos que o atacava pela orelha, e ficou aleijada para nunca mais; e ele então caíra sobre a esquerda, e trepara à fraga da Portela, e esperara o porco na clareira; e mal ele apontou, *pumba*! Meteu-lhe três zagalotes no quadril.

— A gente a falar incomoda talvez el-Rei... — observou o Barão de Bouro.

— Podem conversar à vontade, que não me incomodam.

— Aquilo é que é cabeça! — disse baixinho, tocado, um dos cônegos a outro cônego.

Generalizou-se a cavaqueira. Faziam-se brindes lacônicos, circunspectos, com um grande respeito, indicando-se el-Rei por um simples gesto de olhos. — A virar! a virar! — Carminavam-se os cônegos. O dom prior de Guimarães sugeriu uma lembrança graciosa ao Barão. Que havia dois *padres Marcos*, ambos priores de Guimarães. Mas o legítimo, o de São Gens de Calvos, dizia do outro:

— Forte bêbado!

O Visconde Nunes ria-se sarcasticamente; e enquanto os padres num crescendo palavroso, expluíam sarcasmos ao outro Padre Marcos, o secretário privado curvou-se sobre o ombro de el-Rei e segredou-lhe:

— Carrega-lhe!
— Ora!...
— Quanto?
— 2.
— 3. Anda-me. 3.
— Será muito!...
— Bolas. 3, por minha conta. Coisa limpa.

E, em voz alta e voltado para o grupo:

— El-Rei pergunta se o Sr. Conde de Quadros tem família, se tem senhora e filhos.

O Bezerra perguntou ao Zeferino.

— Que soubesse Sua Majestade — disse o pedreiro, mais animado — que o fidalgo de Quadros tinha dois rapazes e três raparigas, uma já casada; mas que a fidalga, a mulher dele, aqui há anos atrás, tinha fugido com o doutor dos Pombais, e nunca mais voltara.

— Desgraças! — disse o capelão-mor — desgraças! A corrupção dos tempos... Se não acudir quanto antes a isto, não sei que volta se lhe há de dar.

Fez-se um silêncio condolente. Todos sentiam o caso infausto.

O Rei continuava a escrever, devagar, polindo a frase, boleando os períodos; achava dificuldades em se medir com as locuções redondas e muito adjetivadas da retórica do Padre Rocha. Animava-o, porém, a idéia de que D. Miguel não tinha fama de sábio, e que a sua carta seria mais verossímil com alguns aleijões gramaticais. Releu a carta, e acrescentou as vírgulas. Pediu obreia ao Nunes. Acudiu o padre com uma quadrada, de certa grandeza, vermelha, cuidadosamente recortada.

O envelope ainda não tinha subido até Lanhoso. Sua Majestade dobrou em quatro a folha do almaço e sobrescritou — *Ao Conde de Quadros, general do exército real.*

Nesta ocasião, o Cristóvão Bezerra chamou de parte o Nunes, falou-lhe em segredo, e terminou em voz alta: "se for do agrado de Sua Majestade".

— Eu vou falar a el-Rei — disse Nunes com satisfatória condescendência.

Acercou-se do outro, com os braços pendentes, os pés juntos, um pouco inclinado, e falou-lhe baixo.

— Sim — respondeu o monarca.

— Está servido, sr. Barão — comunicou o secretário e foi registrar no livro das mercês, proferindo em voz alta: *Sua Majestade há por bem nomear sargento-mor das Lamelas Zeferino Ferreira, em atenção aos serviços de seu pai o Coronel Gaspar Ferreira.*

— Vá agradecer a el-Rei, sr. Sargento-mor — disse o Barão de Bouro ao pedreiro. Zeferino foi ajoelhar, querendo beijar as botas ao homem.

— Levante-se, amigo — disse o príncipe. — Aqui tem a resposta da carta do meu amigo Cerveira Lobo. É necessário que ninguém veja este sobrescrito. Tome sentido, que ninguém saiba a quem esta carta é dirigida. Vá com Deus, e estimarei vê-lo aqui, sr. Sargento-mor, com outra carta do meu honrado amigo, enquanto não posso abraçá-lo pessoalmente. Adeus.

A corte saiu em recuanços, dando-se mútuos encontros para não voltarem as costas à majestade.

A criada apareceu então esfandegada para pôr a mesa, que estava a ceia pronta, e que o frango com arroz não esperava — que era preciso comê-lo logo que estava feito. Ficou para cear o Nunes. Ceava sempre com el-Rei e com o Abade.

O Zeferino, que tinha ali a égua e conhecia o caminho, não quis ir pernoitar a Santa Marta de Bouro. Havia luar e saía um rancho de romeiros para o Bom Jesus do Monte. Partiu em direção a Braga, e ao outro dia de tarde apeava no sonoro pátio da casa de Quadros por onde entrara com a égua em grande estropeada, com a cara escandecida numa congestão de júbilo.

O Cerveira estava a dormir a sesta.

— Apanhou-a hoje daquela casta! Como um cacho! — informou um caseiro. — Mandou aparelhar a poldra castanha do Sr. Egas, com os coldres das pistolas, escarchou-se na sela, com a espada desembainhada a desatou a galope por debaixo das ramadas a dar gritos: "Avança, dragões! carrega, esquadrão!" Eu estava a ver quando o levava a breca de encontro a um esteio de pedra, que malhava abaixo da burra como um dez!... Depois o Sr. Egas e mais o Sr. Heitor lá o apearam como puderam, e foram-no pôr a dormir. Arre diabo! lá que um homem uma vez por outra apanhe um pifão, vá; mas embebedar-se todos os dias, é muito feio! E depois ninguém se entende com ele. Medra com o suor dos pobres. Um fona. Que vá para o diabo que o carregue. Tanto se me dá como se me deu. Se me mandar embora, boas noites. Não é capaz de perdoar um alqueire de milho a um caseiro! Tem vinte mil cruzados de renda, não gasta nem cinco, andam os filhos a vender o mato e os pinheiros, uma vergonha, porque ele, a dois homens gastadores, que têm amigas, uma a cada canto, dá cada mês vinte pintos para os dois! O homem deve ter muita soma de peças enterradas! Qualquer dia cai-lhe aí em casa o José Pequeno da Lixa que lhe põe a faca ao peito até ele pôr ali o dinheiro à vista. Diz que quer comprar mais terras, e aqui há dias ofereceu seis contos pela quinta do Lopes de Requião. Veja você. Tem seis contos ao canto da gaveta, e ainda não deu cinco réis que são cinco réis à filha, à D. Teresinha que casou com o estudante das Quintãs. Anda por lá de socas, sem meias, a fazer o serviço da cozinha. E estão aí as outras duas, que parecem umas fadistas, nas romarias, e, quando Deus quer, topa a gente de noite por esses quinchosos marotos dos engenheiros e empreiteiros a saltarem paredes para se irem meter com elas na casa do palheiro. Uma vergonha, mestre Zeferino, a vergonha das vergonhas! Eu sou um pobre; mas raios me partam, que se eu tivesse assim umas filhas... Olhe... (batia com o pé em cheio na relva) esmagava-as como quem esborracha uma toupeira. Deus nos livre de bêbados! Deus nos livre de bêbados! Você bem sabe o que isso é, mestre Zeferino, que pelos modos lá por casa não tem pouco que aturar a seu pai que também as agarra muito *profeitas!* Olhe você como ele se tolheu quando foi, dia de Natal, dar fogo aos de Santo Tirso! Aquilo só com meio almude no bucho!

— Não é tanto assim — atalhou o Sargento-mor de Lamelas. — Não lhe digo que meu pai não tivesse algum graeiro na asa; mas o que ele fez não era você capaz de o fazer, tio Manuel.

— Ah! isso não, bem o pode dizer, mestre Zeferino. Nunca me emborrachei, aqui onde me vê com cinqüenta anos já feitos; mas, se algum dia me emborrachar, que ninguém está livre disso, prego-me a dormir e não vou atirar-me ao Ave em dezembro; agora vou, se Deus quiser. Vai-se pôr o alma do diabo a dar vivas ao D. Miguel! Qual Miguel nem qual carapuça! Se D. Miguel cá vier há de fazer tanto caso de seu pai como eu daquela bosta que ali está. O que ele devia era tratar de conservar os terrões, e fazer como você que se pôs a trabalhar e se fez pedreiro quando viu que os malhados lhe tomaram conta das terras. E daí? Você hoje tem o seu par de *mel* cruzados, ganhados com o suor do seu rosto, e até já me disseram que você dava quinze centos ao de Prazins para lhe casar com a rapariga. É assim ou não é?

— Isso acabou — respondeu com desdém, irritado. — Agora não a queria nem que ele a dotasse com três contos; entenda você o que lhe eu digo, tio Manuel, nem com seis contos! Você não sabe quem eu sou, mas brevemente o saberá. Pouco há de viver quem o não vir.

— Não sei quem você é? Ora essa... Já lhe disse que você é capazório, honrado...

— Quero cá dizer outra coisa... Você não entende... — E ouvindo abrir uma janela — lá está o fidalgo... Deixe-me lá ir.

E, afastando-se do caseiro, ia dizendo consigo:

— Que tal está o labroste! Um homem vem de falar com el-Rei, e topa com uma cavalgadura destas! Canalha ordinária!...

VIII

Quando Zeferino entregou a carta com um gesto soberbo da sua intervenção entre o fidalgo e o rei, o Cerveira olhou para o sobrescrito com estranheza, e disse que a carta não era para ele; e lia: *Ao Conde de Quadros, general do exército real.* — Isto que diabo é?

— É isso mesmo, fidalgo; isso que aí está vi-o eu com estes olhos escrever el-Rei o Sr. D. Miguel, ontem à noite, das nove para as dez. O sr. conde é vossa excelência mesmo, e eu sou sargento-mor das Lamelas; lá ficou o meu nome no livro e mais o de meu pai, que foi despachado coronel por el-Rei.

— O teu pai?! coronel!...

— É como diz.

— Ora essa!... coronel! caramba! — disse despeitado; parecia-lhe iníqua a promoção; mas ocorreram-lhe os velhos caprichos análogos de el-Rei; as injustiças de algumas patentes superiores desde 1828 até à convenção. E abriu a carta com moderado entusiasmo. Parecia que a sua razão imergida, restaurada depois de duas horas bem roncadas, de papo acima, queria duvidar da autenticidade de um D. Miguel que fazia sargento-mor um pedreiro, e coronel um reles alferes que passara das milícias de Barcelos para infantaria. Achava natural e plausível em si as charlateiras de general e a coroa de conde; mas as mercês feitas aos dois plebeus... Caramba! — Uma intermitência de juízo. Enfim, abrira a carta e lera para si com uma custosa interpretação, ora aproximando, ora distanciando o papel dos olhos.

A pouco e pouco, desavincou-se-lhe a fronte carregada, iluminaram-se-lhe os olhos, coava-se-lhe no sangue o suave calor do convencimento. Lia coisas que lhe evidenciavam um Sr. D. Miguel autêntico, o autor da carta. Conhecia-lhe a letra. Lembrava-se muito bem; era assim; e então a assinatura — *Miguel, Rei* — era tal qual. Chegou a um certo período que devia impressioná-lo mais pela mudança súbita que lhe transluziu no semblante. Depois dobrou vagarosamente a carta.

O Zeferino esperava a confidência do conteúdo; mas o fidalgo, apesar da nobilitação do sargento-mor, continuava a considerá-lo o pedreiro que lhe fizera os canastros e reconstruíra as paredes da cozinha. Não estava assaz bêbado para confidências. — Conta lá o que te aconteceu, Zeferino — e sentando-se, meteu o saca-rolhas à botija de Holanda.

O Zeferino contou tudo com muita particularidade. Descreveu a figura do rei, as barbas que metiam respeito; pausava como ele os dizeres, dando ao braço direito, com a mão aberta, um movimento compassado. Repetiu, piorados na forma, os elogios que o Sr. D. Miguel fizera ao seu amigo Cerveira; que quando estava a escrever, perguntou se o Conde de Quadros tinha filhos.

O fidalgo sentia muita sede. Misturava de meias a genebra com água açucarada. E ao passo que lhe sorriam as alvoradas do seu mundo fantástico, e as trevas da razão se destaciam, crescia-lhe o interesse na narrativa do pedreiro. Reperguntava pormenores já respondidos. Não havia já no seu espírito passageira sombra de dúvida. Era o seu amigo D. Miguel quem estava em São Gens de Calvos; e, se ele fizera coronel o plebeu das Lamelas e sargento-mor o pedreiro, foi decerto com a intenção de o obsequiar a ele, para lhe mostrar com que prazer recebera a sua carta.

— Sua Majestade disse-me que estimava lá ver-me com outra carta do sr. Conde, enquanto não ia lá abraçá-lo — esclareceu Zeferino.

— Tens de lá ir amanhã. Aparece cedo.

— Pronto, senhor.

— Mas, se vais para casa, passa pelos Pombais e dá parte ao Padre Rocha que preciso falar-lhe hoje à noite ou amanhã cedo.

O Padre Rocha preferiu vir de manhã, antes dos transportes cívicos do Tenente-Coronel. Repugnava-lhe o ébrio e professava uma sincera compaixão pelo homem.

Pouco depois do sol nado, o capelão de D. Andreza estava em Quadros com um grande interesse. Queria salvar o vizinho de uma ratoeira armada ao seu dinheiro, ou convencer-se de que realmente o príncipe proscrito estava no concelho da Póvoa de Lanhoso.

Chegara um pouco tarde. O Cerveira Lobo já tinha matado o bicho copiosamente, um bicho muito antigo, invulnerável, que não se afogava em pouca genebra.

— Não há dúvida, Padre Rocha! Cá está o homem! — exclamou o fidalgo.

— Mau! — disse consigo o padre, quando lhe apanhou em cheio as inalações alcoólicas do bafo. — Então é certo, sr. Tenente-Coronel?

— Se me quer chamar o que eu sou, amigo Padre Rocha, chame-me general e conde. Veja.

— Oh! sim? muitos parabéns, sr. Conde, muitos parabéns! Quanto folgo! — e lia o sobrescrito.

— Pode abrir e leia alto.

— Muito boa forma de letra, sim senhor. É do próprio punho do Sr. D. Miguel?

— Leia e verá. É dele mesmo. Conheço a assinatura muito bem. Tal qual, sem tirar nem pôr. Vai um copito? — perguntava com a botija inclinada sobre o cálice.

— Muito obrigado à V. Exa. Tenho de dizer a missa à Sra. D. Andreza às dez horas.

— Leia lá então. Olhe que o nosso homem estudou. Explica-se muito sofrivelmente. Veja o padre que espiga se eu lhe mando uma carta escrita para aí à toa, hem? Bem diz a *Nação* que ele andava a estudar lá por fora.

— Se dá licença, leio — interrompeu o padre com impaciência curiosa.

— Vá lá! — e puxou a cadeira e a botija para junto do capelão.

Velho, honrado e leal amigo, Vasco da Cerveira Lobo, Conde de Quadros e general dos meus exércitos. Eu El-Rei vos envio muito saudar. Não podeis imaginar o grande prazer que senti quando ouvi o vosso nome e o li escrito no final da vossa mais que todas preciosíssima carta.

— Hem? — interrompeu o Cerveira.

— Muito bem — e prosseguiu lendo:

Muitas vezes me lembrou no desterro de onze anos o vosso nome, porque não podia esquecer o de um amigo que tão de perto conheci e tanto me acompanhou nas alegrias da minha mocidade.

— Eu não lhe disse, padre, que o Rei e mais eu tínhamos feito pândegas rasgadas quando éramos rapazes?

— Sim, senhor, V. Exa. tinha-mo dito.

— Ora aí tem, eu nunca minto. Ah! que bambochatas! — e recordava-se com olhos num espasmo entre a saudade e as iniciativas da borracheira.

— Continuo, se V. Exa. permite.

— Ande lá... Quem te viu e quem te vê, Cerveira Lobo! —

disse com tristeza, muito abatido. Padre Rocha encarava-o com piedade, sentia ânsias de abraçá-lo, dizer-lhe: "Regenere-se!"
— Ande lá. Leia, que o melhor está para baixo.

Logo que cheguei a Portugal chamado por amigos de primeira ordem e fui para aqui enviado, perguntei se ainda éreis vivo. Alegraram-me com a resposta; mas delicadamente me obrigaram a não escrever a alguém, enquanto o triunfo infalível da minha justiça dependesse de certas negociações pendentes entre as nações da Europa e o meu ministro na Inglaterra, o Ribeiro Saraiva, que muito bem deveis conhecer de nome. Tendo eu sido violentamente acusado pelos meus próprios amigos de ter sacrificado os meus direitos aos meus caprichos, submeti-me às deliberações da Junta de Lisboa e por isso não escrevi para vos abraçar e chamar para meu lado.

O Cerveira começou a soluçar com a cara coberta de lágrimas que destacavam no rubor da epiderme.
— Então que é isso? São lágrimas de alegria? — perguntou o padre. — Se são, deixei-as correr.
— Qual alegria! estou velho... já não posso fazer nada a favor de el-Rei... Este pulso... — e retesava o braço. O padre assustava-se. — Ora leia para baixo, que está aí uma passagem muito bonita.

Nunca me esqueceu nem jamais esquecerá que éreis o tenente-coronel dos meus queridos dragões de Chaves; que fostes vós o comandante de carga solene que sofreram as tropas liberais numa das primeiras surtidas do Porto; e que fostes traiçoeiramente arrastado pelo infame General Urbano quando com outro infame, o Coronel Albuquerque, fizeram acabar desonrosamente na Chamusca os últimos esquadrões do regimento de Chaves. Mas vós, honrado Cerveira, ficastes ileso da ignomínia geral, porque rejeitastes o perdão e dissestes que éreis um prisioneiro de guerra, e aceitáveis as conseqüências da vossa posição.

— Foi assim! — exclamou o Cerveira erguendo-se de salto. — O Saldanha era meu capitão quando eu era cadete; conhecia-me. Mandou-me chamar à sua presença; que me fizesse liberal, e me entregavam a minha espada; e eu (batia duramente no peito com as mãos ambas) eu, padre, eu, aqui onde me vê, disse-lhe que levasse o diabo a espada para as profundas dos infernos; que a minha espada tinha-ma dado o Sr. D. Miguel I, e que ele me daria outra quando fosse precisa. Ficaram estarrecidos; e o patife do Saldanha, que tinha sido um realista de todos os diabos, quando era o gajo da Isabel Maria, chamou-me *estúpido*. E eu, vai não vai, estive a mandá-lo...

Disse o resto. O padre riu-se, e pediu-lhe licença para continuar a leitura, porque se chegava a hora de ir dizer a missa.

— Ande lá.

Desgraçadamente o vosso heroísmo e amor à minha causa legítima não foi muito imitado. Eu perdi a coroa, mas a perda maior foi a de amigos como vós, bem poucos, mas que valem um reino.

— Torne a ler esse bocado que é coisa muito profunda, ó Padre Rocha.

Fez-lhe a vontade. O Rocha também admirava, e de si consigo dizia que o Rei tinha bom palavreado sentimental, ou que o impostor não era qualquer pedaço de asno. Continuou:

Vou responder com repugnância e tristeza às últimas linhas da vossa carta em que me ofereceis liberalmente recursos. Eu vivo há doze anos dos benefícios dos meus vassalos: seria loucura fingir que não preciso que mos prestem hoje. A demora que tem havido no meu aparecimento aos meus amigos e partidários não ma explicam, mas suponho que é falta de dinheiro. Sei que minha irmã, a senhora infanta D. Isabel Maria, deu cinqüenta contos para começar o movimento, e esse dinheiro está em poder de um doutor Cândido Rodrigues Álvares de Figueiredo e Lima, lente de Coimbra. Mas o que são cinqüenta contos para sustentar uma insurreição em que há de haver necessidade de sustentar, de vestir e de armar cem mil homens! Vós, meu honrado amigo, que sois militar, compreendeis que nada se pode fazer sem que os poderosos, os opulentos, cooperem com a minha boa mana a senhora D. Isabel Maria.

Dizem-me que tenho amigos muito ricos que hão de aparecer a tempo; mas eu necessito de preparar a ocasião em que eles prometem aparecer. À primeira voz tenho a certeza de levantar 12.000 homens num pequeno círculo de léguas; mas não me atrevo a fazê-lo, a tentá-lo, sem me ver bastante provido de recursos, para não recear o pior dos inimigos que é a necessidade. Portanto, muito amado conde, meu valoroso general, aceito o vosso empréstimo; e tomarei da vossa fortuna três contos de réis que vos recompensarei com o menos, que é o dinheiro, e com o mais, que é a minha eterna gratidão. Deus Nosso Senhor vos tenha em sua santa guarda. De São Gens de Calvos, aos 12 de maio de 1845.

Miguel, Rei.

Esta carta não confirmou nem removeu as suspeitas do Padre Rocha. Quando o Cerveira lhe perguntou: — que tal? o que dizia ele? — dobrava a carta vagarosamente, encolhia os ombros e respondia: — Enfim... não sei...

— Não sabe o quê? Lá que eu lhe levo o dinheiro, isso levo. Pudera não! Tudo o que eu tiver até à camisa do corpo. Ou se é amigo ou não se é amigo, hem? Que diz a isto, padre?

— Se quem escreveu esta carta é o Sr. D. Miguel, faz V. Exa. o que deve porque faz o que pode; mas seria bom ter a certeza...

— De que é o Rei que me escreve?

— Sim... a prudência... Há muito maroto por esse mundo.

— O padre está então a ler! Cuida que eu lhe dava o meu dinheiro sem o ver? Hei de vê-lo com estes, e ouvi-lo falar primeiro. Mas deixe-se de asneiras, Padre Rocha! É tão certo Deus estar no Céu como ele estar em Calvos.

— Bem! — atalhou o Rocha apressado, erguendo-se — quando vai V. Exa. a Calvos?

— Hoje é terça-feira; a roupa chega de Braga na sexta, e parto no sábado. Ora agora, vou lá mandar o Zeferino a dizer-lhe que vou beijar-lhe a mão e levar-lhe os três contos. Se faz favor, escreva-me aí duas linhas, só duas linhas, a dizer isto.

O padre escreveu, e saiu muito preocupado. Celebrou a missa a D. Andreza, e pediu-lhe licença para se ausentar por três dias. Relatou à fidalga as suas desconfianças, o dever que se impunha de salvar o pobre idiota de alguma cilada à sua imbecilidade, e talvez de um roubo à mão armada.

— Mas quem sabe se é na verdade o D. Miguel que lhe pede o dinheiro? — refletia D. Andreza, discreta e sensibilizada.

— É o que eu vou saber.

IX

Naquele tempo (1845), no Porto, Rua de S. Sebastião nº 1, morava o Padre Luís de Sousa Couto,[5] paleógrafo da Misericórdia. Representava sessenta e tantos anos, uma nutrição doentia, pesado, com os pés túrgidos da gota, cheios de nodosidades. Era jovial. Tinha um sorriso lhano, conversava morosamente pausado com admirável correção; deixava-se interromper sem impaciências e não interrompia nunca os desatinos, maçadas, e até as tolices de quem quer que fosse. E ouvia muitas. Este padre obscurecido na sua paleografia que lhe dava oito tostões por dia, naquela asquerosa alfuria chamada Rua de S. Sebastião, com o aljube à esquerda e as imundícies da Pena Ventosa à direita, era o impulsor, a alma, o cérebro do gigante miguelista nas províncias do Norte. A Junta de Lisboa consultava-o. Ribeiro Saraiva enviava-lhe de Londres os elementos para os seus cálculos, Media-lhe conselhos; e D. Miguel escrevia-lhe freqüentemente. Dizia-se que o príncipe proscrito o elegera bispo ou patriarca de Lisboa — não me recordo qual era a mitra.

A sua presença venerável impunha sem artifício; uma grande bondade obsequiadora; não proferia palavra ofensiva dos seus adversários políticos; não aceitava donativos dos seus correligionários; vivia com severa parcimônia dos seus 800 réis havidos da Santa Casa, e morreria de penúria antes de pedir ao governo liberal a paga dos seus lavores ilustrados, corretíssimos de intérprete de velhos e quase indecifráveis códices.

Ao entardecer do dia 15 de maio de 1845 o Padre Luís de Sousa escrevia a sua correspondência para Londres. Anunciou-se o Padre Bernardo Rocha, perguntando a hora menos ocupada para poder dar duas palavras ao reverendo dono da casa. Foi logo recebido.

— Que todas as horas eram livres para receber os amigos.

Padre Rocha principiou alegando que os seus sentimentos polí-

---

[5] O Autor teve relações muito saudosas com este venerando sacerdote, que em 1851 residia num antigo casarão da Rua de Santo Antônio, que depois se transformou em casa de banhos. Por esse tempo, se congregavam ali os homens eminentes, por inteligência e haveres, do partido realista. Neste ano, Padre Luís de Sousa passava os seus dias rodeado de pergaminhos, imobilizado numa poltrona, gemendo as dores da gota. Morreu muito pobre e muito desamparado. [N. do A.]

ticos eram bem conhecidos; que cumpria sempre as ordens que recebia do centro realista, e que facilmente daria o sossego da sua vida em sacrifício das suas convicções. Que se julgava com direito a fazer uma pergunta e a exigir que lhe respondessem a verdade.

— Se a pergunta for feita a mim, não poderei responder de outra maneira. Que quer saber, Padre Rocha?

— Se o Sr. D. Miguel está em Portugal.

— Não, senhor. Há 15 dias estava em Itália. — E abrindo uma gaveta, extraiu de uma pasta muito ordinária de carneira surrada com atilhos um papel que mostrou. — Aqui está uma carta assinada pelo Sr. D. Miguel de Bragança, datada no 1º de maio. Quanto a isto, está satisfeito. Que mais quer saber?

— Mais nada. Agora corre-me o dever de justificar a pergunta.

— Bem sei — preveniu o Padre Luís. — Essa mesma pergunta me fez há dias o Bezerra de Barrimau, seu vizinho, e mais de um cavalheiro de Braga, o Barata, o Manuel de Magalhães etc. Diz-se por lá que o Sr. D. Miguel está no Alto Minho, no concelho da Póvoa de Lanhoso. Propalam-no certos padres, não sei com que alcance. A estupidez tem intuitos impenetráveis. Não percebo para que fim espalham tão absurdo boato, se não é para alarmar o governo ou lograr incautos...

— É isso mesmo: lograr incautos — interrompeu o Rocha e contou o que se estava passando com o Tenente-Coronel de Quadros, a carta do suposto D. Miguel e o empréstimo dos três contos, que o fidalgo tencionava levar no próximo sábado ao impostor.

— Seria bom evitar a perda ao Tenente-Coronel e o opróbrio ao partido legitimista — alvitrou o paleógrafo.

— Eu não o podia fazer sem a certeza de não praticar alguma imprudência. Por isso vim consultar o reverendo Luís de Sousa, e daqui irei para Braga entender-me com o governador civil.

— Faz bem. Não lho aconselharia, se pudéssemos dar remédio mais suave à doença desse miserável impostor, de quem eu sei mais algumas traficâncias. Constou-me há poucas horas, que umas beatas de Braga, abastadas, e de apelido Botelhas, tinham enviado uma importante quantia, por intermédio de um certo abade, a um D. Miguel que está escondido em Portugal. Eu podia dar aviso desta ladroeira; mas tenho compaixão do abade: não sei se ele é ladrão ou tolo. A segunda hipótese é que o salva de ser processado. Portanto, amigo Padre Rocha, faz um bom serviço à humanidade e ao partido, solicitando o castigo desse homem que conspurca o nome de el-Rei e a honra do partido. Agora, visto que veio, vou dizer-lhe o que há. Saraiva trata de contrair um empréstimo e de negociar generais que infelizmente precisamos. O Póvoas está decrépito e quase morto para a nossa fé desde Souto Redondo. As patentes superiores, pela maior parte, estão em pessoas que regulam pela inteligência do seu amigo Tenente-Coronel de Quadros. Há por aí outros que aprenderam a tática da covardia desde o cerco do Porto.[6] Mal podemos contar com eles, quando os vemos intervir nas facções dos liberais a fim de abrirem brecha na mesa do orçamento com as espadas postas em almoeda. No ano próximo futuro, o partido legitimista deve dar sinais de vida; se esses sinais hão de ser como os do cadáver galvanizado que se convulsiona e recai na sua podridão, isso não sei. O Sr. D. Miguel tem de vir a Londres; e quando lhe constar, Padre Rocha, que el-Rei está em Inglaterra, prepare-se com a sua energia para nos dar o muito que esperamos da sua influência e do seu afeto à legitimidade. E adeus que sai depois de amanhã de Lisboa o paquete: estou escrevendo ao nosso Ribeiro Saraiva.

O secretário-geral, governador civil interino de Braga na ausência do Conselheiro João Elias — uma vítima burlesca de troça dos setembristas — era o Marques Murta, uma gigantesca atividade frenética num corpo mediano, fino, acepilhado aristocraticamente, com a bossa da perspicácia política muito saliente. De resto, serviçal, agradável, com uns requintes de delicadeza de bom-tom.

O Padre Rocha procurou-o no seu gabinete e contou-lhe os casos sucedidos e a necessidade de não deferir a prisão do impostor até além do dia seguinte, porque no sábado saía de Quadros o Cerveira Lobo com os três contos.

— Talvez fosse mais curial e exemplar prendê-lo depois, e entrar com os três contos no cofre do distrito, visto que o Cerveira os que aplicar às necessidades da monarquia — opinou o secretário sorridente.

O padre não percebeu a ironia, e entendeu que de qualquer dos modos já não podia obviar que o seu amigo fosse roubado, ou em nome de D. Miguel I ou de D. Maria II.

— Vá descansado — emendou a autoridade com o seu sorriso

---

[6] Batalhas do Mindelo.

inteligente, habitual. — Se o homem estiver em Calvos, amanhã a esta hora há de estar na cadeia de Braga.

Pela meia-noite deste dia saiu do quartel do Populo uma escolta de infantaria 8, que chegou a São Gens ao apontar da manhã. Era guiada por um prático sabedor das avenidas da residência abacial, um sócio convertido e aproveitado da quadrilha de ladrões que devastara o concelho da Póvoa em 34, e saboreava agora na polícia secreta uma qualquer prebenda honestamente ganha. Ele dispôs a soldadesca à volta da casa, debaixo das janelas, rente ao muro do passal, e mostrou ao sargento a porta de carro. Rompia a aurora quando a passarada do arvoredo se esvoaçou piando, alvorotada pelo estrondo das coronhadas à porta principal, e uns berros formidáveis:

— Abra! abra! senão vai dentro a porta!

O Abade saltou da cama, espreitou por uma fresta das portadas, e viu um cordão de soldados, a olharem para as janelas, e com as baionetas nas espingardas. Correu descalço para a sala contígua à alcova do hóspede, e encontrou-o no meio da quadra, em fralda, a enfiar as calças, quase às escuras, com a respiração ansiada.

— Que é? — regougou o homem numa estrangulação de susto, muito ofegante.

— Tropa, senhor, tropa! Fuja depressa, que eu vou esconder Vossa Majestade na adega antes que arrombem a porta.

As coronhadas e as intimações ameaçadoras repetiam-se. Uma algazarra de inferno. Vozes roucas pediam machados e ferros do monte. A Senhorinha, muito esganiçada, expectorava agudos ais na cozinha; não acertava a enfiar o saiote pelo direito. Os cães de Castro Laboreiro, muito ferozes, arremetiam às portas com a dentuça refilada. Porcos grunhiam dando bufidos espavoridos. A moça dos recados chamava a sua Mãe Santíssima e a alma da tia *Jacinta do Reimundles* que estava inteira na igreja. Dois criados da lavoura, estranhos ao segredo do real hóspede, como estavam recrutados, cuidaram que a tropa os vinha prender; enterraram-se nos fenos do palheiro, prometendo esmolas de quartinho ao Bom Jesus do Monte e ao *mártile São Trocatles*, se os livrassem daquela. Entretanto, o outro, de chinelos de tapete, guiado pela mão do Abade até à cozinha, passou daqui para a adega que a criada abriu com muita sutileza. Havia lá dentro um recanto encoberto por duas pipas vazias, postas ao alto; pela convexidade das aduelas e entre as pipas e a parede, abria-se um vácuo onde cabia à vontade um homem. O Abade muito aflito:

— Suba depressa Vossa Majestade que eu ajudo por cima das pipas e deixe-se escorregar para o lado de lá. Cosa-se bem com a parede; se vierem revistar, não se bula, não se bula, senhor!

O homem ficou em cega escuridade. Quando resvalava com as costas pela parede, as télas de aranha despegavam-se dos vigamentos de que pendiam, enrodilhavam-se-lhe viscosas ao nariz e aos beiços. Ele sacudia-as, cuspinhava com nojo, queria acocorar-se, mas não cabia. Ouvia rojos de ratazanas por debaixo das pipas, e lá fora o rodar das portas que se escancaravam com estridor.

Em cima, o sargento e três soldados entraram e examinaram vagarosamente os quartos e recantos.

— Sr. Abade, ponha para aqui o Rei — disse o sargento, um farsola, o *Pílula* do 8 — queremos o Rei e algumas botijas de genebra. A garrafeira da casa real deve ser coisa muito rica! Venha primeiro o Sr. D. Miguel que lhe queremos fazer uma saúde.

— O senhor está a mangar! — disse o Abade afinando pelo tom da chalaça. — Genebra, se a querem, dou-lha; mas a respeito de Rei, só lhe posso dar o de copas, que tenho ali um.

— Pois sim, traga o rei de copas, e não será mau que ponha em guarda também o ás do mesmo naipe.

— Dá-se-lhe já duas biqueiras neste padreca, ó meu sargento! — propôs o 24.

— Deixa ver se a coisa se arranja sem biqueiras. Ande lá, sr. Abade, vamos à genebra, à adega. Mexa-se.

— A genebra está cá em cima — observou o Abade um pouco enfiado.

— Mande-a ir para baixo, que é mais fresco. Mexa-se, mexa-se que temos pressa. Abra a porta da adega.

— Sim, senhor, abro tudo o que vossemecê quiser — resoluto, com um ar irônico de condescendência, sem receio. — Os senhores têm coisas! Onde diabo procuram o Sr. D. Miguel! — E descia, pedindo a chave à Senhorinha.

A criada demorava-se a procurá-la, a fingir; e o sargento: — Se se demora, ó santinha, vai dentro a porta! Ó 24, vai buscar um machado que eu ali vi na cozinha. Salta um machado!

— Não é preciso, camarada — acudiu o Abade. — Aqui está a chave. Eu abro. Entrem, procurem à vontade.

O sargento parou à porta a familiarizar-se com a escassa luz da adega: — Ó padre! isto aqui é que é a sala do trono? ou é o subterrâneo da inquisição? Mande lá acender uma candeia, se não tem archote.

— Ó mulher, traz daí uma placa acesa — disse o Abade Marcos, contrafazendo o seu terror.

E o homem, lá dentro atrás das pipas, tiritava como Heliogábalo na latrina, seu derradeiro refúgio.

A Senhorinha entrou adiante com a placa, um luzeiro mortiço de sebo com morrão que parecia condensar mais as trevas da lôbrega caverna.

— Arranja aí um fachoqueiro de palha, ó 14! Que raio de placa você cá traz, mulher!

— É enquanto não pega bem a torcida — explicou a criada caminhando atrás do padre para o lado oposto ao esconderijo. Com efeito, a claridade difundia-se, mas tão devagar que ninguém diria a velocidade que os naturalistas marcam a um raio de luz. Os soldados batiam com os nós dos dedos nos tampos das pipas que toavam o som abafado de cheias.

E o 14: — Ó meu sargento, o tanso do abade casca-lhe rijo no verdasco! Estão cheinhas! E apontando para as duas pipas vazias do canto, o sargento perguntava se o vinho daquelas já lhe tinha caído na sacristia — e dava piparotes na barriga do padre.

O Abade tinha uns sorrisos pálidos, comprometedores como uma denúncia. O 24 escutava e dizia que a modo que ouvira mexer coisa atrás das pipas!

— Há de ser ratos — conjeturou o abade, trêmulo, engasgado.

— Palpa com a baioneta por trás das pipas, ó 24: — disse o sargento.

Assim que o aço da baioneta raspou na parede a Senhorinha começou a dar gritos, sentou-se a espernear, e perdeu os sentidos.

— Que diabo tem a velha?! — perguntou o Pílula. — Dão-lhe estupores, hem?

— É flato, costuma-lhe a dar — elucidou o Abade. O 24 voltara-se a ver a velha escabujar e retirara a baioneta de trás das pipas. O Abade teve um momento de esperança, cuidando que o exame estava feito:

— Tem visto, sr. sargento? Aqui não há nada. Os senhores vieram enganados a minha casa. — E caminhou para a porta com a luz.

— Espere aí, seu padre! Anda-me com a baioneta, 24. Escarafuncha-me esses ratos.

O outro soldado entrou no mesmo exame; e, apenas as baionetas resvalaram por corpo que lhes abafava os tinidos metálicos das pontuadas, ouviu-se um grande estrupido de coisa que trepava pelas pipas. E nisto apareceu uma cabeça com enormes barbas sobre um dos tampos.

— Oh! — bradou o Pílula! — muito bem aparecido nesta função, Sr. D. Miguel I! Suba para cima desse trono e dê de lá de cima um bocado de cavaco às tropas! Mas o melhor é descer cá para baixo, real senhor!

O 24, muito espantado, a olhar para a cabeça do homem: — Parece o padre eterno, ó meu sargento!

— Com quem ele se parece é com o *Remexido* do Algarve — afirmava o 14.

— Desça daí que ninguém lhe faz mal, homem. Está preso à ordem do governador civil — concluiu o sargento com seriedade imponente.

— Este senhor?... não ... — disse o Abade com as mãos postas [7]

— Não seja asno! — volveu o sargento. — Este homem não é D. Miguel. É um *faiante* que o está aqui a comer a você e mais aos patolas da sua laia. Vá-lhe buscar a roupa, senão ele entra na escolta em mangas de camisa.

— Dê licença que este senhor se vá vestir ao seu quarto — suplicou o Abade.

— Sim, que se arranje com guardas à vista. — E acompanhou-os à saleta.

Quando envergava o casaco de pano piloto, o Abade disse-lhe, com um gesto, que o dinheiro das Botelhas de Braga ia nas algibeiras do paletó.

O sargento perguntou que papelada era aquela que estava sobre a mesa. Leu a primeira folha e desatou a rir e a dizer ao barbaças:

— Olha que grande pândego você é! Você como se chama, ó seu coisa? E leu alto:

Rol das mercês que Sua Majestade o Senhor D. Miguel I fez em Portugal e que se descrevem neste livro de apontamentos provisoriamente.

---

[7] São as textuais palavras e a atitude do padre, significativas da crença entranhada na realeza do preso, e da sua paixão naquele lance. Parece que intentava mover à piedade a escolta, increpando-a pela profanação de pôr mãos no rei legítimo. (Informação de Ferreira de Andrade). (N. do A.)

E na primeira página:

    Marcos Antônio de Faria Rebelo, Abade de São Gens de Calvos, capelão-mor de el-rei e D. Prior de Guimarães. E perguntava ao abade: — Este ratão deste dom prior é você, hem? Parabéns?
Em seguida:

    Torcato Nunes Elias, Visconde de São Gens, secretário privado de el-rei.

— Torcato Nunes! — recordava o Pílula. — Eu parece-me que conheço este diabo de o ver em Braga no *Café* da Açucena, na Cruz de Pedra. *Nunes!* um pelintra. Onde está o Visconde que lhe queria dar um cigarro? Enfim cá levo a papelada para Braga — e enrolava os papéis. — A gente precisa conhecer os titulares novos para os respeitar e acatar, amigo D. Prior de Guimarães.

Quando a escolta se formou fora do portão e o preso entrou ao centro, com a fronte majestosa abatida e os braços cruzados, levantou-se na residência um choro como à saída de um defunto muito querido. Eram a cozinheira e a outra criada, num arrancar de soluços, enquanto o Abade afogava os gemidos com o rosto apanhado nas mãos. O povo da aldeia, com um grande terror da tropa, espreitava de longe por entre as árvores e de trás das paredes. O Torcato Nunes Elias, acordado pela mulher que recebera a nova da prisão, saltara da cama, e correra à residência, perguntando ao Abade se el-Rei tinha levado as peças das Botelhas de Braga.

— Que sim, que levara; pudera não levar!

— Pois então, Abade, empreste-me aí meia moeda, que eu vou disfarçado a Braga ver o que se passa. Estou sem vintém.

— Veja lá se o prendem, Visconde — acautelou o Abade. — O meu dever é seguir a sorte de el-Rei! Onde ele morrer, morro eu!

X

O Cerveira Lobo saíra, com o Zeferino, para Braga na sexta-feira de manhã. Estariam aqui até à madrugada de sábado, e partiriam então para a Póvoa de Lanhoso com os três contos de réis repartidos em libras pelas algibeiras dos dois. Além de um criado de velha libré, avivada de azul, de botas de prateleira e chapéu de sola, levavam bacamartes nos arções dos selotes, todos três. Foram descansar e jantar à hospedaria dos *Dois amigos*. O Cerveira vestia casaca no trinque muito lustrosa, e gravata de cambraia com laço; o peitilho postiço atado ao pescoço saía muito rijo de goma reles de entre as lapelas derrubadas do colete de veludo preto. A calça de pregas, ampla, à cavalaria, afunilava-se no artelho, quebrando no peito do pé. As botas de polimento novas rangiam e as esporas amarelas no tacão, com grandes rosetas, tilintavam num estardalhaço de caserna. Comprara chapéu de pasta com molas que faziam saltar a copa, e enchiam como uma bexiga, que parecia *pantominice das comédias*, dizia o Zeferino.

Às quatro horas o fidalgo de Quadros e mais o pedreiro sentaram-se à mesa redonda. Já constava em Braga que estava ali o Cerveira Lobo que desde 1835 não saíra da casa solar de Vermoim. Alguns primos visitaram-no; as famílias legitimistas, e principalmente senhoras velhas, mandavam-lhe bilhetes. Dizia ao Zeferino que o incomodavam tantas etiquetas, que estava morto por se safar, não estava para lérias: que as tais senhoras Sotomaiores, as Peixotas e as Meneses deviam ser mais velhas que a Sé, uns estafermos. Ele segredava ao ouvido do Zeferino coisas, ratices suas em Braga, quando era rapaz. — Que fizera um destroço nas primas, tudo pelo pó do gato. Que pagara bem o seu tributo à asneira; e casquinava com vaidade paparreta, carregando-lhe a mão no verde. Quando entravam pelo assado, chegou um tenente do 8 a contar a um amigo, que estava à mesa, que chegara naquele momento preso ao governo civil, vindo, da Póvoa de Lanhoso, um maroto que dizia ser D. Miguel, e ouvira dizer a um realista que o vira em Roma, havia três anos, que se parecia bastante com ele.

O Cerveira erguera-se num grande espanto indiscreto a olhar para o oficial que o fixava com uma curiosidade irônica. Convergiram todos os olhares para o homem das barbas respeitáveis. Quedou-se momentos naquele espasmo, num trêmulo, e perguntou:

— E é com efeito o Sr. D. Miguel esse homem que chegou preso?

— Ele diz que é — respondeu o tenente. — Veremos o que se averigua no governo civil.

— Na falta do verdadeiro D. Sebastião, apareceram três falsos — disse enfaticamente um professor de latim, com um sorriso pedante. O Cerveira olhou-o de esconso, e saiu da mesa, seguido do Zeferino, muito enfiados ambos.

— Está tudo perdido! — disse dolentemente o fidalgo. — El-Rei preso!... E não se levanta este Minho a livrá-lo... Vamos vê-lo, quero ver se lhe posso falar. Dentro de três dias entro em Braga com dez mil homens e arraso a cadeia.

Fez saltar a copa do chapéu de molas e saiu para a rua, a bufar.

O campo de Santa Ana parecia um arraial. Aglomeravam-se ali as duas Bragas — a fiel, a caipira, pletórica de fidalgos, de grandes proprietários, cônegos, de chapeleiros e da clerezia miúda; — a liberal, muito anêmica, encostada ao 8 de infantaria, toda de bacharéis e empregados públicos, o Manso, o Melo Cavacão, o Mota, o Rocha Veiga, o Alves Vicente, negociantes de tendas mesquinhas, professores muito retóricos, o Capela, que ensinava francês, o Pereira Caldas, soneteiro e polígrafo, o velho Abreu bibliotecário, lacrimoso, o Pinheiro, muito grande, filósofo sensualista, mas bom vizinho, todos à volta do Monte Alverne, um cônego muito assanhado que foi, meses depois, comandante da brigada dos seresinos.

Cerveira Lobo impunha e dominava com as suas barbas, o trajar asseado com muito lustro, e o bater metálico, patarata, das esporas. Abriram-lhe passagem, rodeavam-no cavalheiros da primeira plana, os Vasconcelos do Tanque, os Magalhães, o Freire Barata, o Cunha das Travessas, a gema daquele enorme ovo realista, chocado no seio da religião da Carlota Joaquina, do Conde de Basto e do Teles Jordão. O Cerveira perguntava aos seus: — É? — uns encolhiam os ombros, outros negavam gesticulando. E ele, com intimativa: — Pois saibam que é! — O Manuel de Magalhães dizia ao ouvido do Henrique Freire:

— Deixa-o falar, que está idiota.

O Bernardo de Barros, um fidalgo de Basto que fora capitão de cavalaria, com um bizarro sorriso de corte e ademanes de uma seleção rara: — Meu Tenente-Coronel, el-Rei, quando vier, não há de estar ao alcance da canalha. Descanse vossência.

Os janotas acercavam-se, desfrutadores, do Cerveira. Eram o Russel, o Antônio Gaspar, os de Ínfias, o Bento Miguel de Maximinos, o Paiva Brandão, o D. Manuel da Prelada, o D. João da Tapada, o Antônio Luís de Vilhena, um loiro, muito enamorado, com uma rosa-chá na lapela da casaca azul com botões amarelos.

Daí a pouco fez-se um torvelinho de povo à porta do governo civil. A soldadesca afastava a multidão com frases persuasivas de coronha de arma. Formou-se a escolta, e o preso saiu, de rosto levantado e afoito, para a multidão. Cerveira Lobo fitava-o com

uma ansiedade aflitiva. — Que se parecia... e ia jurar que era ele!
— quando um realista convencionado e que estava no grupo, o Major de Vila Verde, disse com um desdém de achincalhação:
— Olha quem ele é! Oh que traste! Que grande mariola! Forte malandro!
— Quem é? Quem é? — perguntavam todos.
— É o Veríssimo, foi furriel da minha companhia, andou com o Remexido, e safou-se de Messines com o pré dos guerrilhas.

O Cerveira inclinou-se ao pedreiro e disse-lhe à orelha:
— Ouviste, ó Zeferino?
—Estou banzado! — murmurou o outro.
— Olha que espiga! 3 contos! hem?
— Raios parta o Diabo! — disse o pedreiro, numa síntese condensada da sua incomensurável angústia.
— Está desenganado, meu amigo? Eu, para corresponder à confiança de V. Exa., impus-me o dever de o salvar de um roubo de três contos, e da vergonha de ser logrado por um impostor. O maior serviço que podemos fazer ao Senhor D. Miguel é entregar à justiça um infame que se serve de seu sagrado nome para roubar os amigos do augusto príncipe. Sr. Cerveira, vá para sua casa; e, quando eu lhe disser que é tempo, então desembainhará a sua espada.

O Cerveira, abraçando-o:
— Honrado amigo, honrado amigo! Ainda os há...

O Veríssimo entrou na cadeia de Braga, e na madrugada do dia seguinte foi transferido para a Relação do Porto.
O nome e apelidos que ele deu no governo civil eram verdadeiros: Veríssimo Borges Camelo da Mesquita. [8]

---

[8] Segundo as informações textuais do já referido José Joaquim Ferreira de Melo e Andrade, o diálogo da autoridade e do preso correu assim: "Sendo apresentado ao governador civil e respondendo a várias perguntas, disse:
"Que era das imediações de Vila Real, em Trás-os-Montes, e um dos anistiados em Évora Monte, na qualidade de sargento do exército realista;
"Que numa surtida que fizeram os do Porto fora ferido num quarto por uma bala, ficando um pouco coxo: mas que não deixara ainda assim o serviço;
"Que achando-se no último Carnaval no lugar de São Gens, ali tomara parte nos folguedos do povo com o abade da freguesia, o qual o convidara no fim para sua casa;

Tinha nascido em 1806 em Alvações do Corgo, no Douro. Ao pai chamavam-lhe o Norberto *das facadas*, quando já era velho, e meirinho-geral da comarca, em Vila Real. Uns diziam que a alcunha *facadas* lhe vinha de ter esfaqueado a mulher por ciúmes; outros, de ter levado três facadas, na Campeã, quando pusera cerco a uns salteadores que pernoitavam na estalagem daquela aldeia, nas vertentes do Marão. O certo é que a quadrilha tinha sovado os aguazis, e o comandante da diligência, o meirinho-geral, recolhera à vila numa padiola.

Norberto Borges Camelo tinha pedra de armas na casa de Alvações, uma edificação do século XVII. Dava-se como descendente do bispo do Algarve D. João Camelo. Contava a origem do brasão da sua casa, concedido ao seu sexto avô Lopo Rodrigues. Habituado

---

"Que o tratara muito bem, e que, passados alguns dias, lhe dissera, depois de ceia, de uma maneira muito recolhida e sonsa; que desconfiava ter em sua casa Sua Majestade el-Rei o Sr. D. Miguel I (porque ele era em tudo um fac-símile).

"Que nem lhe negara, nem confessara, mas que, passados dias, à mesma hora, lhe repetira aquela suspeita; porém que ainda dessa vez lhe respondera com uma evasiva.

Autoridade: "Que utilidade tirava em manter o abade nessa ilusão?

Preso (cínico): "Que a tirava toda, porque só assim podia continuar no gozo da comodidade que se lhe oferecia;

"Que daí por diante lhe ficara dando o tratamento de *Majestade*, como coisa decidida, e lhe revelara o desejo de que o elevasse à dignidade de seu capelão-mor, ao que anuíra;

"Que, passados alguns dias, lhe propusera a admissão à sua presença noturna e clandestina de alguns eclesiásticos e também seculares, consumados realistas, no que concordara;

"Que desse dia por diante principiaram a concorrer ali, por alta noite, um até dois por vez, pedindo-lhe todos, depois de lhe beijarem a mão, comendas, benefícios, lugares civis, postos militares e até prelazias — o que ele tudo lhes concedeu de bom grado.

Autoridade: "E depois?

Preso: "Depois? que lá se aviessem, porque o seu fim era conservar aquela cômoda situação, *maxime* quando as suas finanças estavam no maior apuro." [N. do A.]

a contar aos juízes de fora e corregedores da comarca o fato provado por incontestáveis pergaminhos, era convidado muito a miúdo desfrutadoramente à exposição heráldica do seu escudo, que ele fazia numa toada monótona de quem reza.[9]

O Veríssimo era *Mesquita* pela mãe, que não conhecera. Também florira da cepa ilustre dos *Mesquitas de Vilar de Maçada*; mas o Norberto, achando-a em flagrante adultério com um primo Pizarro, anavalhou-a mortalmente, escondeu-se, fugiu com o Junot no regimento do Conde da Ega, e quando voltou, estava esquecido o caso.

Em 1827, o Veríssimo estudava em Coimbra humanidades para seguir a jurisprudência. Era bom estudante, aplicado e sério. Em 28 teve uma vertigem política. Fez caceteiro do partido dominante, quis atacar na Ponte a punhal os estudantes presos no Cartaxo como salteadores assassinos. Perdeu o hábito de estudar e a

---

[9] *Nota erudita.* A história, aliás, exata, que o fidalgo de Alvações contava, acha-se nos Nobiliários, e está gravada no escudo desta família. Lopo Rodrigues Camelo foi moço da estribeira de el-Rei D. Sebastião, e muito querido de seu real amo. Viajara muito e era primoroso em pontos de cortesia. Uma vez acompanhara o Rei a Coimbra; e, na passagem de São Marcos para Tentúgal, encontraram a ponte do Mondego caída. O Rei quis passar a vau, e o estribeiro observou-lhe que o passo ali era perigoso. D. Sebastião redargüi: "Então passai vós primeiro". — Se Vossa Alteza me engana — volveu o cortesão — ditoso engano é esse. — E, metendo-se à vala espapada de limos e lodo, submergiu-se a ponto de ficar só com a cabeça e um braço de fora. El-Rei acudiu-lhe, tomando-o pela mão, e tirando-o com valente pulso para a margem. Lopo Rodrigues, a fim de que os seus descendentes lessem este caso no mármore do seu brasão de armas, pediu a el-Rei que lhe mandasse reformar o escudo em lembrança de tal sucesso.

E assim lhe foi debuxado o escudo: *Em campo verde uma ribeira de prata ondeada. Desta ribeira emerge um braço vestido de azul, do qual pega outro vestido de brocado com letras de negro que dizem REI. Este braço real sai da banda direita do escudo, na esquerda está uma estrela de ouro de oito raios, e no canto direito de baixo uma flor-de-lis de ouro. Timbre o braço vestido de azul com a estrela nos dedos.* A carta foi registrada no "Livro dos Privilégios", no ano de 1574.

Marcial fez rir os romanos à custa de um genealógico esquadrinhador de tal casta, que, não tendo já humanas gerações que espanejar do lixo dos séculos, entrou a deslindar os remotos avoengos de um cavalo chamado Herpino. Passarei também às caudelarias quando o brasão subir da tenda ao *sport,* e derivar dos especieiros esparramados às bestas elegantes. [N. do A.]

compostura de que fora exemplo. Em 29, abandonou a Universidade e assentou praça em infantaria. Quando o Porto se fechou, era sargento aspirante e bravo. Numa das primeiras surtidas dos liberais, foi ferido numa perna; e, apesar de coxo levemente, não quis a baixa nem a reforma. Era um bonito homem, rosto oval, olhos de rara beleza, nariz ligeiramente aquilino. Diziam-lhe que era o vivo retrato de D. Miguel, aperfeiçoado pelo desaire de coxear.

Depois da convenção, Veríssimo Borges recolheu a Alvações de Corgo, onde encontrou o pai num grande abatimento de tristeza e de recursos. A sua lavoura de vinho era pequena. Privado do ofício e malquisto como ladrão, o representante de Lopo Rodrigues socorria-se à beneficência de uma irmã, a D. Águeda, viúva de um major de milícias que morrera no ataque ao forte das Antas. O convencionado, naquela estreiteza de meios, quis voltar à fileira; mas o pai negou-lhe a licença, argüindo-lhe a baixeza de sentimentos, em querer servir o usurpador, e citava-lhe as cortes de Lamego. O Veríssimo, argumentando contra estas cortes, alegava que antes queria encontrar na casa de seu pai, em vez das velhas instituições de Lamego, os modernos presuntos da mesma cidade.

O Noberto gabava-se de que na sua geração, Camelo liberal não havia um só, e que a sua maldição pesaria como chumbo derretido sobre a cabeça do filho que perjurasse a bandeira do trono e do altar.

A tia Águeda, a viúva do major, tinha pouco. Desde 1828 até 1833 gastara seis mil cruzados em festejar os natalícios e as vitórias do Senhor D. Miguel com banquetes e iluminações que duravam três noites, num delírio de bombas reais e foguetes de lágrimas, com adega franca. Mandava cantar *Te Deum* na igreja de Alvações assim que no país vinhateiro soava a notícia de alguma vitória do exército fiel. Ora, os realistas, a contar por cada *Te Deum* de Alvações, entravam no Porto às quinzenas para saírem por uma barreira e voltarem logo pela outra. D. Águeda começava a desconfiar que o Deus de Afonso Henriques voltara a casaca.

Restava-lhe pouco; mas não queria que o Veríssimo se fizesse malhado. Sacrificou-se à honra da família, levou-o para casa, deu-lhe mesa farta, e consentiu que o vadio se mantivesse regaladamente, de papo acima, tocando flauta, a trasfegar em si o resto da garrafeira. Aconselharam-na que ordenasse o sobrinho, visto que ele já tinha exames de latim e lógica. O Veríssimo disse que sim, que queria ser padre. Tinha-se esclarecido nos encargos do ofício, observando a vida sossegada e farta dos párocos. Um seu parente, o Abade de Lobrigos, tinha liteira, parelha de machos, matilha de cães e hóspedes na sua residência episcopal. Outros, com menos rendas, eram ainda invejáveis; um viver espapaçada em doce moleza, inofensiva, com grande estupidez irresponsável, um regalado epicurismo. Veríssimo achou que, se não pudesse ser bom padre, havia de pertencer à maioria; e, se desse escândalo, um de mais ou de menos não perturbaria a ordem das coisas. Os seus amigos e parentes abundavam no dilema.

D. Águeda fazia concessões à fragilidade do clero; — que seu sexto avô também fora bispo e pai de sua quinta avó, por Camelos. O parente Abade de Lobrigos, em confirmação das preclaras linhagens de coitos sacrílegos, afirmava que a sereníssima casa de Bragança descendia de padres pelo pai de D. Nuno Álvares Pereira, que era prior do Crato, e pelo avô, o Padre Gonçalo, que fora arcebispo de Braga; e que os condes de Vimioso e Atalaia, e todos os Noronhas oriundos de certo arcebispo muito devasso de Lisboa, e muitas outras famílias da corte descendiam de prelados. Estas genealogias orientavam o Veríssimo no futuro do sacerdócio. Queria ser abade, ressalvando tacitamente certas condições a respeito dos rebanhos e particularmente das ovelhas.

Em outubro de 1835 foi para Braga. Tinha trinta anos: sentia o cérebro moroso na digestão da teologia, andava enfastiado e triste. Acaso encontrou um camarada, sargento do mesmo regimento, o Torcato Nunes Elias, que andava a estudar para procurador de causas. Eram inseparáveis, identificaram-se numa intimidade de tasca e de alcoice. O Veríssimo nunca mais abriu compêndio nem o outro um processo. D. Águeda mandava regularmente a mesada, e perguntava-lhe quando cantaria a missa.

Em 1836 apareceu no Algarve a poderosa guerrilha de José Joaquim de Sousa Reis, o *Remexido*, em São Bartolomeu de Messines. Os dois ex-sargentos alvoroçaram-se com a notícia e resolveram apresentar-se ao formidável caudilho. Veríssimo pediu à tia uma quantia mais avultada para pagar as últimas despesas do sacerdócio. A velha mandou-lhe o preço de uma vinha vendida e a sua bênção. Os aventureiros partiram para o Algarve. O general recebeu-os nos braços, e deu-lhes divisas de capitães. Veríssimo Borges escreveu ao pai, a dar-lhe parte do seu heróico destino: que advogasse a sua nobre causa na presença da tia Águeda, e lhe dissesse que ele não podia largar a espada vencida enquanto visse no campo brilhar o ferro de um realista. Que o General Sousa Reis estava destinado a repor o Sr. D. Miguel I no trono, ou ser o último a morrer em sua defesa; que ele e um seu amigo e camarada tinham saído de Braga juramentados a morder o pó onde caísse o seu general. Que eram já comandantes de companhias, e tinham duas carreiras abertas — uma que levava à glória, outra à sepultura — que também era uma glória morrer pela pátria.

José Joaquim, o *Remexido*, era um bem figurado homem de trinta e oito anos. Nascera em Estômbar, estudara para clérigo no seminário de Faro, e distinguira-se em perspicácia e sutileza na percepção das teologias. O amor inutilizou-lhe o talento aplicado a um pacífico e humaníssimo destino. Viu uma esbelta moça de São Bartolomeu de Messines quando aí foi pregar um sermão, sendo minorista. As serenas visões do levita deslumbrou-lhas a formosa algarvia. Não hesitou entre o amor da humanidade e o culto egoísta da família. Casou, e de homem estudioso e contemplativo, volveu-se lavrador, lidou rudemente nas searas, e redobrou de esforços à proporção que os filhos lhe multiplicavam o amor e os cuidados.

Insensivelmente compenetrou-se da paixão política. Nesta província, onde em 1808 estalou o primeiro grito contra o domínio francês, a liberdade proclamada em 1820 abriu um
abismo entre duas facções que por espaço de dezoito anos se despedaçaram. José Joaquim de Sousa Reis alistou-se entre a clerezia de quem recebera as boas e as más idéias, e manifestou-se em 1823 um ardente sectário das más, perseguindo os afeiçoados à revolução do Porto. Em 1826 emigrou para Espanha, e voltando em 1828 extremou-se entre os aclamadores do rei absoluto. Daí em diante, receoso das retaliações, não teve mais uma hora de remansoso contentamento nem abriu mão da espada tão afoita quanto cruel.

Logo que o Duque da Terceira[10] aportou com a divisão expedicionária às praias da Lagoa, em 24 de junho de 1833, Sousa Reis com alguns cúmplices, foragiu-se nos recôncavos do Penedo Grande, cujas veredas montanhosas conhecia. Deixou mulher e filhos, na primeira flor dos anos, inculpados das paixões de seu pai, fiados na generosidade dos vencedores e na própria inocência. A vingança fez represálias na família do fugitivo. A mulher e os

---

[10] Comandante chefe da expedição que derrotou, em 5 de julho de 1833, a esquadra miguelista, no Algarve.

filhos foram espancados pela tropa, depois do roubo e do incêndio da sua casa de Messines. O leão, como se ouvisse bramir os cachorrinhos nas garras do tigre, irrompeu da caverna, precipitou-se dos penhascais à frente da sua alcatéia, e atacou Estômbar com irresistível ímpeto. Estava aí a sua família sob a pressão das baionetas que a vigiavam como armadilha à queda do guerrilheiro; mas a tropa não pôde resistir à fúria de pai. Ele atirava-se às descargas, abrindo com a espada a vereda do seu ninho. Os inimigos que o viram nesse dia conservaram longo tempo a lembrança da sua catadura transfigurada pela desesperação. E todavia era um homem gentilíssimo. Depois, senhoreou-se de povoações. importantes do Algarve e estendeu até às fronteiras do Alentejo os seus domínios. Moveram-se contra ele muitos regimentos de primeira linha e de batalhões da guarda nacional. Ele tinha adoecido de fadigas incomportáveis, e descansava com algumas centenas de homens num desfiladeiro da serra, chamado a *Portela da corte das velhas*. Aí o atacou uma coluna de caçadores 5. O *Remexido*, afinal, faltou-lhe a coragem de se fazer matar. Viu talvez a mulher e os filhos, entre a sua agonia e as baionetas. Deu-se à prisão, e cinco dias depois era arcabuzado em Faro.

O regimento em que eram capitães o Veríssimo e o Nunes dispersou, e eles, claro é, fugiram à maneira dos muito discretos e bravos generais de que rezam os fastos militares.

O pré das guerrilhas devia ser quantia diminuta, uma bagatela ridícula, que não merecia a pomposa qualificação de ladroeira. Como não tiveram tempo de fazer o pagamento, retiraram-se com o cofre nas algibeiras. É o que foi, e a história não pode dizer outra coisa. Queria talvez o Major de Vila Verde, o denunciante de Braga, que eles andassem à cata das praças dispersas pelas montanhas, a repartir os quatro vinténs diários e o vintém do municio!

Veríssimo foi para Alvações e Nunes para São Gens. O Norberto morreu por esse tempo de uma congestão cerebral; alguém diz que o esganaram na cama dois malhados de Lobrigos contra os quais ele tinha jurado em 28. D. Águeda recebeu o sobrinho carinhosamente. A herança do pai estava empenhada; foi à praça; sobejaram uns novecentos mil-réis e a casa com as armas, pagas as dívidas. O Nunes dizia-lhe da Póvoa que andava por lá miserável, um piranga, na gandaia; que o pai dava-lhe um caldo de feijões e o tratava como um cão vadio. Que, depois da partida do Algarve, não tinha com quem praticar em Braga para solicitador, nem tinha que vestir. O

Veríssimo chamou-o para Alvações com generosidade. Vestiu-o, e dava-lhe meios para ele poder estudar em Vila Real, com advogados miguelistas, que o estimavam muito.

A velha passava os dias a chorar entre o retrato do defunto major e o do Sr. D. Miguel das iluminações, que se parecia muito com o sobrinho.

No inverno de 1840, D. Águeda morreu de uma indigestão de castanhas, complicada com enterite crônica e saudades da realeza. Deixou ao sobrinho a casa, as vinhas muito dilapidadas; e o retrato do Sr. D. Miguel às freiras de Santa Clara de Vila Real e mais dez moedas de oiro com a condição de lhe acenderem quatro velas de cera no dia dos anos de Sua Majestade.

Veríssimo viveu então largamente. Fez-se chefe de partido nas redondezas de Alvações do Corgo, onde era conhecido pelo *Capitão Veríssimo*. Deitou cavalo e mochila; jogou rijo dois anos na Feira de Santo Antônio em Vila Real, e perdeu tudo. O Nunes, que já solicitava causas na Póvoa, repartia com ele dos seus proventos muito escassos, porque o juiz e os escrivães faziam-lhe guerra implacável, e as partes fugiam dele.

O Veríssimo saiu de Alvações, onde não possuía palmo de terra; e, como tinha boa forma de letra, ofereceu-se para amanuense a um tabelião de Alijó. Ganhava três tostões por dia e jantar. Como era boa figura, a mulher do tabelião, uma trigueira de má casta, entrou a compará-lo com o marido que tinha os dentes muito lurados e os olhos tortos. Mas o tabelião viu as coisas pelo direito, e pôs o amanuense na rua, e a mulher em lençóis de vinho, dizia-se. Veríssimo conhecia o capitão-mor de Murça, o Campos, um hebreu realista, muito abastado. Ofereceu-se-lhe para escudeiro e foi aceite com bom ordenado. O capitão-mor era viúvo; mas tinha uma governanta fresca, de uma fome de pecado irritada pela indiferença judaica do amo em matéria de religião. O Veríssimo tinha a fatalidade femeeira do seu Sósia, do Sr. D. Miguel. O capitão-mor com o seu fino olho de raça, lobrigou as sentimentalidades da rapariga. Pagou generosamente ao escudeiro, e impô-lo. Voltou ao Douro, e procurou o amparo de um realista poderoso, o Antônio de Melo, de Gouvinhas, o pai do Sr. Lopo Vaz, um grande ministro liberal cheio de embriões de coisas. O fidalgo de Gouvinhas nomeou-o feitor das suas quintas. Estava regalado; feitorizava pouco; o fidalgo admitia-o às suas palestras íntimas de política; mas um sobrinho do Melo, um valente navalhista que chamavam em Coimbra o *Malagueta*, ganhou-lhe ódio, por ciúmes de uma tecedeira chibante, uma rapariga de tremer, de quadris roliços, a Libânia de Covas. Travaram-se de razões. O *Malagueta* correu sobre ele com um punhal. Veríssimo acovardou-se na sua posição dependente e despediu-se.

A Libânia tinha cordões e umas moedas ganhas com o pudor diluído no suor do seu bonito rosto, a corso das algibeiras copiosas dos vinhateiros. Seguiu-o para o Porto em 1844. O neto do bispo D. João Camelo, abriu uma escola de primeiras letras em Miragaia. Ao cabo do primeiro mês, dava pontapés impacientes nos garotos, andava ralado, não podia com aquela bestialidade da instrução. primária. A Libânia queixou-se um dia de dor de dentes. Foi uma inspiração. O Veríssimo resolveu fazer-se dentista, e foi estudar com o Pinac, à Rua de Santo Antônio, um bom homem. Andava neste tirocínio, quando encontrou no Tívoli, defronte da Biblioteca, o Nunes. A Libânia gostava muito de resvalar pela *montanha-russa*, dava umas risadas argentinas, batia as palmas e queria montar os cavalos de pau que giravam no jogo da argolinha.

Quando se encontraram, o Torcato vinha pedir-lhe dinheiro. O pai tinha morrido deixando a casa ao outro irmão. Estava casado, e tinha dois filhos. Queria ir tentar a fortuna ao Brasil, trabalhar em mangas de camisa, se fosse necessário. O Veríssimo respondeu-lhe que o único favor que lhe podia fazer era tirar-lhe um dente de graça. Confidenciou-lhe as suas misérias mais íntimas; que aquela boa rapariga tinha gasto com ele quinze moedas e vendera o seu oiro; mas, tão generosa, tão honrada que nunca lhe vira no rosto uma sombra de tristeza. Que estava resolvido a ir estabelecer-se como dentista na província, logo que pudesse comprar o estojo que custava 12$000 réis, e não os tinha.

— Se os não tens — disse o Torcato — minha mulher tem um cordão que pesa três moedas; para mim não lho pedia; mas para ti vou buscá-lo amanhã. — E acrescentou, de excelente humor: — Deus permita que na terra onde te estabeleceres sejam tantas as dores de dentes que não tenhas mãos nem queixos a medir.

Saíram alegres do Tívoli. Sentiam-se bem aquelas duas organizações esquisitas. Havia ali duas almas que se amavam deveras, dois náufragos a quererem chegar um ao outro a mesma tábua de salvação. É nestes esgotos sociais que ainda, uma vez por outra, se encontram Pílades e Orestes.

O Veríssimo morava atrás da Sé, na Rua da Lada, uma casa de

um andar, muito empenada, com o peitoril de ferro de uma única janela desencravado de uma banda, e uma porta viscosa e negra como a boca de um antro. Cearam todos. Havia cabeça de pescada cozida com cebolas, sardinhas fritas e pimentões. O Nunes foi buscar duas garrafas da companhia de tostão à Rua Chã, e enfiou no braço uma rosca de Valongo que comprou na bodega da Caçoila, uma esmamaçada com cordões de ouro que frigia peixe à porta e dava arrotos.

Cearam numa estúrdia de rapazes, como em Braga, nove anos antes, na tasca do Catrambias, na Rua do Alcaide. A Libânia de Covas muito laxarenta — que levasse o diabo paixões, e mais quem com elas medrava; que, em se acabando o dinheiro, fazia-se cruzes na boca; mas que deixar o seu Veríssimo, não o deixava nem à quinta facada.

— Nós devíamos ir todos para o Brasil — lembrou o Torcato, que tinha meditado num recolhimento extraordinário.

— E chelpa? — perguntou a Libânia.

— Se tu quiseres, Veríssimo, dentro de um mês temos um conto de réis.

— Boa!... — disse o outro. — Bem se vê que as duas garrafas deram o que podiam dar, uma fantasia de um conto de réis. Por dois tostões é barato.

— Estás disposto a ouvir-me sem interrupção de chalaça? Eu não estou bêbado, palavra de honra!

Libânia pôs a face entre as mãos e os cotovelos na toalha suja de vinho e migalhas, com os olhos muito fitos e rutilantes na cara do Nunes. O Veríssimo atirou com as pernas para cima da banca, acendeu um charuto de dez-réis e disse que falasse à vontade.

— Tu sabes que te pareces muito com D. Miguel?

— Começas bem. Temos asneiras.

— Mau! Não me fales à mão.

— Já sei onde queres chegar. Vais dizer-me que me faça aclamar rei, e, para evitar efusão de sangue, venda a minha sobrinha D. Maria II os meus direitos à coroa por um conto de réis. Dou-os mais em conta.

— Adeus minha vida! — retrucou o Nunes impaciente. — Amanhã conversaremos.

— Deixa falar o homem! — interveio a Libânia. — Ora diga lá, ó sê Nunes.

O Torcato expôs a sua teoria do conto de réis, desfez atritos, removeu dificuldades, convenceu afinal. Tinham de partir para o Alto Minho, os dois. Libânia iria para Ramalde trabalhar nos teares da Grainha que lhe dava comida, cama e doze vinténs por dia. Venderiam a um adeleiro da Rua Chã os trastes para o Veríssimo se enroupar de pano piloto, quinzena e calças com alguma decência, roupa branca, reforma das botas cambadas, chapéu de feltro e um paletó de agasalho.

Na Quinta-feira gorda, a Libânia, com exemplar coragem, foi para Ramalde. A Grainha negociava em teias, ia vendê-las ao Douro, tinha visto em Gouvinhas o limpo trabalho da rapariga, e quando a encontrou no Porto: — Olhe, moça, quando quiser ganhar a vida honradamente, lá estamos em Ramalde. Uma de doze, comer como eu e lençóis lavados na cama.

O Nunes e o Veríssimo foram juntos até perto de Braga. Aí, o de Calvos seguiu para casa, e o outro no sábado gordo partiu para a Póvoa de Lanhoso.

XI

O Torcato, antes de entrar em casa, foi à residência. Ia misterioso, circunvagava uns olhares cautelosos: — se ninguém o ouviria? — perguntava ao Abade Marcos.

E o Abade, entrepondo as cangalhas nas páginas do breviário — pode falar, que estou sozinho. Que é?

— D. Miguel I está em Portugal — disse, curvando-se-lhe ao ouvido, com uma voz gutural.

— Você que me diz?! Como sabe isso? — Pataratas!

— Chego agora do Porto; estive com o escrivão fidalgo, o Ferreira Rangel, e com o Abade Gonçalo Cristóvão. El-Rei está nesta província. Desconfia-se que é em Braga, e o José Alvo Balsemão disse-me que talvez eu o visse brevemente no nosso concelho, porque o levantamento há de começar por aqui.

— Que me diz você, amigo Torcato? — sacudia os braços, fazia estalar os dedos como castanholas, tinha gestos mudos de exultação extática — que ia escrever ao Abade de Priscos, que indagasse, que aparecesse... É preciso trabalhar, preparar os ânimos ...

— Chitão! — acudiu o Nunes com o dedo a prumo sobre o nariz. — Nada de espalhafato! Não ferva em pouca água, Abade. Se der à língua, esbarronda-se o negócio. O Rei só há de aparecer aos seus amigos quando os generais entrarem pela Galiza. Não fala a ninguém; não se dá a conhecer. Diz que só falara em Lisboa com o Conde de Pombeiro e com o Bobadela, e no Porto com o José Antônio, o morgado do Bom Jardim, e mais com o Padre Luís do Torrão... O Abade conhece.

— Pois não conheço? como as minhas mãos; é o vice-rei nas províncias do norte... o nosso bom Padre Luís de Sousa que pelos modos está nomeado patriarca de Lisboa... Que pechincha, hem?

— É esse mesmo... Bem! até logo; vou ver a mulher e os filhos a casa, que ainda lá não fui. Um abraço, amigo abade! Parabéns! A choldra vai cair! Vida nova! Daqui a um mês está todo esse Minho em armas, e el-Rei à frente dos seus vassalos. Outro abraço, e viva el-Rei!

Lágrimas jubilosas, como contas de vidro sujas, tremeluziam nas pálpebras inflamadas do abade.

— Jante comigo, Nunes, jante comigo! Vai-se abrir uma de 1815, à saúde de el-Rei!

— Parece que me estoura a pele! Não estou em mim! Que ia ver a mulher e que voltava já.

Na noite de sábado para domingo de carnaval, o Veríssimo pernoitou na Póvoa de Lanhoso, na estalagem do Relhas.

Disse ao estalajadeiro que era de longe e andava a viajar pela província. Perguntou se por ali não se festejava o entrudo. O bodegueiro informou que na Póvoa havia guerra de laranjadas e às vezes pancadaria de Senhor Deus misericórdia; mas que na freguesia de Calvos havia comédias nos três dias ele entrudo, por sinal que o seu filho, um barbado que ali estava, com uma cara angulosa muito alvar, fazia de namorado no *Médico fingido*, um entremez coisa rica, que era de um homem malhar de costas naquele chão a rir — que se ele quisesse ver as comédias, podia ir com o seu rapaz, que lhe arranjava lá uma cadeira de casa do Abade.

O cenário para a representação do *Médico fingido* arranjou-se na eira do Gonçalves, muito espaçosa e ajeitada, porque as figuras entravam e saíam, conforme a rubrica, do palheiro que tinha três portas. O palco, barrado de ferro, ainda úmido, estava ao abrigo de cobertas de chita alinhavadas umas nas outras, retesadas nas pontas por postes de pinho que remeçavam em forquilhas para receberem uns varais lançados transversalmente. Havia dois mastros de castanheiro descascados, afestoados de buxos, alecrim e camélias, coroados por bandeiras vermelhas esburacadas. Parte dos mastros tinha uma lista em ziguezague pintada á zarcão que se ia espiralando pelo pau acima, com cercadura de cruzinhas: — era obra de Cheta, um trolha inspirado que já tinha pintado um painel das *Alminhas*, onde havia almas do sexo fraco com grandes tetas lambidas por lavaredas, e um rei coroado com a boca aberta no ato de berrar queimado, e tamanha boca que só cedia à de um bispo mitrado, muito empertigado, com o seu báculo. O trolha ensaiara o entremez, e não entrava, porque lhe tinha morrido o pai, havia quinze dias, contava ele a um senhor de fora, desconhecido, que tinha vindo com o galã, o filho do estalajadeiro da Póvoa.

O Veríssimo foi admitido aos camarins onde estavam sentados em caixas de milho e na salgadeira, os figurantes à espera da sua vez, já vestidos. Viam-se os personagens do entremez. *Matilde*, amante de *Alménio*, uma ingênua, a protagonista da peça, a doente *namorada*, que levou o pai a trazer-lhe a casa o amante, o *médico fingido*. Este papel fora confiado a um latagão oficial de carpinteiro, com os pulsos cabeludos e os nós dos dedos com umas protuberâncias calosas que pareciam castanhas piladas antigas. Nas maçãs do rosto mascaram duas zonas do carmim, que pareciam a distância umas chagas de mendigo de romaria aperfeiçoadas. Trajava um vestido de cetim branco da fidalga velha de Rio Caldo, feito em 1824 para um baile que houve em Braga aos anos de D. João VI. O peito chato do carpinteiro ficava à altura dos quadris da fidalga, e as clavículas espipavam as ombreiras do corpete, prendendo os movimentos ao desgraçado *Matilde*. Posto que a *cena* fosse a *Casa de Astolfo*, pai da *doente fingida*, a velhaca estava de chapéu de palhinha com enorme telha enconchada e plumas brancas muito amarelecidas do mofo. O vestido era-lhe curto, mas lucravam com isso as pernas que se deixavam ver até acima dos jarrete, cingidas de fitas cruzadas que subiam de uns sapatos de duraque sem tacões, feitos de propósito e em concordância com os ângulos reentrantes e salientes dos pés. Era o grotesco do horror. A criada de *Matilde*, a *Laberca*, também vestia de cetim azul-ferrête, um pouco menos antigo, empréstimo das senhoras de S. Crau, que o assoalhavam de vez em quando para os entremezes. Não tinha chapéu nem sapatos de duraque: obedecia mais à caracterização natural. Na cabeça usava touca de folhos com laços de fita escarlate e nos pés os butes do amo com ponteira de verniz; ele era o criado do juiz de direito substituto; gozava créditos de representar papéis de lacaia fazendo rebentar a gente.

O Veríssimo fez os seus cumprimentos às duas damas, e manteve uma seriedade verdadeiramente real. O *Almênio* era o filho do estalajadeiro da Póvoa de Lanhoso, o Relhas. Calças brancas, quinzena de veludilho, bengala de castão de prata, chapéu branco de castor e óculos. Disse ao Veríssimo que punha os óculos para fingir de médico. Estava a um canto o galego, o *Gonçalo*, aguadeiro da casa. Como não havia em Calvos o costume rigoroso dos aguadeiros, o trolha ensaiador vestiu-o de almocreve, com as botas refegadas, faixa branca e em mangas de camisa, com uma monteira comprada em Tui. A cara era ao próprio, de uma verdade típica. O *Pantufo*, um saloio rico que queria casar com *Matilde*, e foi bigodeado pelo fingido médico, vestia a melhor andaina de fato do presidente da câmara, um apaixonado pelos entremezes, que a gravidade das suas funções impedia de representar; mas emprestava a roupa e a inteligência dramatológica. Havia mais duas figuras, o *Falsete*, e o *Astolfo*, que se estavam vestindo lá dentro, por detrás de um ripado, que os deixava ver em camisa enfiando as pernas sujas nas pantalonas, enquanto o trolha lhes rebocava de vermelhão as caras.

O Nunes atravessara a eira, e endireitara para o palheiro, quando lhe disse o Gonçalves que estava lá dentro um fidalgo de longe. Encostou-se ao batente da porta, trocou um lance de olhos com o Veríssimo, e saiu apressadamente, arranjando pelo caminho uma fisionomia cheia de alvoroço, de surpresa.

Entrou pela residência, muito esbofado:

— Ó Abade, já esteve na eira do Gonçalves?

— Não; estou a acabar de jantar, e lá vou ver essa borracheira de comédia. Você vem aganado!

— Vinha perguntar-lhe se conhece um sujeito de fora que lá está na eira.

— Aqui veio um rapazola da Póvoa pedir-me uma cadeira há coisa de meia hora para um fidalgo que tinha vindo com ele. Perguntei-lhe quem era o fidalgo. Diz que não sabe. Esta canalha em vendo um bigorrilhas de casaco chama-lhe fidalgo. — Venha já daí comigo ... Por quem é, não se demore... Ó Abade, lembra-se de ver el-Rei em Braga há treze anos?

— Ora se lembro!... Beijei-lhe a mão três vezes.

— E, se o vir agora, conhece-o?

— Parece-me que sim — o padre limpava à pressa os beiços amarelos dos ovos do arroz-doce. — Mas isso que quer dizer? Você está doido ou temos carraspana, amigo Nunes?

— Homem! venha comigo, e depois chame-me doido ou borrachão, lá como quiser; mas não se demore que eu estou em brasas vivas.

— Aí vou, aí vou, não se atrigue. Vai uma pinga do choco?

— Venha de lá isso. — Bebeu de um trago, e pediu outro: — Agora, à saúde de el-Rei! à saúde daquele que talvez esteja bem perto de nós! a cem passos!

— Toque! — exclamou o Abade.

Pelo caminho, disse-lhe o Nunes que era preciso o maior disfarce, não olhar muito de frente para ele, e só deviam falar-lhe, se a ocasião viesse muito a jeito.

— Você está a sonhar, homem!

Quando entraram à eira, já tinha começado a festa. Veríssimo estava em pé, com a mão direita apoiada nas costas da cadeira. De um e de outro lado remexia-se a turba, muitas raparigas a rirem dos atores vestidos de mulheres, e uns rapazes com chalaças de uma graça aparvalhada, muito local, a que os do palco respondiam à letra com manguitos, e os que faziam de mulheres batiam palmadas no traseiro, voltando-o para o público. Cães ladravam às figuras; os rapazes davam-lhes pauladas e eles ganiam. As velhas mandavam calar o gentio para poderem perceber as falas: — Canalha brava, calaide-vos aí! — Uma balbúrdia que parecia um teatro de cidade de primeira ordem. O tio Gonçalves, o dono da eira, dizia que estavam todos bêbados, e voltava-se para o desconhecido, como a pedir desculpa.

— É entrudo — dizia — é entrudo, senhor!

Quando apareceu o padre na cancela da eira, houve silêncio com algumas fungadelas de riso das cachopas, e recomeçou a comédia em obséquio ao Abade e à Arte ultrajada pela hilaridade bruta da plateia. Notaram alguns velhos sisudos que o forasteiro das grandes barbas se mantivera muito sério durante a troça da canalha. Assim o dizia o Gonçalves ao Abade, perguntando-lhe se conhecia aquele senhor.

— Não conheço — e acotovelava o Nunes, segredando-lhe com o disfarce: — Você adivinhou. É ele...

— Que me diz, Abade?

— É ele.

O Veríssimo dera três passos para acender um cigarro no de um músico que estava sentado num bombo.

— É ele! — repetiu o Abade. — Você não o viu coxear? — Fale baixo, fale baixo, e não olhe muito para ele, que eu já o vi deitar-nos os olhos — acautelou o Nunes.
— Também eu...
Estalou neste momento uma gargalhada geral. Veríssimo também se riu, e deu palmas.
— Olha! olha! a dar palmas! — notou o Abade com transporte. Aquilo sensibilizou-o até às lágrimas! O Sr. D. Miguel I a dar palmas às figuras do *Médico fingido* na eira do Gonçalves em São Gens de Calvos! Tocante!

A risada geral, as palmas e os apupos não eram rigorosamente uma ovação ao autor do entremez nem aos curiosos. Eis o caso. Na cena I o *Astolfo* pede carinhosamente à filha que coma alguma coisa. Matilde diz que não pode, *que não está em si, que lhe acuda, que lhe acuda, porque um suor frio lhe faz perder os sentidos.*

O gargajola esperava ser amparado pelo outro, em harmonia com a rubrica que diz: Finge desmaio, e Astolfo a sustém nos braços. Mas ou porque se antecipasse a desmaiar, ou porque Astolfo se demorasse a ampará-la, *Matilde* escorregou de costas sobre o barro ainda fresco do palco; e, no ato de se erguer debaixo dos apupos da multidão, arregaçaram-se-lhe as saias e saiotes até à cintura. Ora a *Matilde* não usava calcinhas. Um escândalo.

Veríssimo Borges não pôde sustentar a gravidade competente à sua pessoa. A natureza rebentou por ele fora numas casquinadas convulsas que poderiam custar-lhes uma mocada, se a deflagração do riso não fosse geral.

Matilde fugiu do palco, enfiou pelo palheiro e não voltou à cena. O ensaiador, o trolha, saiu ao terreiro a explicar ao público a suspensão do entremez nestas palavras: — Aquele alma do diabo despiu a farpela, e diz que raios o parta, se cá tornar. Vocês pode ir à sua vida que não há hoje treato. Começou a debandar o auditório em grande algazarra. Veríssimo parecia esperar que o galã, o Relhas Júnior, se despisse para se retirar. O Gonçalves perguntava-lhe: — E que tal esteve a chalaça, senhor? Má mês pr'ó home, que se mais tivesse mais punha ó léu! — e voltando-se para o Abade que, a pedido do Nunes, guardava respeitosa distância: — ó sr. abade! coisa assim não consta! Eu, se me sucedesse uma daquelas, metia a cabeça num fole.

— São acasos — disse Veríssimo com indulgência. — Não se lembrou que estava vestido de senhora.

O Abade ganhou ânimo, abeirou-se do Gonçalves, cumprimentando o outro cerimoniosamente, e disse:

— O entremez não presta para nada. Se o homem não caísse, ninguém se ria.

— Provavelmente... — assentiu o Veríssimo, correspondendo à cortesia do Torcato Nunes que parecia aproximar-se mais acanhado.

— Estes casos de escorregar — acrescentou o desconhecido — acontecem nos primeiros teatros do mundo e até nas salas onde se dança; e de ordinário as senhoras que desastradamente caem, são verdadeiras senhoras. É muito pior e mais melindroso.

O Abade e o Nunes com muitos gestos afirmativos — que sim, que era muito pior, e mais melindroso, muito mais. Derivou a conversação para as belezas naturais do Minho. O desconhecido sentia ter vindo no inverno, quando apenas se adivinhavam as pompas da primavera.

Principiava a chuviscar. O Abade ofereceu a sua casa ao forasteiro, enquanto não estiava a chuva. Veríssimo aceitou por momentos, visto que não se prevenira com guarda-chuva — um traste que detestava. Os aguaceiros repetiram-se com pequenas intercadências, varejados pelo sul; por fim, as cristas da serrania empardeceram, as nuvens rolavam pelos declives como escarcéus a despenharem-se, fechou-se o horizonte sem uma nesga, e a chuva não parava. O Abade não permitiu que o hóspede saísse com tal tempo e já perto da noite.

Durante a ceia; apareceram algumas raparigas mascaradas com lençóis, abraçando a Senhorinha que servia à mesa, e dizendo em falsete pilhérias ao Nunes a quem chamavam *Trocatles* e *précurador de causas perdidas*. Veríssimo mostrava-se contente e dizia:

— Bom povo! excelente povo! este Minho é o bom coração de Portugal, e os seus habitantes, segundo me consta, possuem os melhores corações do reino. Eram dignos de ser mais felizes do que são, carregados por tributos, esmagados pelo peso dos empregados públicos que são o flagelo de Portugal... O padre escutava-o com religiosa atenção; o Nunes beliscava a coxa do Abade que tomara a presidência da mesa e pusera o hóspede à sua direita.

No fim da ceia, o Padre Marcos, com o copo na mão, e de pé, disse que fazia uma saúde ao seu hóspede, porque lhe parecia que tinha a honra de beber à saúde de um realista, de um partidário de Sua Majestade o Sr. D. Miguel I que Deus guardasse! O hóspede agradeceu, declarando que mesmo numa roda de liberais não negaria os seus sentimentos políticos: que era realista, e como tal brindava à saúde de todos os amigos do príncipe proscrito.

O Nunes dava canelões inteligentes e às vezes dolorosos no Abade, que o encarava de esconso como quem diz: — percebo; não faça de mim asno; sei que estou falando com el-Rei.

A criada deu parte que estava pronta a cama; — quando *Vossoria* quiser — disse ela ao hóspede. Veríssimo sorriu-se agradavelmente:

— Que incômodo estou dando a esta excelente família... Irei descansar, sr. Abade, e Sr. Torcato... parece-me que lhe ouvi chamar *Torcato*...

— Nunes Elias, um criado de vossa... — e susteve-se.

Dizia-lhe depois o Abade no quinteiro: — Você ia-se estendendo, Nunes! Esteve por um triz a dizer, *um criado de Vossa Majestade*, não esteve?

— Por um triz, Abade, que me estendia! Tal é a certeza de que está el-Rei nesta casa! — E com transporte olhando para as janelas: — Onde está pernoitando o Sr. D. Miguel I! o rei amado dos Portugueses, na pobre residência de São Gens de Calvos! Isto parece um sonho!

A segunda-feira de entrudo foi um chover desabalado. Não houve entremez nem se via viva alma no cruzeiro. O Abade não consentiu que o hóspede se retirasse; e, aconselhado por Nunes, mandou à Póvoa buscar a bagagem. Era um baú de lata amalgado na tampa com um cadeado roído de ferrugem. O legitimista ainda não tinha dado nome algum, nem os outros ousavam abrir ensejo a que ele tivesse de o inventar. Seria indelicadeza obrigá-lo a mentir. Além de quê, o Padre Marcos, tratando-o sempre por senhor — o *senhor* isto, o *senhor* aquilo — entendia que se aproximava do tratamento que se deve aos reis, e ao mesmo tempo ia insinuando ao real hóspede que já o conhecia. — Bom é que ele se vá persuadindo que não somos pategos — dizia o Abade ao Nunes. — Sim, bom é que se persuada... você percebe... — E piscava com esperteza.

Ora, se percebo! O Abade tem andado com uma cábula muito fina. Eu é que me custa a ter mão em mim. A minha vontade era deitar-me de joelhos aos pés dele, e dizer-lhe: "Real senhor, nada de disfarces! Aqui estão dois vassalos de Vossa Majestade, que lhe oferecem o seu sangue!"

— Deixe estar — acomodava o padre — deixe estar, Nunes...

As coisas não vão assim... Quando for tempo, eu lho direi... Nada de espantar a caça.

O Veríssimo pediu ao Abade algum livro para se entreter, e não o obrigar a aturá-lo. O padre levou-o ao seu quarto onde havia uma estante de pinho com três lotes de livros. Mostrou-lhe o *Punhal dos Corcundas*, a *Defesa de Portugal* do Padre Alvito Buela, a *Besta esfolada*, os *Burros*, e o *Novo Príncipe*. O Veríssimo levou-os para o seu quarto, exceto os *Burros*; disse que. não gostava de poesia. Falou com louvor do Padre José Agostinho e de Fr. Fortunato de S. Boaventura — colunas do altar e do trono, que tinham deixado dois vácuos impreenchíveis na falange realista. Perguntou-lhe o Abade se os tinha conhecido pessoalmente. — Que sim, como as suas mãos... E sorria, como o príncipe proscrito, se lhe fizessem semelhante pergunta.

— Que prazer teria o Padre José Agostinho, se hoje vivesse e pudesse ver el-Rei!... — meditou o Abade com a sua perspicácia observadora.

— Decerto... — concordava o Veríssimo indolentemente. — Mas quem tem agora esperanças de ver D. Miguel em Portugal?

— Eu, senhor, eu! — respondeu o padre batendo na arca do peito com as mãos ambas. — Eu!

O Veríssimo folheava o *Punhal dos Corcundas*, e parecia não perceber a veemência do padre.

— Bons desejos, bons desejos do caro abade ...

— E de quase toda a nação portuguesa, senhor! D. Miguel I nunca deixou de reinar nos corações do seu povo. Eu tenho na minha alma o retrato dele desde que o vi há treze anos em Braga e lhe beijei as suas reais mãos! — Escandecia-se o entusiasmo, punha as mãos, chamejavam-lhe nos olhos reflexos do fogo interno; e o Veríssimo continuava a folhear o *Punhal dos Corcundas*.

— Então viu-o, Abade?

— Sim, meu senhor, vi-o com estes olhos, toquei-lhe com estas mãos.

— Ainda se recorda das suas feições?

— Perfeitamente.

— Ah! se o visse hoje, decerto o não conhecia... Está muito acabado...

— Conhecia, conhecia...

O Abade sentiu um raio de dramatização que o vibrou todo. Eriçaram-se-lhe os cabelos, e coou-lhe pela espinha uma faísca elétrica. Fez um passo atrás, e quando o Veríssimo repetiu: "Era impossível conhece-lo", o padre pôs um joelho em terra, estendeu o braço direito, e com o dedo indicador em riste, exclamou:

— Ei-lo! Ei-lo!
— Ó Abade! o senhor está alucinado! Por quem é, levante-se! Eu não sou quem pensa!
— Estou como devo estar diante do meu rei! — teimou o Abade, com os dois joelhos no sobrado.
— Levante-se que vem gente! — dizia o outro, ouvindo passos na escada.

Era o Nunes.

— Entre, amigo! — disse o Abade, respondendo ao vizinho que pedia licença.

Torcato encontrou o Abade de joelhos e o Veríssimo esforçando-se por levantá-lo.

— Ajoelhe-se a meu lado, Nunes! que eu estou aos pés de el-Rei! — exclamou o padre.

E o outro, ajoelhando:

— Eu já o sabia, real senhor!

Foi assim que se inaugurou a corte de D. Miguel I em São Gens de Calvos, segunda-feira de entrudo de 1845, às 3 horas da tarde.

XII

Depois, bem sabem, senhores, como aquele Padre Rocha despenhou abruptamente o desfecho da farsa, cuidando que vingava a moral e punia com degredo o celerado que infamava o sacratíssimo nome de el-Rei D. Miguel. No trânsito para a Relação, a meia légua, na estrada do Porto, o Veríssimo com delicadas maneiras e o seu aspecto venerável, obteve que o sargento da escolta lhe permitisse alugar a mula de um almocreve que seguia a mesma direção. Cavalgou na albarda da mula arreatada com chocalho, sem estribos; empunhou a corda do cabresto, e ladeado de doze praças do 8, entrou ao cair da tarde em Famalicão.

O Torres de Castelões, o administrador, legitimista no fundo, bom lavrador, mandou-lhe cama para a cadeia e permitiu-lhe que ceasse com um amigo que o seguira de longe. Era o Nunes, o Pílades das horas certas e incertas. Orestes estava desanimado; queixava-se das fantasias do outro, considerava-se perdido. — Pobre Libânia! — deplorava — quando ela souber que eu estou na Relação!

Como tinha alguma prática do foro criminal, o Nunes consolava-o: que não havia matéria para pronúncia; e, quando fosse pronunciado, a Relação o despronunciaria. Eu é que vou ser o teu procurador, se me não prenderem — acrescentava muito confiado na lei e na sua atividade. — Quanto à fantasia do conto de réis, já não falta tudo, porque tens as cem peças das Botelhas. Se te deixam ser rei mais um dia ou dois, tinhas nesta santa hora 3.750$000 réis.

— Tu gracejas e eu vou esperar na cadeia uma sentença de degredo — atalhou o Veríssimo, naquela estranha situação, nunca experimentada, de ouvir os passos da sentinela rentes com a grade do seu quarto.

Às oito da noite, fechara-se a porta da cadeia, e Nunes saíra triste, com um pungitivo arrependimento de meter o amigo naquela rascada.

Ao escurecer do dia seguinte, o preso foi conduzido do governo civil do Porto para a Relação com um mandado do carcereiro na baioneta do sargento. Quando saía do governo civil, já Libânia e o Nunes, que se antecipara a procurá-la em Ramalde, o esperavam. A Libânia era uma forte mulher para os trabalhos da vida. Fitou-o com um semblante aceso de coragem, um sorriso afoito, e disse-lhe muito animosa: Alma até Almeida e de Almeida *pr'a diante* alma sempre!

Veríssimo ocupou o quarto de malta nº 2, com uma rasgada janela sobre o Douro, um quarto cheio de luz e de sol, de onde tinha saído o Gravito para a forca — elucidou o carcereiro, e mostrou-lhe no grosso alizar da porta as iniciais de alguns padecentes com a data de 1829.

A Libânia e mais o Torcato pernoitaram na estalagem do Cantinho na Rua do Loureiro e passavam o mais do tempo na Relação. Ao fim de seis dias já o Nunes requeria a soltura do preso, por falta de nota da culpa; mas a pronúncia chegou ao oitavo dia da comarca da Póvoa. O preso agravou para a Relação. Era juiz relator do agravo o Conselheiro Fortunato Leite, natural do Douro, que, quinze anos antes, no reinado de D. Miguel, tinha sido amigo de Norberto Borges, e lhe devera a fineza rara de o avisar na véspera do dia em que lhe havia de cercar a casa por ordem do facinoroso corregedor de Vila Real, o Albano que os liberais mataram, no meio de uma escolta, em 1836. Quando o relator folheava o processo, os apelidos do preso, a naturalidade, os pormenores, sugeriram-lhe memórias da sua perseguição em 1831, e o salvar-se tão extraordinariamente pela amizade do meirinho-geral. Informou-se e evidenciou que o Norberto Borges, de Alvações de Corgo, era pai do preso. Estava pois salvo o filho do seu benfeitor, sem grande violência à justiça, porque a pronúncia fora precipitada, irregular, as testemunhas citadas — os padres suspeitos de freqüentarem a residência de Calvos — nada depuseram que provasse projetos revolucionários do agravante.

E lavrou o acórdão muito recheado de grifo: — Que agravado era o agravante pelo juiz da comarca de Lanhoso, porquanto na pronúncia de primeira instância haviam sido desprezadas as formalidades mais curiais, pois que *nenhuma* testemunha depusera que o agravante se inculcasse *D. Miguel* para perturbar a ordem constituída, chamando o povo à revolta; e das respostas do agravante no interrogatório a que procedeu a autoridade administrativa constava que o preso quase que fora *obrigado* por um *clérigo estúpido e esturrado miguelista* a deixar-se chamar *D. Miguel I*; mas não constava nem se provava que o agravante se aproveitasse de tal fraude e impostura para extorquir valores aos seus *estúpidos cortesãos*; *o que decerto* praticaria um *gamenho* decidido a fingir-se *D. Miguel* para os espoliar. Que a pronúncia fora iníqua, atabafada apaixonadamente, e sem base, visto que *nada* se colhia dos depoimentos das testemunhas, e apenas se fez obra por hipóteses e indícios, fundada num rol de indivíduos *alarves* a quem o suposto *monarca* fazia mercês de comendas, de títulos, de patentes e até de mitras, sem que daí resultasse alvoroto *nem leve perturbação* na ordem pública, nem mesmamente dano para os mencionados burros que pediam as mercês, e que deviam ser pronunciados em primeira instância, se a *corte de São Gens de Calvos*, não fosse uma *farsa de entrudo*.

E, dilatando-se filosoficamente e chistoso, o juiz relator, adicionava, aconselhando, que seria bom e proveitoso que nas terras selváticas do Minho se espalhassem muitos *Miguéis* daquela casta e feitio até que os novos *Sebastianistas* se convencessem de que *somente assim* poderiam arranjar um *Miguel* que lhes desse comendas, títulos, postos militares e prelazias.

Os desembargadores, com o seu rapé engatilhado aos narizes, riram muito ao final do acórdão, e, sorvidas as pitadas sibilantes, assinaram por unanimidade.

Reformada a sentença e pagas as custas pelo juiz da primeira instância, Veríssimo foi posto em liberdade; e, quando chegou ao escritório do carcereiro Melo para se despedir, encontrou a Libânia de Covas desmaiada de júbilo, nos braços da mulher do chaveiro. Como era feliz, deixou-se ser mulher — chorou; e quando lhe cumpria dar ânimo ao preso, no pátio do governo civil, riu-se com a valentia dos homens extraordinários.

O Conselheiro Leite recomendou ao Nomes procurador que lhe mandasse a casa o Veríssimo. O filho de Norberto apresentou-se timorato, receoso, com maneiras submissas, mas dignas de um Borges Camelo infeliz.

O desembargador explicou-lhe que o chamara para lhe fazer conhecer a dívida que lhe pagou, posto que as situações fossem muito diversas. Improperou-lhe serenamente o seu delito; estigmatizou a ação de permitir que o julgassem *D. Miguel*; falou acerbamente contra este tirano parricida, incestuoso, canalha, e terminou por lhe aconselhar o trilho da honra, o trabalho, e a expiação das suas irregularidades, mostrando-se digno da compaixão que lhe inspirara, despronunciando-o. Veríssimo beijou-lhe a mão, e recusou dez pintos que o conselheiro lhe dava — que, se um dia necessitasse, lhos pediria. E Fortunato Leite, a rir:

— Então as bestas dos abades sempre caíram? Fez você muito bem. Devia esfolar essas cavalgaduras!

O Veríssimo recuava muito agradecido.

O Conselheiro Fortunato exerceu uma enérgica influência vitalizadora na nova encerebração de Veríssimo Borges e bastante na do Torcato Nunes Elias.

Por mediação do bondoso desembargador, obteve o Nunes alvará de solicitador de causas nos auditórios do Porto. Ganhou boas relações. Era esperto, zeloso e pagava-se regularmente. Chamou para a cidade a mulher e os dois filhos. Alugaram casa na Rua de Trás as duas famílias. Davam-se muito bem, e gastavam economicamente os 750$000 réis da Botelhas, de meias com os salários de procurador. O Veríssimo freqüentava à noite o café das Hortas, jogava o quino e, de vez em quando, ia ao café da Rua de Santo Antônio ouvir os demagogos dos manos Passos, que o festejavam e catequizavam. Dava-se com os Navarros, com o Almeida Penha, com os Peixotos vidraceiros. Ele, sobpondo ao reconhecimento os escrúpulos de espião, contava ao Conselheiro Leite, cabralista intransigente, os planos dos setembristas, os clubes, as lojas de carbonários, as tramóias arranjadas em Braga pelo Barão do Casal, muito setembrista, Padre Alves Vicente, de combinação com o Passos José, com o Faria Guimarães, com o médico Resende, com o

Damásio, com o Alves Martins. O governador civil, Visconde de Beire, estava em dia com as conspirações da Viela da Neta — aquele baluarte da Liberdade que demorava paredes-meias com os escombros do Deboche, não grifado, muito à francesa; — tudo acabado hoje em dia, e soterrado debaixo de uma loja de modas, de um café e de uma taverna — o vitalismo soez e chato da decadência.

Veríssimo arrecadava uma gratificação, umas seis libras mensais, mesquinha paga dos serviços que fazia à ordem à tranqüilidade cívica da Rua das Flores e das Congostas.

Na contra-revolução de 9 de outubro de 46, quando foi preso o duque, José Passos encontrou o Veríssimo na Praça Nova, chamou-lhe *patriota*, pôs-lhe a mão no ombro, sacudiu-o pelas lapelas, e disse-lhe que movesse, que agitasse as massas, porque o duque estava a desembarcar. Os sinos tangiam a rebate, a plebe ondeava para Vilar, num restrugir de tempestade, quando o Veríssimo e o Nunes procuraram o Conselheiro Fortunato que tiritava de medo com as suas enxúndias espapadas entre as filhas, numa consternação. Disseram-lhe que se iam armar para se constituírem sentinelas da segurança do seu benfeitor. O conselheiro abraçou-os muito comovido, numa excitação apoplética.

Depois formaram-se os batalhões nacionais. Veríssimo e Torcato foram promovidos a tenentes do batalhão da Vista Alegre. Quando foi da refrega de Valpaços tinham compreendido inteligentemente que a retirada de Sá da Bandeira, da veiga de Chaves, era a fraqueza precursora de uma derrota. Conheciam o pérfido espírito do 15 e do 3 de infantaria — previram a traição. Tinham pensado maduramente os dois tenentes, sem entusiasmo, com a prudência dos quarenta anos apalpados pelos reveses de vinte batalhas. Resolveram desertar quando os batalhões de linha se passassem para as forças reais. Travou-se o encontro de Valpaços. Com os dois regimentos que num turbilhão e a gritos de *Viva a Rainha* se abraçaram às vanguardas do Casal, também eles, por debaixo do fogo do seu batalhão, se passaram dando *vivas à Carta Constitucional*. Eram a obra da prudência e do Conselheiro Fortunato Leite.

Quando o Barão de Casal foi espostejar os miguelistas a Braga, os dois tenentes apresentados pediram vênia ao general para servirem na coluna do Visconde de Vinhais; — que tinham repugnância de pelejar cara a cara com os seus parentes bandeados nas guerrilhas do Padre Casimiro José Vieira e do Padre José da Laje. A vergonha impunha-lhes o dever de dourar a mentira. Não lhes pareceu decente irem acutilar nas ruas de Braga o Cristóvão Bezerra, de Bouro, e o Abade de Calvos e o Padre Manuel das Agras. Não poderiam ver sem mágoa a soldadesca a dar saque aos dinheiros das senhoras Botelhas.

Ainda assim não puderam esquivar-se a perseguir os realistas da comitiva de MacDonald, desde Vila Real até Sabroso; mas não desembainharam as espadas, porque o Visconde de Vinhais os admitiu ao seu quartel-general, e os cadáveres que encontraram pela serra do Mezio até Sabroso, onde pereceu acutilado o caudilho escocês, eram façanhas das guardas avançadas. Os dois tenentes não deram nem tiraram gota de sangue nesta luta fratricida. Um triunfo a seco.

Concluída a guerra civil pelo convênio de Gramido, depositaram as armas e pediram empregos. O Conselheiro Leite, o Casal, o Vinhais, o Alpendurada, o Carneiro Geraldes, o Joaquim Torcato, o centro cabralista recomendou-os à consideração magnânima de Sua Majestade. O Nunes, como sabia do foro, foi despachado escrivão de direito para a Estremadura, Veríssimo Borges obteve uma fiscalização rendosa dos tabacos e sabão em Trás-os-Montes; depois foi transferido, com vantagem, para a alfândega de Viana do Minho; e por último para uma direção aduaneira do Ultramar. Ainda vivia há poucos anos, porque um jornal da localidade, debaixo de um símbolo fúnebre — um anjo curvado e deplorativo sobre a sua urna, enlutada pelas madeixas de um chorão — publicava:

> *Veríssimo Borges Camelo da Mesquita dá parte aos seus numerosos e respeitáveis amigos que foi Deus servido chamar à sua divina presença, hoje pelas 5 horas da manhã, sua chorada esposa D. Libânia de Covas Borges da Mesquita, a cujo cadáver, etc. Pelo seu profundo estado de consternação pede desculpa de cumprimentos.*

O jornal, depois de uns adjetivos lúgubres e velhos como a morte, acrescentava: A Exma. Sra. D. Libânia, que todos choramos com seu Exmo. viúvo, era uma senhora de esmeradíssima educação, pertencia à ilustre família dos Covas; — modelo no trato insinuante com que cativava o respeito e a amizade de todas as pessoas desta Ilha, que tiveram a fortuna de a conhecer. Receba S. Exa. o sr. conselheiro-diretor os nossos mais sentidos pêsames pela desgraça que acaba de o ferir implacavelmente.

Veríssimo e Nunes podem ainda viver, porque eram robustos de corpo e de alma.

XIII

O Zeferino deixou o Cerveira Lobo em Quadros, com os três contos de réis, foi para as Lamelas, e entrou de noite para que o não vissem. Ele tinha-se gabado aos vizinhos de que estava despachado sargento-mor e seu pai coronel reformado. Ao José Dias de Vilalva e mais ao pai que era regedor, mandara-lhes dizer que eles brevemente haviam de topar com o seu homem. Da Marta de Prazins dizia trapos e farrapos. A sua paixão não tinha outro respiradouro. Além disso, não podia esquecer-se da nádega exposta pelo cão às descompostas gargalhadas da rapariga. Era uma vergonha crônica. E, para remate de desastres, voltava para as Lamelas, a ouvir as rabugices do pai que lhe chamava cavalgadura — que se deixasse de política e fosse fazer paredes, que é o que ele sabia.

Constava-lhe demais a mais que o José Dias, o estudante, estava sempre em Prazins, e tinha ido com Marta e mais o Simeão ao fogo preso da romaria de Santiago da Cruz. Viram-nos todos três a tomar café de madrugada numa barraca, a cochicarem os dois muito aconchegados, enquanto o velho tosquenejava a dormitar.

O pai de José Dias, o Joaquim de Vilalva, era um lavrador de primeira ordem. Lavrava quarenta carros de milho e centeio, uma pipa de azeite, dez de vinho, muita castanha, tinha três juntas de bois chibantes e poldros de criação. O José, meeiro no casal, a não se ordenar, era um dos primeiros casamentos do concelho.

O rapaz amava castamente a Marta com a pudicícia do primeiro amor. Ela tinha uma formosura meiga, delicada e suplicante. Parecia pedir que a não imolassem a uma paixão sensual; mas, se o seu amado o exigisse, a vítima coroar-se-ia de flores, e iria risonha e mansamente para o sacrifício. Tinha êxtases a contemplar-lhe os cabelos loiros e a pálida face doentia; deixava-se beijar com a impassibilidade de uma santa de jaspe — um quadro paradisíaco sem frutas nem cobras.

O José não necessitava pedi-la ao pai na incerteza de uma recusa. Disse-lhe que ela havia de ser a sua esposa: a criança contou ao pai as palavras do amado e o Simeão: — Ora venha de lá esse abraço, amigo e sê Zé! — e apertou o futuro genro com a ternura de pai que *arranja* a sua filha *como se quer*.

Mas os pais do estudante já tinham dito ao rapaz que mudasse de rumo, que a moça de Prazins não era fôrma de seu pé. A mãe principalmente protestava que, enquanto ela fosse viva, a tal filha de Genoveva de Prazins não havia de ser sua nora, nem que a levasse o diabo, e Deus lhe perdoasse, se pecava. Justificava-se dizendo que a Marta era de ruim casta; que a mãe, a Genoveva, dera desgostos ao homem, pintava a manta nas romarias, andara muito falada com um frade de Santo Tirso, e um dia pegara a dar gritos na igreja; toda a gente disse que ela tinha o demônio no corpo, e afinal morrera doida, atirando-se ao rio Ave.

E constava-lhe que o avô dela também não era escorreito, e quando já tinha sessenta anos mandara fazer uma sobrepeliz, abrira coroa, e onde houvesse um defunto lá ia com um ripanço à igreja e punha-se a cantar com os padres. A tia Maria de Vilalva tinha inconscientemente este horror moderno, científico da hereditariedade; mas o que mais a impulsionava na sua resistência aos rogos do filho era ter sido *má mulher* a mãe de Marta. *De má árvore ruim fruto* — era toda a sua filosofia que se encontra diluída modernamente nas explorações fisiopsicológicas de Janet, de Maudsley e no determinismo.

O Joaquim de Vilalva, muito instado pelo filho e pelo Padre Osório, o de Caldeias, prometia fazer o que a sua companheira fizesse; mas dizia-lhe a ela em particular: — Tu agüenta-te, Maria; nunca digas que sim, ouviste? E ela: — Deixa-me cá, homem! Vem barrados. Credo!

A tia Maria era muito rezadeira, erguia-se de noite para não perder a sua missinha no verão ao romper do dia, e garganteava com uma melopéia fanhosa e via-sacra na quaresma, à volta da igreja; presenteava os santos dos altares com os mimos da sua lavoura que se leiloavam ao domingo no adro, dava cama e mesa untuosa aos missionários, confessava-se todos os meses, e sentia pelas suas vizinhas menos beatas o inefável prazer de afirmar que haviam de cair vestidas e calçadas no Inferno. O filho penetrou-se de uma idéia trivial a respeito de sua mãe: — Que os sentimentos religiosos a levariam a dar o consentimento, se Marta cometesse um desses pecados que se remedeiam com o matrimônio. O Padre Osório dizia-lhe que a intenção era honesta, mas o expediente mau. Não lhe citou teólogos nem preceitos de origem divina. Argumentou-lhe com a hipótese da pertinaz resistência da mãe. Que não esperava nada da sua religião — um hábito de trejeitos de mãos e de beiços, o automatismo idólatra dos selvagens da América que davam guinchos mecânicos, prostrando-se por terra, quando ouviram a primeira missa; que a religião das aldeias, sobre a dos indianos da catequese dos jesuítas, as vantagens que tinha era a hipocrisia em uns, e o fanatismo em outros, quando não se juntavam ambas as coisas nos mesmos fiéis. O Padre Osório paroquiava e conhecia o seu rebanho, joeirando-o pelos crivos do confessionário. Não conhecia menos a tia Maria de Vilalva. Afirmava que a fragilidade de Marta seria para a velha mais um motivo de ódio e desprezo; porque, na sua cartilha e nos ditamos dos seus diretores espirituais, não se lia nem ouvia que a mãe devia encobrir a desonra de uma rapariga casando-a com o seu filho, sedutor dela.

As reflexões elo vigário de Caldelas eram ótimas mas extemporâneas.

Um oficial de pedreiro de Prazins, que trabalhava com o mestre Zeferino, contou-lhe que uma noite se enganara com o luar, e, cuidando que era dia nado, se levantara para ir para a obra; mas que ao passar por diante da casa do Simeão ouvira duas horas no relógio, e vira luz pelas frestas de uma janela. Que se pusera à coca debaixo de um carvalho, a desconfiar que a luz àquela hora não era coisa boa, e estivera, *vai não vai, ó pernas para que te quero*, lembrando-se se seria bruxedo ou alma penada, porque se dizia que a Genoveva do Simeão, a que se deitara ao rio, não podia entrar no Purgatório, e morrera com o Diabo no corpo, salvo seja. Estava nisto quando a luz se sumiu, e se coou pelas frestas de outra janela, e logo depois noutra mais baixa, onde um homem podia chegar com o cabo de um machado. Nisto apagou-se a luz e abriu-se a janela de portadas sem vidros. Dava-lhe a chapada do luar; era como se fosse dia. O pedreiro, muito no escuro da ramaria do carvalho, viu apontar uma cabeça e depois meio corpo de homem que se pôs às cavaleiras do peitoril da janela, quedou-se a olhar e a escutar a um lado e outro; depois desmontou-se muito devagarinho, sem tugir nem mugir, pendurou-se no peitoril e deixou-se cair, ficando em pé. A janela fechou-se, e o José Dias, que o operário conheceu como se o visse ao meio-dia, meteu-se ao caminho de Vilalva, por sinal que levava sapatos de borracha que brilhavam ao luar como um espelho.

O oratoriano Manuel Bernardes, como é notório, escreveu um livro edificante, muito piedoso, chamado *Armas da Castidade*. O místico filho de S. Filipe Néri, com duas palavras sãs, de um realismo seráfico, cabalmente explicou a situação de outro José Dias a respeito de outra Marta. *Conhecia-lhe o leito*, dizia ele. É o mais que se pode dizer sem escandalizar ninguém. Conhecia-lhe o leito.

Mas o Zeferino é que sentiu em cheio no peito amante a facada do escândalo. O oficial viu-o sentar-se sobre uma padieira que estava esquadriando, e, com o rosto entre as mãos, desfazer-se em pranto. Ele tinha amado aquela rapariga desde que a vira aos treze anos. Trabalhara e roubara como galego para a poder comprar ao pai por um conto e quinhentos e pico. Meteu-se na política; fez-se sargento-mor a ver se se levantava a uma altura em que a Marta o achasse digno dela e superior ao estudante. Desabadas as esperanças com a prisão do patife de Calvos, cismava ainda em voltar de novo ao campo quando viesse o D. Miguel autêntico, porque o Tenente-Coronel de Quadros lhe dizia que el-Rei chegava a Portugal na primavera do ano seguinte — afirmava-lho o Padre Rocha para o consolar juntamente com as bebedeiras quotidianas. Tudo acabado, perdido, como se lhe morresse a Eva do seu paraíso! E por isso o pedreiro chorava como os grandes poetas traídos, como Camões, como Tasso, como Alfredo de Musset. As lágrimas na cara tostada daquele operário tinham o travo das que a poesia cristalizou no panteão dos mártires do amor.

Depois, levantou-se, limpou as faces à manga da camisa, pegou da esquadria e continuou a trabalhar, assobiando a música triste de uma cantiga desse tempo:

Ó mar, se queres,
Tem dó de mim.

Estes assobios eram o silvo da serpente da vingança; mas o seu rancor não punha a pontaria em Marta. Se deixava de cinzelar a pedra, e fitava os olhos extáticos num imenso vácuo, via passar lucilante a imagem da pequena, pura, angelical como a vira aos treze anos. Um grande romântico — uma explosão de ideais que florejavam daquele pedreiro como um canteiro de boninas nos musgos de um penhascal. Havia destas transigências com os anjos despenhados. Dir-se-ia que ele tinha lido as *Confissões de um filho do século*, aquela torrente de lágrimas ignóbeis que lava os pés de uma dissoluta ilustrada.

Ele, desde essa hora funesta, pensou em matar o José Dias; nas ricas protuberâncias ósseas do seu grande crânio, a bossa do homicídio era muito rudimentar. Tinha tido várias ocasiões de poder-se gabar dessa perfeição. Haviam-lhe batido dois estudantes num pinhal, por causa das denúncias ao padre-mestre Roque; e, quando o cão do Dias lhe rasgou a calça num sítio melindroso, o Zeferino desconfiou que, se fosse capaz de matar um homem, deveria ter atirado com o machado à cabeça do caçador. Ele queria espezinhar o cadáver de José Dias, espostejá-lo, trincá-lo, esmoê-lo, devorá-lo, mas à maneira dos devoristas incólumes que compram um porco já morto na Ribeira Velha, e o esquartejam com um grande regozijo antropófago, com as mãos ensopadas nas banhas da vítima.

O pedreiro denunciante ia contando em segredo a toda a gente a descoberta que fizera naquela noite em que se enganara com o luar. A Marta estava desacreditada na freguesia; as mulheres que sachavam os milharais faziam comentários perpétuos ao texto do pedreiro, recordavam as façanhas da Genoveva, contadas pelas velhas, e as mais antigas diziam que a Brígida Galinheira, avó da Marta, já tinha dado o exemplo à filha. — Uma geração de marafonas do alto, dizia a tia Rosa de Garude, cuspindo no chão, e pondo a soca em cima. Riam-se do Zeferino que andava como a cobra que perdeu a peçonha, muito escamado; que lhe tinham saído dois casamentos com boas lavradeiras, e ele diz que havia de ir morrer solteiro às Pedras Negras, depois de matar um homem; e houve quem afirmasse que o vira com um bacamarte debaixo dos carvalhos, por essa noite fora, defronte da casa do Simeão. Uma calúnia.

Avisaram a mãe do José Dias da espera do pedreiro, e ela fez dormir o filho numa trapeira que não tinha janela por onde saltasse, e fechava-o de noite por fora, rogando pragas à seresma de Prazins:
— Que um raio a partisse e o Diabo a levasse para as profundas do abismo! Depois ia rezar a coroa com os criados, e rogava a Deus pelos que andavam sobre as águas do mar e pelas almas de todos os seus parentes e vizinhos, com uma entonação chorada que fazia devoção.

O José Dias vivia amargurado. Tinha sido criado num grande respeito aos pais, e sentia-se inábil para lhes reagir. A doença de peito que principiava a desvigorizar-lhe o corpo, implicava-lhe com a atonia da alma. Sentia o egoísmo indolente dos enfermos minados pela consumpção lenta. Invejava a robustez do irmão, um trabalhador forte que dormia dez horas, e ao romper da aurora ia lavar a cara ao tanque e pensar o gado com uma grande alegria, de assobios remedando as requintas das chulas. Passava muitas horas com o seu confidente, o Padre Osório. Pedia-lhe conselhos — que arranjasse modo de ele poder casar com a Marta. — Que eu, dizia com desalento, não vou longe; mas queria remediar o mal que fiz.

A Marta escrevia-lhe para Caldelas, porque a tia Maria de Vilalva, uma vez que lá viu um garoto com carta para o filho, deu sobre ele com um engaço, que por pouco o não apanha pela cabeça com os dentes do instrumento. As cartas eram desconfianças, receio do abandono, lágrimas. O pai não a mortificava. Pelo contrário, dizia-lhe a miúdo: — Se o Zé de Vilalva não casar contigo, talvez seja a tua fortuna, porque pode ser que teu tio adregue de gostar de ti, e mais mês menos mês ele rebenta por essa porta dentro rico como um porco. O brasileiro da Rita Chasca que chegou agora diz que ele tem quatrocentos contos fortes; para riba, que não para baixo. — A Marta escondia-se a chorar; e, às vezes, lembrava-se do fim da mãe — o suicídio; e punha-se a olhar para o Ave e a escutar o rugido cavo de uma levada que parecia trazer-lhe os gemidos agonizantes de muitos afogados.

O Dias falava-lhe na sua doença, no desfalecimento de forças que já o não deixavam caçar, da tristeza que o consumia, do desamor com que a família o via padecer, do ódio que começava a ter à mãe, e das saudades dilacerantes que sentia pela sua querida Marta. — Que o seu amigo Padre Osório trabalhava para obter o consentimento do pai; mas que, se o não obtivesse, estava resolvido a fugir com ela, mesmo sem recursos, ou com os poucos que o seu amigo lhe podia emprestar.

De tempo a tempo ia vê-la de dia; mas a mãe trazia-o muito espreitado, e ralava-o: — que a tal cróia havia de dar cabo dele. O cirurgião tinha-lhe dito delicadamente que o José abusava do 6º. Ela, como sabia os mandamentos de cor e salteados, entendeu logo, e dizia a toda a gente que o seu Zé andava assim um pilharengo por causa do 6º. Era o resultado de saber a doutrina cristã esta decência no explicar-se por números. As vizinhas entendiam-na e diziam-lhe que o José andava *forgado*, que lhe metesse uma enxada nas unhas e o pusesse a roçar mato oito dias, que ele perdia o cio.

Decorreram alguns meses. Com a primavera a saúde de José Dias pareceu restaurar-se. Ele atribuiu as suas melhoras ao contentamento. O pai, que era regedor, a pedido do governador civil que o mandou chamar a Braga, por intervenção do Padre Osório, dava o consentimento; mas a mãe recalcitrava. Esperava-se, porém, a vinda dos missionários a Requião, para a reduzirem ao dever de católica. O vigário de Caldelas já tinha prevenido um egresso do Varatojo, Fr. João de Borba da Montanha, das terras de Celorico de

Basto, de uma força prodigiosa em empresas mais difíceis.

Marta recobrava alegres esperanças, e o Zeferino das Lamelas digeria a sua dor, assobiando a música da melancólica balada:

> *Ó mar, se queres,*
> *Tem dó de mim.*

Para seu desafogo, ia a miúdo a Quadros saber quando chegaria o Sr. D. Miguel. O Cerveira estava relacionado com os setembristas. Formara-se a junção dos dois partidos hostis aos Cabrais, aproximados pelas eleições sanguinárias de 1845. O Tenente-Coronel reunia espingardas em Quadros e dava dinheiro para o fabrico de cartuchame no concelho da Póvoa de Lanhoso e nos arrabaldes de Guimarães. O Padre Rocha comunicava-lhe as notícias enviadas de Londres pelo Saraiva, e conseguiu que ele fosse ao Porto receber o grau de comendador da Ordem de S. Miguel da Ala a casa do João de Albuquerque, da Ínsua, que representava nas províncias do Norte o Grão-Mestrado. O Zeferino sentia momentos de júbilo de tigre que se agacha a medir o salto à presa. Tinha um riso que era um ringir de dentes. Parecia-lhe que estava a mastigar os fígados do José Dias.

XIV

Em março daquele ano, 1846, os setembristas de Braga fomentaram os motins populares do concelho de Lanhoso. Na Inglaterra, na câmara dos comuns, Lorde Bentinck explicou tragicamente, em frases pomposas, a origem dessa revolução, que um desdém indígena chamou "rebelião da canalha". Ele disse "que os Cabrais mandaram construir cemitérios; mas não os muraram; de modo que entravam neles cães, gatos e porcos bravos em tamanha quantidade que chegaram a desenterrar os cadáveres".[11] As nações e os naturalistas deviam formar uma idéia assaz agigantada do tamanho dos gatos portugueses que desenterravam cadáveres, e das boas avenças dos nossos cães com os referidos gatos na obra da exumação dos

---

[11] Carta dirigida ao cavalheiro José Hume. Versão de Antônio Pereira dos Reis, 1847, pág. 99. [N. do A.]

mortos, e não menos se espantariam da familiaridade dos javalis que vinham do Gerês colaborar com os cães e gatos naquela mineração das carnes podres das terras de Lanhoso. A origem pois da insurreição nacional de 1846 está definida nos fastos da Europa revolucionária. Foi uma reação, uma batalha social à canzoada e gataria confederadas com o focinho profanador de porco-montês. E daí procedeu escreverem os jornalistas da Alemanha, um país sério, que a revolução do Minho era o "tipo da legalidade". Os cadáveres servidos nos banquetes ilegais e noturnos dos javalis, com a convivência de gatarrões a rosnarem com o lombo eriçado, e molossos de colmilhos ensangüentados foi caso que impressionou grandemente as raças tudescas, por ser um ato proibido pela Carta Constitucional. Quer fossem os setembristas de Braga, quer a alcatéia das feras coligadas, o certo é que a insurreição do Alto Minho talou esta província e a transmontana, devastando as papeletas impressas e os vinhos das tascas sertanejas. A guerra motivada pelo gatos e seus cúmplices fez sofrer ao capital do país uma diminuição de 77 milhões e meio de cruzados, segundo o cálculo do ministro da Fazenda Franzini, muito retrógrado, mas um gênio no algarismo.

O Zeferino das Lamelas, às primeiras comoções do vulcão popular, nos arredores de Guimarães, preparou-se; e assim que ouviu repicar a rebate em Ronfe, cheio de ciúmes como o sineiro de Notre-Dame, agarrou-se à corda do sino, reuniu no adro os jornaleiros e vadios de três freguesias, e pegou a dar *morras* aos Cabrais com aplauso universal. Depois, explicou o que era o cadastro, confundindo este expediente estatístico com *canastro*: — que os Cabrais e os seus empregados andavam a tomar as terras a rol para empenharem Portugal à Inglaterra; que esses róis estavam nos cartórios das administrações e em casa dos regedores; que era preciso queimar as *papeletas* e matar os cabralistas.

Em seguida, invadiram a administração de Santo Tirso, quebraram as vidraças dos cartistas fugitivos e queimaram os impressos e quantos papéis acharam, no Campo da Feira. Depois, abalaram para Famalicão. Zeferino nomeara-se *chefre* da gentalha embriagada nas adegas arrombadas dos cabralistas, e alvitrou que se prendessem os regedores que topassem. Dizia que o Joaquim de Vilalva, nas eleições do ano anterior, muito socadas, cascara no povo e mais os cabos, na assembléia de Landim, cacetada brava. A bebedeira dos ouvintes dera à pérfida aleivosia do pedreiro vingativo o valor de fato histórico. O plano de Zeferino era abrir oportunidade a que

José Dias fosse assassinado ou, pelo menos, preso e degredado como cabralista.

Vilalva ficava-lhes a jeito, no caminho de Famalicão. O amante de Marta ouvira grande alarido e vira ao longe a multidão que galgava um outeiro turbulentamente. Via-se desfraldado no ar, em oscilações largas, o pano escarlate de uma bandeira: era um pedaço do velho estandarte que servia nas procissões de Santa Maria de Abade. José pediu ao pai que fugisse. O regedor disse que não — que nunca tinha feito mal a ninguém, nem sequer prendera um refratário: que o mais que podiam fazer era tirar-lhe o governo.

José Dias tinha medo às covardes ameaças do Zeferino; diziam-lhe que o pedreiro jurara matá-lo, e já constava que era ele o chefe da guerrilha, em que se alistaram todos os ladrões e assassinos conhecidos na comarca. A mãe empurrava-o pela porta fora — que fugisse para Caldelas; que não fosse o diabo armar-lhe alguma trempe por causa da Marta, da tal bebedinha que não dera cavaco ao pedreiro. Ele deitou o selote à égua e fugiu a galope; mas o regedor, com a sua consciência ilibada, esperou os revoltosos com o Zeferino à frente, brandindo a espada do pai, que não se desembainhara desde o ataque a Santo Tirso.

— Está você preso por cabralista! — intimou o pedreiro, deitando-lhe a mão à lapela da véstia; e voltado para a turba: — Rapazes, cercaide a casa; tudo que estiver, preso!

— Os meus filhos saíram; mas entrem, busquem à vontade — disse o regedor; e, olhando para o pedreiro, ironicamente: — Ah seu Zeferino, seu Zeferino, você não veio aqui para me prender a mim. É outra história que você lá sabe. Isto de mulheres são os nossos pecados, mestre Zeferino.

— Não me cante! — bradou o das Lamelas com furiosos arremessos. — Está preso, mexa-se já para a cadeia.

— Você não pode prender-me, mestre Zeferino — contrariou a autoridade dentro da lei. — Vá buscar primeiro uma ordem do meu administrador ou do governador civil.

— Já não há governador civil! — explicou o caudilho. — Agora são outros governos, seu asno! Quem reina é o Sr. D. Miguel I. E você não me esteja aí a fanfar, que eu já não o enxergo. Ande lá para a cadeia com dez milhões de diabos!

O regedor entrou em Vila Nova de Famalicão na onda de alguns milhares de homens e rapazes que davam *vivas* a D. Miguel, às leis novas, à santa religião e *morras* aos cabralistas. Quando queimavam os papéis, um brasileiro setembrista, o Sá Miranda, disse ao comandante que não convinha por enquanto aclamar D. Miguel; que dessem *morras* ao governo e *vivas* à religião. Nesta barafunda, o regedor preso entre meia dúzia de jornaleiros que discutiam as leis velhas e as novas na taverna do Folipo, compreendera um aceno do taverneiro e fugira pelos quintais. Meteu-se ao caminho de Braga, onde estava o general Conde das Antas. O José Dias, receando que o perseguissem em Caldelas, refugiara-se também em Braga e alistou-se no batalhão dos seresinos comandado pelo Cônego Monte Alverne.

Neste meio tempo, chegou da América o Feliciano Rodrigues Prazins, tio de Marta. Demorou-se poucos dias. Ganhara medo que o roubassem as guerrilhas. Foi para o Porto pôr em segurança as suas letras e voltou quando a queda dos Cabrais garantia o sossego dos capitalistas. Na volta a Prazins, olhou mais atentamente para a sobrinha, deu-lhe alguns cordões, e disse ao irmão que não se lhe dava de casar com ela. O Simeão afirmou logo com um descaramento perdoável: — que não se fosse sem resposta o mano que a moça dava o cavaco por ele.

Feliciano tinha quarenta e sete anos. Não se parecia com a maioria dos nossos patrícios que regressam do Brasil com uma opulência de formas almofadadas de carnes sucadas. Era magro esqueleticamente, um organismo de poeta sugado pelos vampiros do *spleen*. Dizia, porém, que tinha febras de aço e nunca tomara remédios de botica. Muito míope, usava de monóculo redondo num aro de búfalo barato. Como era econômico até à miséria, dizia-se em Pernambuco que o Feliciano usava um vidro só para não comprar dois; e que, se pudesse, venderia um olho como coisa inútil. Com a economia e o trabalho bem propiciado em trinta anos arredondara trezentos contos. Chegara aos quarenta e sete, ao outono da vida, sem ter amado. Nunca se conspurcara nos latíbulos da Vênus vagabunda. A sua virgindade era admirada e notória; depunham a favor dela os seus caixeiros, os feitores é — o que mais — as suas escravas. Os seus patrícios devassos chamavam-lhe o Feliciano *Pudicício*. Ele não se envergonhava de confessar a sua castidade ao pároco de Caldelas. Tinha vivido como um dessexuado; — que trabalhava muito nos seus armazéns, que dormia poucas horas, e não dava folga ao corpo nem pega aos vícios. Originalíssimo. Que lhe saíram casamentos ricos; mas que ele para ser rico não tinha precisão de mulher; que vira algumas meninas pobres a namorá-lo;

mas que desconfiara que lhe namorassem o seu dinheiro. Não tinha queda para o sexo que ele dizia *seixo*. Numa palavra, estava virgem. Ele podia dizer como Hamlet: *Não me deleitam os homens não tão pouco as mulheres.*

A sobrinha reformara aquela natureza aleijada. Talvez o desdém com que Marta o tratava na crise da sua paixão, fosse grande parte no amor do brasileiro. Além disto, a moça, muito parecida com ele na delgadeza das formas, tinha encantos que dispensavam a esquivança para se fazer amar de um homem de quarenta e sete anos — intato de mais a mais. O presente que lhe fez de uma meada de cordões de ouro significava uma desordem, pelo menos interina, na sua condição sovina. Marta aceitou a dádiva sem entusiasmo nem alegria. Lembrava-se que o pai a prevenira da possibilidade de ser mulher de seu tio, se adregasse gostar dela. Quando o tio lhe deu os cordões, teve-lhe uma náusea, um quase ódio, suspeitando-lhe os projetos; e quando ele fugiu para o Porto, com medo às guerrilhas, sentiu ela uma satisfação incomparável. Entretanto, apesar das más informações do brasileiro da Rita Chasca, o Feliciano sentia filtrar-se-lhe nas células impolutas do coração o venero doce de uma paixão cheia de condescendências, pouco superciliosa em pontos de honra, como quem pensa que no tálamo conjugal não se faz mister a virgindade em duplicado. Mas não era assim que ele pensava. Ninguém lhe desdourara a honra da sobrinha, nem o derriço com o José Dias fazia implicância à sua honestidade. Ele não tinha os rudimentos de malícia necessária para desconfiar que uma menina de dezesseis anos, criada nos seios da Natureza imaculada de uma aldeia do Minho, pudesse abrir de noite uma janela, debruçar-se no peitoril e ajudar a subir um homem. O oficial do pedreiro é que sabia casos, anomalias, desde aquela noite em que o luar o enganou.

Marta ouvira aterrada a notícia que o pai lhe deu da vontade do tio. Irritou-se. Tinha sido criada com muito mimo, sem mãe, voluntariosa, e com uns ares senhoris que desautorizavam o respeito que o pai, rústico lavrador, não sabia incutir. Em vez de chorar como as filhas desgraçadas e humildes, respondeu desabridamente que não casava com o tio; que o desenganasse, se quisesse; e, se não quisesse, ela o desenganaria. A terrível nota golpeara-lhe o coração cheio de saudades de José Dias que lhe escrevera de Braga, por intervenção do Padre Osório, dando-lhe coragem e esperança no casamento logo que cessasse a guerra. Foi esse alento que a revoltou contra o pai quando ele instava com ela a casar com o tio, que era talvez, dizia, o homem mais rico de Portugal, abaixo do rei. Marta replicava com trejeitos de tédio desdenhoso; e, exaltada pela boçal insistência do pai, protestava, se a apoquentassem, atirar-se ao rio como sua mãe.

O Simeão perdeu a vontade de comer; andava atordoado numa tristeza estúpida a dar uns ais pela casa que pareciam mugidos de bezerro perdido na serra. A pequena já não queria ir à mesa, metia-se na cama e fingia-se doente para não encontrar o tio Feliciano.

José Dias e o pai permaneciam em Braga, porque em diferentes pontos da província continuavam as agitações miguelistas; o novo ministério não tinha força, e o Zeferino das Lamelas nunca depusera as armas. Os seresinos faziam excursões e batiam os realistas ou prendiam os agitadores. José Dias, numa dessas surtidas a Vila Verde, a pé e com pouca saúde, ganhara uma bronquite que o teve de cama largo tempo. Quando se levantou, numa aparente convalescença, a tísica tuberculosa recrudescia pessimamente caracterizada. O Padre Osório fora visitá-lo, ouvira o médico e sabia que o seu amigo estava perdido. Falou ao pai, em particular, no estado do filho. Lembrou-lhe a sua promessa de consentir no casamento com a pobre Marta, que se perdera confiada nos compromissos do José. O lavrador mostrou não perceber a conveniência de Marta em casar, se o seu filho tinha de morrer cedo. — Que a viúva, dizia, nada ganhava com isso, porque os herdeiros de José eram seus pais. Não compreendeu a questão por outra face. Mas, apertado pela palavra que dera, repetiu que ele pela sua parte concedia a licença, se a mãe a desse; e justificava-se deste respeito à mulher, alegando que a casa de Vilalva era toda da sua companheira, e o que ele levara para o casal não valia dois caracóis. — Enfim, concluía, se o rapaz arrijar, casa querendo a mãe; mas, enquanto ele assim estiver, faça favor de lhe não falar na rapariga... Bem lhe basta o seu mal... E um homem que está doente deveras não deve pensar em mulheres, é na salvação da sua alma. Eu penso assim, amigo Padre Osório.

— O vigário aprende o padre-nosso — dizia o de Caldelas.

Entretanto, o doente, muito animado, não sentia aqueles desalentos e presságios de morte que meses antes o afligiam. Habituara-se ao sofrimento; já não tinha memória das perfeitas delícias da saúde. Quando expectorava sem violência, e a dispnéia cedia aos xaropes e ao pez de Borgonha julgava-se numa quase completa restauração. Escrevia ao Osório e a Marta com muita alegria e devotos agradecimentos a Deus e a Maria Santíssima com quem se apegara fervorosamente desde que padecia, e também com o óleo de fígado de bacalhau.

A repugnância de Marta, face a face do tio Feliciano, seria um afrontoso desengano para o milionário, senão interviesse o implacável e engenhoso ciúme de Zeferino. Este chefe de guerrilha em armistício soube que o brasileiro queria casar com a sobrinha e que o José Dias estava em Braga muito acabado, a dar à casca. O pedreiro chamou os bravos da sua jolda e fez-lhes saber que o brasileiro de Prazins pedira para Famalicão um regimento da divisão do Antas para deitar cerco às casas dos realistas, e sujeitara-se a sustentar o regimento à sua custa. Resolveram atacar o Feliciano, prende-lo como cabralista, e fazê-lo pôr à má cara o dinheiro que havia de dar à tropa. Um dos da malta, vizinho do brasileiro, o *Metro*, tinha-o convidado para padrinho de um filho. Procurou-o às escondidas e avisou-o que se escondesse. Feliciano fugiu para o Porto a toda a pressa. Queria que a sobrinha também fosse. Escrevia-lhe que, se quisesse ir, compraria casa no Porto. Marta respondia que estava muito doente, que não podia sair da cama. O pai chegava a descompô-la: — Que não tinha moléstia nenhuma, que era por causa do Zé Dias; mas que perdesse daí a idéia porque estivera com o Doutor Pedrosa, de Santo Tirso, que o vira em Braga, e lhe dissera que o Dias estava *ethego* e mais mês menos mês esticava a canela.

Marta respondia com serenidade de alma forte, e escorada numa resolução suicida: — Se não casar com ele neste mundo, casarei no outro.

— Que te leve o diabo! — resmungava o Simeão, riçando freneticamente as suíças. Depois voltava manso e velhaco à beira do leito: — Olha, menina, teu tio está velho e esmagriçado. Aquilo não pode ir longe. Tu ficas para aí podre de rica, e podes casar depois com um fidalgo, se quiseres...

— Valha-me Nossa Senhora! — murmurava Marta, pondo os olhos na litografia da Mãe de Jesus traspassada das sete espadas. — Quem me dera morrer...

A tísica do José Dias com as frialdades úmidas de novembro entrou no segundo período. Recrudesceram as dores de peito e a dispnéia, com acessos febris noturnos. Expectoração esverdeada com estrias amarelas, e extrema magreza com repugnância a todo o alimento. Pela auscultação ouvia-se-lhe o som gargarejado do fervor cavernoso. Os médicos disseram ao pai que o tirasse de Braga, das incomodidades da estalagem, e o levasse para casa onde lhe seria mais suave a morte na sua cama com a assistência da família. Foi para Vilalva transportado numa liteira, e dizia ao pai que se sentia melhor, que respirava mais desafogado; e que, se há mais tempo tivessem saído de Braga, já ele estaria rijo.

A mãe, quando o viu entrar tão acabado, tão desfigurado, fez um berreiro descomunal, e não teve mão em si que não rogasse pragas à Marta, que lhe matara o seu querido filhinho. As vizinhas concordavam: — que diabos levassem a mulher que o tolhera!

O doente afligia-se, chorava como criança, e pedia ao pai que o deixasse ir para Caldelas, para casa do seu amigo; que não podia ver a mãe; que lha tirasse de diante dos olhos; e que, se ele tivesse de morrer, que lha não deixassem ir à beira da sua cama. E fazia trejeitos furiosos, com os olhos a estalar das órbitas escavadas, incendido pela febre.

Chegou o Padre Osório, e o doente aplacou-se sob as consolações calmantes do seu santo amigo. Deitou-se, com promessa de ir no dia seguinte para Caldelas; mas nunca mais se levantou, nem fez inúteis esforços.

Osório não o desamparou. Ia à sua igreja dizer a missa dominical e voltava para Vilalva com as respostas de Marta aos bilhetes que José lhe escrevia — poucas linhas em que ainda por vezes lampejavam alegres esperanças.

Toda a influência de Osório não conseguiu que o enfermo recebesse a mãe no seu quarto. Não lhe podia perdoar o ódio que ela tinha a Marta; e bradava que a fazia responsável perante Deus da desonra da desgraçada menina. A velha escutava estes tremendos emprazamentos para a eternidade, e dizia de si consigo, a beata: — bem que fio eu nisso.

Por fim, já não podia escrever, nem levantar a cabeça no travesseiro; mas perguntava ao Osório se tinha notícias de Marta; que pedisse ao irmão que fosse lá, e lhe dissesse que ele estava mais doente e não podia escrever.

Um desses recados motivou o bilhete que se copiou na *Introdução* deste livro, e que o moribundo já não pôde ler. Desde que a mãe lhe meteu à força dentro do quarto o vigário com a extrema-unção, um homem de opa com a campainha, outro com a água benta na caldeirinha, mais dois com tochas, e outros com a sua devota curiosidade, o moribundo caiu na modorra comatosa, e apenas, com longos espaços, tinha uns acessos sibilantes de ligeira tosse seca. Abria então os olhos que fitava no rosto de Osório, e às vezes circunvagava-os espavoridos como em busca da visão espectral da mãe que o vigário de Caldelas cuidadosamente e com doloroso constrangimento defendia de entrar à alcova.

Em Prazins ouvia-se dobrar a defunto em Vilalva. Marta perguntou ao pai quem tinha morrido.

Ele respondeu serenamente: — Dizem que foi o Dias que está com Deus. Reza-lhe por alma que é o que ele precisa agora. — Marta deu um grande grito, e com as mãos na cabeça, a correr, deitou a fugir pelos campos. Ela sabia onde era o remanso fundo do rio Ave em que a mãe se suicidara. O pai correu atrás dela, a gritar, que lhe acudissem. Fora da aldeia, andava uma roça de mato, com muitos jornaleiros que correram todos atrás de Marta, e a levavam quase apanhada quando ela caiu, a estrebuchar, em convulsões. Conduziram-na para casa com os sentidos perdidos, e puseram mulheres a vigiá-la na cama. Esta nova chegou a Caldelas. D. Teresa, a irmã do Padre Osório, foi com o irmão a Prazins, e convenceram o Simeão a deixar ir a filha para a companhia deles algum tempo.

Marta chorava muito, abraçando-se no amigo de José Dias; e ele, quando o lavrador com impertinência dizia à filha "está bom, está bom", observava-lhe com azedumes: — Deixe-a chorar, deixe-a chorar! — E voltando-se para a irmã: — A estupidez é cruel!

XV

O Simeão de Prazins tinha sido antigamente regedor um ano; depois, caído o ministério e o governador civil que o nomeara, voltou ao poder o Joaquim de Vilalva, cartista puritano, com a restauração da Carta. Duas restaurações boas. O Simeão lembrava-se com saudades da sua importância no ano em que governara a freguesia — o respeito dos rapazes recrutados, as considerações dos taverneiros, que davam jogo em casa, das raparigas solteiras que andavam grávidas, a autoridade do seu funcionalismo na junta de paróquia etc. Ora, como o Joaquim de Vilalva, desgostoso e doente com a morte do filho, pedira a demissão, o administrador nomeou a regedoria no de Prazins. O brasileiro achou que era bom ter de casa a autoridade para maior segurança dos seus cabedais e pessoa. Foi uma desgraça.

Depois do convênio de Gramido,[12] Zeferino recolhera às Lamelas com alguns dos seus primitivos legionários. Ele tinha passado transes amargos. Juntara-se ao aventureiro Reinaldo MacDonnel,[13] em Guimarães, quando o escocês descia do Marco de Canaveses para Braga; esteve nas barricadas da Cruz da Pedra quando o Barão do Casal espatifou a resistência daqueles desgraçados iludidos pelo caudilho estrangeiro; foi dos primeiros a fugir por Carvalho de Este, a compreender a inutilidade da defesa, e por montes e vales deu consigo em Porto de Ave, e daqui foi para Guimarães onde se aquartelaram o MacDonell com o seu estado-maior. Logo que chegou foi procurar o Tenente-Coronel Cerveira Lobo, que fazia parte do cortejo do General. Mandaram-no ao palacete do Visconde da Azenha, onde o escocês se tinha aquartelado com o seu estado-maior. O Cerveira Lobo estava a beberricar conhaque velho copiosamente sobre uma ceia farta, comida sem sobressaltos. À mesa, onde faiscavam os cristais dos licores, avultavam, cintilando os metais das suas fardas, o quartel-mestre General Vitorino Tavares, de Fagilde, José Maria de Abreu, ajudante de ordens, o morgado de Pé de Moura, o Cerveira Lobo e o Sebastião de Castro, do Covo, comandante do batalhão de voluntários realistas de Oliveira de Azeméis, que arredondava 42 praças, e seu irmão Antônio Carlos de Castro, ajudante de ordens do general — dois homens gentilmente valorosos; — o Coronel Abreu Freire, morgado de Avanca, e o Bandeira de Estarreja que é hoje padre.

A noite era de 27 de dezembro de 1846, muito fria. Bebia-se forte. A garrafeira da casa do Arco era um calorifico. O MacDonell, muito rubro, naquela bebedeira crônica que lhe assistiu na vida e na morte, esmoía a ceia passeando num vasto salão, de braço dado com uma formosa senhora da casa, D. Emília Correia Leite de Almada. Dir-se-ia que o bravo septuagenário tinha vencido uma batalha decisiva, e procurava matizar com flores de Cupido os seus louros de Mavorte. E o Cerveira Lobo bebia e relatava proezas dos

---

[12] Convenção de Gramido, que marcou o fim da guerra civil entre cartistas e setembristas.

[13] General escocês a quem D. Miguel entregou o comando das tropas absolutistas.

seus saudosos dragões de Chaves com gestos bélicos e as pernas desviadas como se apertasse nas coxas a sela de um cavalo empinado no fragor da peleja. Nisto entrou um camarada, às 11 da noite, a chamar apressadamente o quartel-mestre general, que o procurava com muita urgência um capitão de atiradores do batalhão do Populo.

O Vítorino de Fagilde encontrou na sala de espera o Capitão Pinho Leal,[14] um robusto e jovialíssimo rapaz, de trinta anos, com uma fé política, antípoda da sua forte inteligência — uma espécie de poeta medieval, com um grande amor romântico às catedrais e às instituições obsoletas e extintas. Ele tinha muitos destes camaradas visionários e respeitáveis na sua falange da Madre-Silva...

— Que há? — perguntou o quartel-mestre general.

— Há que estamos cercados pelos Cabrais. Os nossos piquetes de Santa Luzia e do Castelo já foram atacados, e ouve-se fogo de fuzil em outros pontos. Veja lá o que quer que eu faça.

O Vitorino ficou passado de terror, e levou o capitão à sala em que o MacDonell passeava pelo braço de D. Emília Azenha, e o visconde, o hospedeiro fidalgo palestrava com numerosos hóspedes, cônegos, abades, capitães-mores, antigos magistrados. Pinho Leal repetiu ao escocês o que dissera ao seu quartel-mestre. "O alma do diabo — escreve o Sr. Pinho Leal — ficou com a mesma cara imperturbável, e disse-me: — *Isso não vale nada. Tenho tudo prevenido. Mande recolher a gente a quartéis*". Mas a dama assustada desprendeu-se do braço do general, e foi preparar os baús para a fuga; e os do estado-maior compeliram o general a fugir também. Era uma hora da noite quando o exército realista abandonou Guimarães e entrou na estrada de Amarante.

Pinho Leal inventara o ataque dos cabralistas para salvar-se a si e aos outros da carniçaria inevitável; porque, ao romper a manhã do dia seguinte, entraram em Guimarães seiscentos soldados do Casal ainda embriagados da sangueira de Braga. Reproduzem-se textualmente no seu estilo militarmente pitoresco os veracíssimos esclarecimentos de Pinho Leal:... *A besta do escocês continuava na sua pânria sem se importar da guerra para nada, e o mesmo faziam os da sua "corte". Eu, vendo que de um momento para outro, podíamos ser surpreendidos e trucidados pelos Cabrais, aproveitan-*

---

[14] Era o meu atual e prezado amigo Augusto Soares de Azevedo Barbosa de Pinho Leal, autor do *Portugal antigo e moderno*. [N. do A.]

do a circunstância de estar "superior do dia" e tendo na casa da câmara um "suporte" de cem homens, comandados pelo Alferes José Maria (o morgado do Triste) dei-lhe a ele somente parte do que ia pôr em execução. Escolhi da gente do "suporte" um sargento e quatro soldados da mesma companhia, de todo o segredo e confiança. Saí com eles por um beco e fui com eles pela frente dar uma descarga no nosso piquete de Santa Luzia, e outra no piquete do Castelo. Ao mesmo tempo, não sei quem é que estava num monte ao norte de Guimarães que deu uns poucos de tiros que muito ajudaram o meu plano. O "Triste" em vista da nossa prévia combinação, mandou tocar a reunir e formou o suporte debaixo dos Arcos da Câmara. Eu e os meus cinco homens viemos sorrateiramente metermo-nos na vila. Fui "passar revista ao suporte" a tempo em que já na Praça da Oliveira estava muita gente armada.[15]

E dali, Pinho Leal foi à casa do Arco, a fim de salvar aqueles homens que se ensopavam em bebidas de guerra numa pacificação de idiotas, e retardar alguns dias a benemérita morte do general escocês assalariado por Guizot com credenciais de Costa Cabral.

O Cerveira Lobo, quando soube que a força marchava à uma hora daquela noite frigidíssima, encarregou o Zeferino de lhe comprar uma botija de genebra da fina, Fockink legítima. Tinha um frasco empalhado que punha a tiracolo nas marchas noturnas. Encheu-o com a ajuda do pedreiro. O Tenente-Coronel, num grande desequilíbrio, não acertava a despejar a botija no frasco. O Zeferino dizia depois que o vira tão borracho que logo desconfiou que malhava abaixo do cavalo. O Cerveira afirmava que se sentia com os seus trinta anos; que andara a trote largo do seu cavalo treze léguas e não estava cansado. O Zeferino perguntou-lhe se o Casal os apanharia ainda de noite; se estaria tudo acabado com outra mastigada como a de Braga. Cerveira respondeu iracundo que o general era um asno, e que ele estava resolvido e mais o Vitorino a matá-lo como traidor ao Sr. D. Miguel I.

Moveu-se o exército em direitura à Lixa. O Cerveira ia no grupo do quartel-general. MacDonell, de vez em quando, regougava monossílabos em espanhol ao quartel-mestre. O Cerveira retardava-se às vezes um pouco e emborcava o candil, grogolejando e

---

[15] Carta de 10 de junho de 1877. [N. do A.]

despegando gírarros teimosos. O Vitorino notava-lhe que ele bebia demais — que o calor da genebra não se espalhava pelo corpo, mas sim concentrava-se na cabeça — que era um perigo. O Cerveira dizia que estava afeito; mas queixava-se de dores nas fontes e zunidos nas orelhas; que não se podia lamber com sono, e que dava cinco mil cruzados por estar na sua cama. E abaixando a voz tartamuda: — Este ladrão deste inglês meto-lhe a espada até aos copos! Palavra de honra que o mato amanhã!

O Vitorino deu tento de que o Tenente-Coronel gaguejava; mas atribuiu à embriaguez o embaraço na fala. Entrou a queixar-se o Cerveira de que estava tonto da cabeça, que se queria apear, porque não podia agarrar as rédeas; e chamava com ansiedade o Zeferino que vinha muito à retaguarda. O quartel-mestre general chamou um ajudante de ordens, e pediu-lhe que o ajudasse a apear o Tenente-Coronel. Cerveira Lobo dobrava o tronco ao longo do pescoço do cavalo que estranhava o peso e o sacudia, sentindo-se livre da pressão do freio.

O apoplético ia resvalar, quando os dois oficiais o ampararam nos braços, numa síncope. Um deles acende um palito fosfórico no lume do charuto, e disse que o Tenente-Coronel tinha o rosto inchado e muito vermelho. Chamavam-no, sacudiam-no; não dava sinal de vida; nem um ronquido estertoroso. Inclinaram-no sobre um combro de mato molhado; não lhe acharam pulso; a boca entortara-se, e os olhos muito abertos com umas estrias sangüíneas. Estava morto, fulminado pela apoplexia alcoólica.

A respeito deste desastroso remate do ébrio ilustre, escreve Pinho Leal. "Nesta retirada pelas duas ou três horas da noite, morreu em marcha com uma apoplexia fulminante o F... [16] Coitado! quando me lembra isto ainda tenho cá meus remorsos de consciência. Quem sabe se seria eu a causa da morte daquele pobre diabo? Consola-me porém a certeza de que, mesmo que eu fosse a causa indireta da morte do fidalgote, poupei muitas vidas de gente moça (e a minha que era o principal para mim); e o morto já poucos anos podia durar, pois estava no calçado velho." [17]

Zeferino e alguns homens da comitiva do Cerveira passaram o

---

[16] Quando Pinho Leal publicar as suas *Memórias*, então se saberá o verdadeiro nome do morto. [N. do A.]

[17] Carta citada. [N. do A.]

restante da noite à beira do cadáver do fidalgo de Quadros. A claridade fusca da manhã invernosa viram-lhe o semblante que metia pavor. Quiseram cerrar-lhe as pálpebras que resistiam à distensão, coriáceas, num retesamento orgástico. A maxila inferior parecia deslocada e torta, repuxando a comissura direita dos lábios num esgar de escárnio ou de angústia dilacerante. A cor do rosto era agora de uma amarelidão de barro, molhado pelo orvalho que se filtrara através do lenço com que lho cobriram. Tinha os dedos aduncos, inflexíveis e uma das mãos afincada como garra nas correias da pasta.

O Zeferino disse que o seu Tenente-Coronel devia trazer um cinturão com dinheiro em ouro; mas ninguém ousou desabotoar a farda do morto defendido pelo sagrado terror da morte. Apenas uma das sentinelas, intanguidas de frio, votou que se bebesse o resto da genebra. Assim que foi dia claro, o Zeferino desceu à igreja próxima, a Margaride, avisar o pároco que tinha morrido na estrada um fidalgo do exército do Sr. D. Miguel. O padre, estremunhado e liberal, respondeu que não era coveiro; que se dirigisse ao regedor. A autoridade, sem as delongas dos processos legais, depositou o cinturão com as peças na mão do administrador, e mandou abrir uma cova no adro da igreja, onde o baldearam com um responso econômico. Passavam jornaleiros para as roças. Punham as enxadas no chão e encostavam às mãos calosas as caras contemplativas. O regedor contava que lhe acharam mais de um conto de réis em ouro.

— Toma! — disse um dos jornaleiros — um conto de réis! — E inclinando-se à orelha de outro jornaleiro: — Ó Tônio, se temos ido mais cedo para o monte... e topamos o morto...

— Que pechincha!...

Restos de virtudes antigas. Estavam a fazer um idílio em prosa.

O Zefezíno acompanhou a guerrilha até que mataram o General em Trás-os-Montes os soldados do Vinhais; depois passou com alguns chefes realistas para a junta do Porto; e, acabada a luta, foi para casa e entregou a espada ao pai, que o recebeu com estas carícias: — Eu sempre te disse que eras uma cavalgadura! Que te não fiasses no bêbedo de Quadros; que não saísses a campo sem lá ver o morgado de Barrimau. Agora, pedaço de asno, torna a começar com as paredes, e tem cuidado que te não deitem a unha. Lembra-te que prendeste o regedor de Vilalva, e quiseste agarrar o brasileiro de Prazins que tem agora demais a mais o irmão regedor. Olha se te lembras... A mãe do José Dias anda por aí a berrar que a Maria e

mais tu lhe mataste o filho. Lume no olho, homem, lume no olho!
— Se alguém embarrar por mim, dou-lhe cabo da casta! — protestava o pedreiro cortando com o braço e punho fechado punhadas aéreas. — Se me matarem... até lho agradeço! — E com desalento: Sou o maior infeliz e desgraçado que cobre a rosa do Sol! Veja você: há três anos que não tenho uma migalha de estifação, c'um raio de diabos! Isto acaba mal, digo-lho eu! Você verá, sor pai, que ou me matam ou eu acabo numa forca pr'ámor daquela rapariga que foi o Diabo que me apareceu, e não me passa daqui! — e apertava o gorgomilo nodoso entre dois dedos como quem apanha uma pulga.

Os administradores de conselho receberam ordem de recolherem as espingardas reiúnas que se encontrassem nas aldeias, em poder do povo. Para as cabeças dos distritos ramificaram-se destacamentos a fim de coadjuvarem a autoridade. Simeão de Prazins, como regedor, foi chamado a Famalicão e incumbido de dirigir a diligência militar que devia dar um assalto a Lamelas, a casa do Zeferino, onde se haviam denunciado as espingardas com que alguns miguelistas se tinham recolhido contra as condições estipuladas no protocolo de Gramido. O regedor compreendeu o perigo da empresa; pediu que o demitissem; mas a autoridade impôs-lhe com azedume o cumprimento dos seus deveres, e negou-lhe a demissão.

Quando o Zeferino, sucumbido à carga dos reveses, indiferente à vida e à morte, se chamava *infeliz e desgraçado*, o destino implacável preparava-lhe novo desastre. Ele, ao romper da manhã, depois de uma insônia febril, sonhava que era sargento-mor das Lamelas e assistia à formatura do regimento de milícias de Barcelos debaixo do solar de D. Maria Pinheiro. Na janela gótica do velho edifício da época de D. Afonso IV estava D. Miguel I assistindo ao desfilar do seu exército vencedor, em que havia muitas músicas marciais, de fulgurantes trompas, tocando o *Rei-chegou*; e o Abade de Calvos, dentro de um carroção e vestido de pontifical, borrifava o povo com hissopadas de água benta, cantando o *Bendito*. As tropas estendiam-se até Barcelinhos, e pelo Cávado abaixo velejavam muitos barquinhos embandeirados de galhardetes com as bandas musicais de Santiago de Antas e de Ruivães tocando a *Cana-verde* e *Água leva o regadinho*. Num desses bergantins com pavilhão de colchas vermelhas vinha sentada a irmã do Padre Roque, mestre de latim, com os seus óculos, a fazer meia; e ao lado dela, vestida de cetim branco e borzeguins vermelhos dourados, com os cabelos soltos, vestida como os anjos da procissão da Senhora da Burrinha em Braga, a Marta de Prazins. Ele estava na ponte, absorto na visão da noiva que chegava pelo Cávado para se casar quando um vizinho lhe bateu com o cabo da sachola na janela três pancadas. Saltou da cama atordoado.

— Que fugisse pelo quintal que já estavam soldados a entrar nas Lamelas com o regedor.

Zeferino ganhou de pronto os desvios de um pinhal, e por detrás de um socalco enxergou o Simeão ao lado do sargento da escolta parar em frente da sua casa e apontar para as janelas. Ouviu bater estrondosas coronhadas no portal, e viu alguns soldados invadirem depois o quintal, e entrarem pela porta da cozinha que ficara aberta. Depois avistou a escolta a retirar-se com dois homens carregados de armas.

O velho alferes, entrevado, estava muito aflito quando o filho entrou. O sargento quisera levar-lhe a sua espada; e compadecera-se dele quando o vira a chorar e a dizer-lhe que era um alferes do antigo exército, e que o deixasse morrer ao lado da sua espada, já que ele não podia defendê-la porque estava tolhido.

O Zeferino perguntou pacificamente:

— E o Simeão que dizia?

— Não dizia nada. Eu é que lhe disse... *Arrieiros somos*, na *estrada andamos*, vizinho Simeão.

O pedreiro quedou-se longo tempo sentado com as mãos fincadas na cabeça: olhava para o canto em que tivera duas dúzias de espingardas compradas pelo Cerveira Leite, e dizia com resignação contrafeita:

— Elas assim com'ássim já não serviam de nada... A guerra acabou... Que leve o diabo tudo... — E, passados alguns segundos de recolhida angústia: — Veja você, sor pai! O Simeão dá-me a filha, depois diz que ma não dá; isto não se fazia a um homem que põe navalha na cara... Eu levava a minha vida muito direita, estava muito bem, você bem sabe; deitei-me a trabalhar quanto podia; e vai depois, por causa da minha paixão, fiquei areado do juízo, deixei a arte, andei por esse mundo a gastar à minha custa, ao frio e ao calor, em términos de me levar o diabo com uma bala; e vai agora o Simeão entra-me pela porta dentro, leva-me as armas, e, se me pilha, metia-me uma baioneta no corpo...

— Homem — atalhou o pai com juízo — não fosses tu lá a Prazins embirrar com o brasileiro...

— Eu tenho a minha paixão — objetou o filho com transporte — tinha cá dentro do peito esta navalha de ponta espetada; e ele... que mal lhe fiz eu p'ra me querer mal?... Sabe você que mais?... Assim com'ássim, estou perdido...

Saiu arrebatadamente e foi para o Monte Córdova conversar com o Patarro, um velho celerado que se batera em Braga com a cavalaria do Casal e pudera salvar-se com o sacrifício de três dedos e do nariz acutilados.

Na semana seguinte, quarta-feira, era o mercado de amalicão. O regedor tinha comprado duas juntas de bois para o caseiro da Retorta, uma quinta solarenga, torreada, com o brasão dos Brandões, que o brasileiro comprara a um fidalgo de Afife. O negócio deitara a tarde. Simeão saíra ao desfazer da feira com o caseiro da Retorta e mais dois lavradores de outra freguesia que montavam éguas andadeiras de muitos brios. O Simeão cavalgava a sua velha ruça, de uma pachorra mansa, invulnerável à espora. Recebia as chibatadas encolhendo os quadris e andando para trás. Ela não podia manifestar de um modo mais sensível a sua repugnância pelas pressas. O dono gabava-se de só ter caído juntamente com ela poucas vezes. Saíram da feira conversando a respeito de Marta. Constava aos outros que ela se quisera matar à conta do José Dias. O Simeão achava que sim, que ela quisera atirar-se ao rio; mas que estava quase boa em Caldelas; que o vigário e mais a irmã lhe tinham dado um jeito ao miolo; e logo que ela estivesse fina, casava com o tio.

— E ele qué-la? — perguntou o Bento de Penso.

— Pois então!... Tomara-a ele já.

— Enfim — tornou o Bento — você há de perdoar que eu lhe diga o que tenho cá no sentido. O povo diz que o Dias um home sempre se atriga de casar com mulher de maus cretos, entrava lá de noite. Eu não vi, mas é o que diz o povo. Ora o seu brasileiro pelos modos é de bô comer...

— Tem bô estômago, é o que é — confirmou o Belchior da Rechousa.

O Simeão não estranhava estas franquezas muito triviais nas aldeias ainda imaculadas do resguardo das conveniências; mas defendia a honra da filha, atribuindo ao Zeferino as calúnias que espalhava para se vingar.

— Enfim — disse o Belchior — você tinha-lha dado por quinze centos. É o que diz o povo, e palavra d'home não torna atrás.

— Isso cá da minha parte foi chalaça... — defendia-se o Simeão, quando três homens, mascarados com lenços, fincando as argolas dos paus no caminho, saltaram de uma ribanceira, frente das três éguas que caminhavam a passo. Um dos três jogou uma paulada à cabeça do Simeão e derrubou-o.

Os dois lavradores das éguas travadas deram de calcanhares e pareciam dois duendes de comédia mágica vistos à luz crepuscular. O caseiro abandonou as sogas dos bois, galgou paredes e searas em desapoderada fuga até Famalicão, e à entrada da vila gritou — aqui d'el-rei ladrões! Contou o sucesso ao povo alvorotado, acudiu a autoridade, encheu-se a estrada de gente em cata de Simeão e da malta dos ladrões. Acharam-nos prostrado, de costas, arquejando, com a cara empastada de sangue que borbotava empoçando-se dos dois lados da cabeça. A égua rilhava entre os dentes e o freio umas vergônteas tenras de tojo, e de vez em quando tossia a sua pulmoeira com os ilhais enfolipados. O Futrica, um ferrador da Terra Negra, examinou a cabeça do ferido, e disse que tinha o miolo à vista; não podia durar muito, que lhe dessem a santa unção. Pediu-se uma padiola ao lavrador mais próximo e levaram-no para Prazins prometendo duas de doze a dois jornaleiros. O caseiro montou a égua para ir a Santo Tirso chamar o Batista, o cirurgião da casa; mas a burra estranhando as esporas dos tamancos, levantou-se com o cavaleiro, deixou-se cair sobre os jarretes traseiros, voltou-se de lado como quem se ajeita para dormir: foi necessário levantá-la. O povo dava risadas estridentes quando o caseiro puxava debaixo do ventre da égua a perna entalada, muito cabeluda; e ali perto estava a padiola com um velho gemente, agonizante, a pedir a confissão.

Assim que a padiola entrou em Prazins, foi aviso à Marta que o pai estava a morrer com pancadas que lhe deram os ladrões de estrada. D. Teresa e o prior acompanharam-na. Quando chegaram, saía o pároco de o confessar e tocava o sino no viático. Havia uma agitação de angustiosa curiosidade no povo que confluía à igreja chamado pelo sinal. Dizia-se que eram ladrões que saíram ao lavrador em Santiago de Antas; havia opiniões mais individualistas: segregava-se o nome do pedreiro; um pastor de cabras dizia que vira passar de madrugada para as Lamelas o Patarro de Monte Córdova e mais outro mal encarado; mas todos à uma diziam que não tinham visto nada, nem queriam saber de desgraças, com medo à malta do Zeferino.

O Simeão estava ainda com a face arregoada de sangue, vestido sobre a cama, resfolegando com muita ansiedade, gemendo com dores, e a cabeça um pouco elevada sobre um magro travesseiro muito comprido dobrado em três pelo vigário. Esperava-se o cirurgião. A filha teve um desmaio quando viu a cara ensangüentada do pai, à luz mortiça de uma vela de sebo numa placa de lata. D. Teresa com a Marta nos braços, disse ao irmão: — Que miséria de casa! Pede luzes e água para se lavar aquele sangue. — E, assim que Marta voltou a si, levou-a para o seu quarto — que a viria chamar quando o pai a pudesse ver. Queria retirá-la do espetáculo dos paroxismos.

Quando chegou a extrema-unção com o préstito clamoroso do *Bendito* e o tilintar espacejado da campainha, Marta carpia-se em altos gritos, e pedia que a deixassem despedir-se de seu pai.

Ela tinha ouvido dizer a uma das vizinhas que lhe invadiram a alcova: — quem lhe bateu, ó mulheres, não foi outro senão o Zeferino das Lamelas. Juro que não foi outro. — Esta afirmativa cravou-lhe no coração o remorso de ser ela a causa da morte do pai. Queria ir pedir-lhe perdão; rogava à sua amiga que pelas chagas de Cristo a deixasse ir ajoelhar-se à beira de seu desgraçado pai. D. Teresa conteve-a, receando novo ataque de loucura; que esperasse que se fizesse o curativo; que o cirurgião não queria no quarto senão o barbeiro que lhe estava a rapar a cabeça.

Pouco depois chegava o tio Feliciano da quinta da Retorta, onde residia assistindo às obras. Vinha aterrado. Disse ao Osório que já estava arrependido de comprar a quinta; que Portugal era uma ladroeira e um bando de facínoras; que se ia embora muito breve. E, entrando no quarto onde a sobrinha chorava, disse-lhe consternadamente que, se morresse o pai, fizesse de conta que tinha em seu tio um segundo pai.

O cirurgião saiu desconfiado do ferimento. Uma das pauladas despegara um pedaço de tegumento, deixando descoberto o crânio que o ferrador da Terra Negra chamara o miolo. A hemorragia era grande, e havia receio de comoção cerebral. O facultativo, depois de o sangrar, mandou-lhe pôr panos molhados na cabeça de quarto em quarto de hora. Marta e Teresa não abandonaram um momento o catre do enfermo; o Padre Osório passou a noite na saleta atendendo o brasileiro que lhe falava muito na sobrinha, na paixão que ela tivera pelo José Dias, e não lho levava a mal, pelo contrário.

Aí pela madrugada o ferido sentiu-se muito angustiado, tinha estremecimentos, dizia disparates; queria arrancar os pachos da cabeça, bracejava, e puxava para o peito a face da filha lavada em lágrimas. O padre acudiu e mais o Feliciano; receavam que ele estivesse agonizando. Depois aquela agitação esmoreceu num dormitar sobressaltado, com a cabeça no regaço de Marta que brandamente lhe compunha o pacho da ferida. Quando espertou da modorra conheceu a filha, e repeliu-a. Falou no pedreiro que o matara, e recaiu no estado comatoso. O Padre Osório atribuía aquela sonolência a derramamento de sangue no crânio, um sintoma de morte provável. O cirurgião veio de madrugada, mandou-lhe deitar sanguessugas atrás das orelhas, e disse ao vigário de Caldelas que estava mal encarado o negócio; que aquele diabo de sono lhe parecia de mau agouro. Que ia ver uns doentes e voltava logo.

Marta fazia muitas promessas à Senhora da Saúde; dez voltas de joelhos ao redor da sua capela, um resplendor de prata, jejuar a pão e água seis meses a fio, não comer carne durante um ano, ir descalça à romaria da milagrosa Senhora. Com estas promessas sentia-se menos oprimida do seu remorso; o pai estava ali a morrer por causa dela, e a Maria de Vilalva já dizia também que fora ela a causa da morte do seu filho. Uma desgraçada, que vinha assim a causar a morte do noivo e do pai.

O ferido teve uma intermitência de repousada vigília. Olhou para a filha, e disse-lhe que morria, que a deixava sem pai nem mãe. O Feliciano acudiu:

— Isso não lhe dê cuidado, mano Simeão. Nada lhe há de faltar. É minha sobrinha; não tenho mais ninguém neste mundo.

— Eu morria contente — balbuciou o Simeão lacrimoso — se ela fosse sua mulher...

Fez-se um silêncio esquisito. Marta abaixou os olhos; a D. Teresa olhou para o irmão a ver o que ele dizia; o Padre Osório olhava para o brasileiro a ver como se expressavam as suas idéias; o Feliciano esperava que os outros dissessem alguma coisa. E então o pai de Marta, aconchegando-a de si, com muita ternura

— Casas com o teu tio, minha filha? É o último pedido que te faço...

Marta fez um gesto afirmativo, e caiu de joelhos, curvada sobre o leito, a soluçar; depois, deu um grito e escorregou para o chão, em convulsões, com o rosto muito escarlate e a boca a espumar. D. Teresa e o irmão conduziram-na ao seu quarto. Deitaram-na já sossegada, mas numa rigidez insensível, com a boca ligeiramente torta.

O cirurgião chegava nesta conjuntura e disse que a rapariga

herdara a moléstia da mãe, que eram ataques epilépticos; e ao tio Feliciano disse-lhe particularmente que o pior da herança não era a epilepsia; era a demência que levou a mãe ao suicídio. Que a rapariga era fraca, e tinha sido criada com umas mimalhices de menina da cidade, que estragam o corpo e a alma; que era preciso ter muito cuidado com ela, não a afligir, distraí-la, casá-la, enfim, que seria bom casá-la, e dar-lhe vinagre a cheirar, quando viesse outro ataque, e ter cuidado que ela não apanhasse a língua entre os dentes; que lhe metessem um pano entre os dois queixos, quando lhe desse outro ataque.

— Ele disse que o melhor era casar-se — lembrou o Feliciano ao Padre Osório.

XVI

Relatava o vigário de Caldelas:

— O cérebro do Simeão, se era refratário aos golpes da dignidade, não era mais sensível às comoções das pauladas. Duas vezes feliz quanto à cabeça: nem honra nem predisposições inflamatórias. Cicatrizou a ferida; começou a comer galinhas com a fome de um canibal e com o prazer carnívoro de uma raposa. Dera tacitamente Marta o consentimento de casar com o tio; esperava em soturno abatimento que a casassem; e, se minha irmã lhe tocava nesse assunto, dizia: "Façam de mim o que quiserem... Para o que eu hei de viver... tanto me faz..." Quanto ao casamento — prosseguiu o Padre Osório — eu cismava se a primeira noite nupcial seria a véspera de escandalosas desavenças, arrependimentos, choradeiras, divórcio, vergonhas, coisas; mas ocorria-me que Feliciano me confessara repetidamente que saíra dá sua aldeia aos doze anos e tornara casto e puro como saíra. E eu então, atendendo a que a castidade, além de ser em si e virtualmente uma coisa boa, tem umas ignorâncias anatômicas, e umas inconscientes condescendências com as impurezas alheias, descansava, tranqüilizava o meu espírito escrupuloso. Uma falsa compreensão da honra alheia às vezes me aconselhava que mandasse o brasileiro conversar sobre o assunto com o operário que o luar enganara em certa noite; mas a honra, como a consciência, não são quantidades constantes no geral das pessoas; são condições da alma tão variáveis como a matéria exposta às mudanças climatéricas. Ora as condições mentais e morais de Feliciano Prazins eram as melhores e as mais garantidas para a sua felicidade. Com que direito ia eu estragar aquele excelente organismo?

Até aqui o Padre Osório com a sua grande prática etnológica dos usos e costumes dos maridos sertanejos do Minho.

O mano lavrador não era mais apontado em melindres de pundonor. Assim como curara em silêncio o coração, golpeado pelas deslealdades da defunta Genoveva, do mesmo modo se acomodara com os estragos sofridos nos tegumentos da cabeça. Dizia-lhe o administrador que querelasse contra o Zeferino, porque havia testemunhas indicativas que faziam prova. Não quis. — Depois é que me dão cabo do canastro; — dizia com um dom profético, e circunspecção admirável num homem sem instrução primária.

No entanto, Zeferino debatia-se num azedume de desesperado, muito má-língua, insano de paixão, a degenerar para facínora em teorias de escavacar meio mundo. Começou a superar-lhe nas entranhas o vício do pai com sedes ardentes de vinho do Porto e genebra. Sentia alívios, consolações inefáveis, quando se embebedava; rejuvenescia; a vida encarava-se-lhe melhor. Arranchava com vadios nas noitadas das tavernas onde se jogava esquineta e monte. Trocava na mesa da tavolagem peças de duas caras que comprara no tempo em que amealhara dez mil cruzados com dez anos de trabalho. Os parceiros roubavam-no. Vinham de noite de Famalicão a Landim, perto das Lamelas, jogadores professos, armar a forquinha ao pedreiro com cartas marcadas e pego. Depois das perdas, quando se via atascado na esterqueira do jogo e da borracheira, embriagava-se de novo, e nessas alucinações ia a Prazins, de clavina ao ombro, com o Tagarro de Monte Côrdova, e falava alto, com petulância, para que Marta o ouvisse. O brasileiro e o Simeão tinham-lhe medo e não abriam as janelas depois do sol-posto.

Espalhou-se então a notícia de que o brasileiro ia efetivamente casar com a sobrinha.

O Zeferino escreveu ao Feliciano uma carta anônima, que era um traslado aumentado do depoimento do pedreiro que vira José Dias saltar da janela. E por fim ameaçava-o: — *que se casasse com a Marta, não a havia de gozar muito tempo.* O Feliciano mostrou a carta ao irmão. Concordaram que era o pedreiro com a sua paixão, danado de raiva. O brasileiro entrou a cismar que o celerado era capaz de levar a vingança ao cabo — bater-lhe, matá-lo. Os tiros desfechados a sua honra de marido de Marta resvalavam-lhe na couraça da consciência: "eu sei o que faço", dizia ele; mas a idéia de um tiro ao seu físico, inquietava-o deveras. "É preciso dar cabo deste ladrão", dizia o brasileiro ao mano, num grande mistério.

Lembrou-lhe o seu compadre, o Francisco Melro da Pena, um taverneiro de olhos estrábicos, de alcunha o *Alma negra*, um que o tinha avisado, quando a malta da patuléia tencionava agarrá-lo. O Melro rompera relações com o Zeferino, por causa da partilha de uns dinheiros apanhados na mala do correio de Guimarães, e dizia hiperbolicamente ao seu compadre que o Zeferino, quando andara na patuléia, era ladrão como rato.

O Melro era má bisca. Estivera três anos na Relação como cúmplice num homicídio que se fizera na sua tasca. Vivia apertadamente com mulher e quatro filhos, e não cessava de pedir empréstimos ao compadre desde que o avisara. Quando o Simeão foi espancado, o Melro logo lhe disse em segredo que quem lhe batera fora o Zeferino, com as costas guardadas por dois pimpões do Monte Córdova. E acrescentou: — Ele bem sabe a quem as faz. Havia de ser comigo ou com pessoa que me doesse...

O Feliciano deu um passeio para os lados da Pena, onde morava o compadre. Disse-lhe que ia ver a quinta da Comenda que se vendia; que lha fosse mostrar. Conversaram; e, no regresso, pararam em frente de uma casa com três janelas e um quintal espaçoso.

— É aqui — disse o Melro.

O brasileiro pôs o monóculo e leu um bilhete pregado na porta com quatro tachas: *Domingo, às 10 da manhã, depois da missa, vai à praça a quem mais der sobre a avaliação judicial de 500$000 réis esta casa, dízima a Deus, para partilhas.* O Feliciano leu, retirou-se apressado para que o não vissem, murmurando quaisquer palavras a que o compadre Melro respondeu:

— Vossoria então está a ler! Tão certo tivesse eu o Céu como tenho a casa...

Feliciano seguiu para Prazins e o Melro disse aos fregueses da taverna que o seu compadre ia comprar a quinta da Comenda, e que estivera a ler o escrito da casa do Cambado que se vendia, e dissera que talvez a comprasse para a dar a um afilhado...

— Ao teu pequeno?! — perguntavam.

— Pois a quem há de ser! Aquilo é que é um homem às direitas!

— Ele não sabe o que tem de seu. Tanto lhe monta dar-te a casa como a mim pagar-te um quarteirão de aguardente — encareceu um pedreiro. — Anda agora a trabalhar no palácio da Retorta. Que riqueza! Parece um mosteiro. Pelos modos vai para lá viver logo que case com a Marta. Lá o mestre Zeferino rebenta que o leva os diabos! Isso diz que dá cada arranco...

— O Zeferino, a falar a verdade, tem razão — disse o Melro. — O Simeão tinha-lha prometido. Gente sem palavra que a leve o diabo! Eu, se fosse comigo... Mas, enfim, é irmão do meu compadre... não devo dizer nada. Que se governem.

O Melro, às 8 da noite, quando os fregueses desalojaram, fechou a taverna; e, espreitando se os pequenos dormiam, disse à mulher:
— A casa do Cambado é nossa, mas é preciso vindimar o Zeferino...
— Credo! — exclamou a mulher com as mãos na cabeça. — Nossa Senhora nos acuda!
— Leva rumor! — e punha o dedo no nariz.
— Ó Joaquim, ó marido da minha alma, lembra-te dos três anos que penaste na cadeia! Olha para aqueles quatro filhos!...
— Já te disse que me não cantes — e relançava-lhe o seu formidável olhar vesgo incendido com os lampejos da candeia em que afogueava o cachimbo de pau. Depois, foi tirar de entre a cama de bancos e a parede uma velha clavina. Sentou-se à lareira e disse à mulher que tivesse mão na candeia. Enroscou o saca-trapo na ponta da vareta de ferro e descarregou a arma, tirando primeiro a bucha de musgo, e depois, voltando o cano, vazou o chumbo na palma da mão.

— Ó Joaquim, vê lá o que vais fazer! — insistia a mulher, limpando os olhos com a estopa da camisa. E ele, assobiando o hino da Maria da Fonte, despejava a pólvora da escorva, desaparafusava a culatra e tirava as duas braçadeiras. A mulher soluçava, e ele cantando numa surdina rouca:

> *Leva avante, portugueses,*
> *Leva avante, e não temer...*

— Pelas chagas de Nosso Senhor, lembra-te dos nossos pequenos.

E o Melro numa distração lírica:

> *Pela santa liberdade,*
> *Triunfar ou padecer...*

Depois, bufava para dentro do cano e punha o dedo indicador no ouvido da culatra para sentir a pressão do sopro, que fazia um frêmito áspero impedido pelas escórias nitrosas. Pediu à mulher umas febras de algodão em rama, enroscou-as numa agulha de albarda e escarafunchou o ouvido do cano. — Está suja — disse ele — dá cá um todo-nada de aguardente.

— Joaquim, vamo-nos deitar, pelas almas. Não te desgraces!

— Traz aguardente e cala-te, já to disse, mulher, com dez diabos! — E pôs-se a assobiar a *Luisinha*. Enroscou algodão embebido em aguardente no saca-trapo e esfregou repetidas vezes o interior do cano até saírem brancas e secas as últimas farripas da zaracoteia. Soprou novamente e o ar saía sem estorvo pelo ouvido com um sibilo igual. Parecia satisfeito, e cantarolava, *mezza voce*:

Agora, agora, agora,
Luisinha, agora.

Armou a clavina, aparafusou as braçadeiras, a culatra e a fecharia, introduzindo a agulha. Aperrou e desfechou o cão repetidas vezes, acompanhando o movimento com o dedo polegar, para certificar-se de que o desarmador, a caxeta e o fradete trabalhavam harmonicamente. Levantou o fuzil de aço que fez um som rijo na mola e friccionou-o com pólvora fina; e, com o bordo de um navalhão de cabo de chifre, lascou a aresta da pederneira que faiscava.

— Valha-me a Virgem! Valha-me a Virgem! — soluçava a mulher.

E ele, zangado com as lástimas da mulher, com expansão raivosa, num *sfogato*:

E viva a nossa rainha,
Luisinha,
Que é uma linda capitoa...

— Vai à loja atrás da seira dos figos e traz o maço dos cartuchos e uma cabacinha de pólvora de escorvar que está ao canto.

A mulher dava-lhe as coisas, a tremer, e fazia invocações ao Bom Jesus de Braga, e às almas santas benditas. Ele encarou-a de esconso, e regougou: — Mau!... mau!...

Carregou a clavina com a pólvora de um cartucho; bateu com a coronha no sobrado, e deu algumas palmadas na recâmara para fazer descer pólvora ao ouvido. Fez duas buchas do papel do cartucho, bateu-as com a vareta ligeiramente, uma sobre a pólvora e a outra sobre a bala.

Agora, agora agora,
Luisinha, agora.

Depois, pegou da clavina pela guarda-mata, e pôs-se a fazer pontarias vagamente, passeando um olho, com o outro fechado, desde a mira ao ponto.

A mulher fora sentar-se no sobrado, à beira da enxerga de três filhos a chorar; o mais novo esperneava, dava vagidos na cama a procurá-la. *O Alma negra* fora dentro beber uns tragos de aguardente, voltou enroupado num capote de militar, despojo das batalhas da *Maria da Fonte*.

— Ora agora — disse ele — ouviste? porta da cozinha e a cancela da horta aberta, porque eu venho pelo lado do pinhal.

— Vai com Nossa Senhora — disse a mulher e pôs-se de joelhos a uma estampa do Bom Jesus a rezar muitos *padre-nossos*, a fio.

Era uma noite de fevereiro, de névoa cerrada, um céu de carvão pulverizado em brumas molhadas, sem clareira onde lucílasse uma estrela. Não se agitava um galho de árvore nua movido pelo ar nem ondulava uma erva. Era a serenidade negra e imota das catacumbas. Às vezes rugia nas folhas ensopadas de nebrina no chão esponjoso das carvalheiras a fuga rápida das hardas, dos toirões e das raposas que se avizinhavam do povoado a fariscarem as capoeiras. O Joaquim Melro estremecia e punha o dedo no gatilho. O restolhar de um gato bravo, o pio da coruja no campanário distante punham arrepios de medo na espinha daquele homem que ia matar outro — chamá-lo à janela e vará-lo à traição com uma bala. — Era o traçado.

— Que raio de escuro! — dizia, esbarrando nos espinheiros perfurantes.

Em noites assim, o Universo seria o imenso vácuo precedente ao *Fiat* genesíaco, se os viandantes não esbarrassem com as árvores e não escorregassem nos silvedos das ribanceiras. O notívago sente na sua individualidade, nos seus calos e no seu nariz, a doce impressão panteísta das árvores e dos calhaus. Que este globo está muito bem feito. Os transgressores do descanso que Deus estatuiu nas horas tenebrosas, os celerados das aldeias que larapeiam o presunto do vizinho, que fisgam a moça incauta ou empunham o trabuco homicida, se não temem encontrar as patrulhas cívicas das grandes municipalidades, encontram os troncos hostilmente nodosos das árvores que são as patrulhas de Deus. Alguns, porém, protegidos pelo Mefisto a quem venderam a alma pelo preço da consciência eleitoral, ou mais barata, chegam incólumes ao delito, passando ilesos como o lobo e o javali por entre os troncos das carvalheiras esmoitadas, hirtas, com os galhos a esbracejarem retorcidos numa agonia patibular.

O Melro, como o porco-montês e o lobo cerval, embrenhara-se por pinhais e carvalheiras; às vezes, parava a orientar-se pelo cucuritar dos galos trenoitados e latir dos cães. Ao fundo das bouças ladeirentas, rugia o rio Pele nos açudes das azenhas e nas guardas dos pontilhões. Lamelas era da parte de além. Mas o rio, de monte a monte, rugia intransitável nas pequenas pontes. Foi à de Landim, uma aldeia engravatada, onde ainda se avistavam clarões de luz nas vidraças das famílias distintas que jogavam a bisca em ricos saraus do *faubourg Saint-Honoré*, com uns deboches sardanapalescos de sueca a feijões.

Havia também um rumorejo de vozes que altercavam na taverna do Chasco. Tinia dinheiro lá dentro. Jogava-se o monte.

O Melro cuidou ouvir proferir o nome do Zeferino. Abeirou-se, pé ante pé, do postigo da taverna, e convenceu-se de que estava ali o pedreiro. Era ele quem reclamava um quartinho que pusera de *porta*, e o banqueiro recolhera com as paradas que estavam *dentro*, quando tirou a contrária de *cara*.

— Que não admitia ladroeiras!

E o banqueiro desfeiteado observava-lhe que nada de chalaças a respeito de ladroeiras; que todos os que estavam daquela porta para dentro eram cavalheiros. O Zeferino replicava que não queria saber de cavalheiros; que queria o seu quartinho ou que se acabava ali o mundo. Que quem queria roubar que fosse para a Terra Negra.

A alusão era muito certeira e inconveniente. Estavam na roda dos cavalheiros alguns veteranos da antiga quadrilha do Faísca, na Terra Negra, muito desfalcada pelo degredo e pela força. Travou-se a luta a soco e pau; havia lampejos de navalhas que davam estalos nas molas; o Tagarro de Monte Córdova tinha feito afocinhar o banqueiro sobre os dois galhos do baralho com um murro hercúleo, fenomenal. O taverneiro abriu a porta para escoar o turbilhão. Eles saíram de roldão; e, quando entestaram com a treva exterior, quedaram-se cegos como num antro de caverna. Um, porém, dos que estavam, não saiu; encostara-se ao mostrador com as mãos no baixo ventre, gritando que o mataram; e, vergando sobre os joelhos, num escabujar angustioso, caiu de bruços, quando o taverneiro e o Tagarro o seguravam pelos sovacos. Era o Zeferino.

Quando, à meia-noite, o *Alma negra* entrava em casa pela porta do quintal, encontrou a mulher ainda de joelhos diante da estampa do Bom Jesus do Monte. Ao lado dela estavam duas filhas a rezar também, a tiritar, embrulhadas numa manta esburacada, aquecendo as mãos com o bafo.

O Melro mandou deitar as filhas, e foi à loja contar à mulher, lívida e trêmula, como o Zeferino morreu sem ele pôr para isso prego nem estopa. Ela pôs as mãos com transporte e disse que fora milagre do Bom Jesus; que estivera três horas de joelhos diante da sua divina imagem. O marido objetava contra o milagre — que o compadre não lhe dava a casa, visto que não fora ele quem vindimara o Zeferino; e a mulher — que levasse o demo a casa; que eles tinham vivido até então na choupana alugada e que o Bom Jesus os havia de ajudar.

Ao outro dia, o Joaquim Melro convenceu-se do milagre, quando o compadre, depois de lhe ouvir contar a morte do pedreiro, lhe disse:

— Enfim, você ganha a casa, compadre, porque matava Zeferino, se os outros não matam ele, hem?

XVII

Celebrou-se o casamento na capela da quinta da Retorta. Foi o vigário de Caldelas o ministro do sacramento. D. Teresa madrinha, e o padrinho veio do Porto, o Barão do Rabaçal, um gordo, casado com as brancas carnes veludosas da filha [18] do Eusébio Macário. O padrinho, muito faceiro, dizia ao Feliciano: — Mi perdoe, amigo Prázins, você casa com minina mágrita, muito seca di encontros. A mi mi dá na tineta para gostar das redondinhas, hem? É a minha filosofia. A mulher si quer roliça, de manêras que a gente ache nos braços ela.

O devasso fazia corar o casto noivo. A Marta, à sobremesa, não lhe percebia umas graçolas obrigatórias em bodas canalhas, que faziam náuseas à aristocrática D. Teresa, muito pontilhosa em não admitir equívocos. O vigário achava no barão a salobra brutalidade

---

[18] Custódia. *Eusébio Macário* é um romance de Camilo.

que faz nos inteligentes a cócega do riso que o Cervantes, o Rabelais, o Swift e o português Sr. Luís de Araújo nem sempre conseguem quando querem.

A Marta, numa tristeza inalterável, desde que saiu da igreja. Ao fim da tarde, fechou-se com D. Teresa no seu quarto, abriu o baú, e tirou do fundo o pacotinho das cartas do José Dias, e disse-lhe: — A senhora há de guardá-las; e, quando eu morrer, queime-as, sim?

— E se eu morrer adiante de ti? — perguntou D. Teresa risonha.

— Diga então ao sr. Padre Osório que as queime: porque olhe — e abraçou-se nela a chorar, a soluçar — eu... eu morro, ou endoideço. Cheguei a esta desgraça; estou casada para fazer a vontade a meu pai, cuidando que ele morria; não sei como hei de sair disto senão acabando de vez ou perdendo o juízo como a minha mãe... bem sabe como ela acabou.

D. Teresa Osório banalmente a consolava com o vulgarismo das coisas que se dizem ao comum das meninas casadas com maridos repugnantes e ricos. — Que se havia de fazer, que tudo esquecia com o tempo. Ela, um pouco aristocrata por bastardia, não acreditava em melindres de sentimentalidade na filha do lavrador parrana e da Genoveva da vida airada. O apaixonar-se pelo Dias, um bonito rapaz de aldeia, parecia-lhe trivial; tentar suicidar-se quando ele morreu, para uma senhora lida em novelas românticas, era um caso ordinário e pouco significativo; porém, condescender com a vontade do pai, casando com o tio, pareceu-lhe um ato de condição plebéia, a natureza reles da filha do Simeão que afinal dominava estupidamente as indecisas manifestações de uma índole artificialmente delicada.

O padre compreendia mais humanamente Marta, dizendo à irmã: — Ela quando consentiu em casar com o tio já estava doente da moléstia nervosa que a há de levar ao suicídio. D. Teresa, com o seu critério um pouco adulterado pelas excêntricas heroínas de Sue e Dumas, não podia entroncar aquela rapariga de uma aldeia minhota na genealogia dessas parisienses naufragadas em romanescas tempestades. E demais, se Marta, como o irmão dizia, estava sob a influência da loucura, a sua desgraça parecia-lhe uma doença e não uma tragédia, segundo as exigências de uma senhora que tinha lido o mais seleto da biblioteca romântica francesa desde 1835 a 1845 — tudo o que há de mais falso e tolo na literatura da Europa. D. Teresa queria mais drama na desgraça de Marta; porque, se alguma poesia elegíaca lhe concedera pela tentativa de matar-se, toda se resolvia em chilra prosa pelo fato de a imaginar no tálamo conjugal com o arganaz do tio.

Eram horas de deitar. O padre tinha ido para Caldelas a fim de dizer a missa de madrugada, e deixara a irmã a pedido de Marta; o Barão do Rabaçal escancarava a boca nuns bocejos ruidosos e levantava uma perna espreguiçando-se; o noivo olhava para o mostrador do relógio colado aos olhos; e Marta, muito aconchegada de D. Teresa, queixava-se de cãibras; que lhe zuniam coisas nos ouvidos, que via faíscas no ar, e tinha muito calor na cabeça. D. Teresa dizia-lhe que se fosse deitar, que precisava de recolher-se. Marta pedia-lhe que a deixasse ir dormir ao pé dela, pedia-lho pela alma de sua mãe, pela vida de seu irmão.

A hóspeda compreendia, compadecia-se, receava o ataque epiléptico, precedido sempre das faíscas e cãibras de que se queixava a noiva; mas não sabia como dirigir-se ao marido de Marta a pedir-lhe que se fosse deitar sozinho. Nos seus numerosos romances não achara um episódio desta espécie. Interveio na crítica conjuntura o Simeão, dizendo à filha:

— São horas de ir à deita. O teu marido está a cair com sono.

Marta fixou o pai com os seus olhos esmeraldinos rutilantes de cólera, num arremesso de cabeça erguida, e com os lábios a crisparem. Era a nevrose epiléptica. Seguiram-se as convulsões, o espumar da boca, um paroxismo longo de vinte minutos. D. Teresa pediu que a ajudassem a levá-la para a sua cama, e disse com fidalga impertinência ao Simeão que a deixassem com ela, e não lhe falassem no marido. Simeão coçava-se com grande desgosto. O brasileiro contava ao Barão que a sua sobrinha era atreita àqueles ataques; mas que o cirurgião lhe dissera que lhe haviam de passar em casando. O do Rabaçal notou que o remédio então bom era, e seria bom começá-lo quanto antes. Disse mais chalaças a propósito e foi-se deitar. Feliciano ainda foi saber como estava a esposa, mas já não havia luz no quarto de D. Teresa. Recolheu-se à cama, e continuou mais uma noite no seu leito solitário, virginalmente.

D. Teresa sentia-se mal, num embaraço quase ridículo, naquele meio. Marta não a largava, parecia uma criança espavorida, agarrada ao vestido da mãe, assim que ouvia os passos do tio. Ele, muito carinhoso, com o monóculo no olho direito, a oferecer-lhe castanhas de ovos, toucinho do céu, a pegar-lhe da mão e a fazer-lhe festas no rosto muito corado de pudor. D. Teresa discretamente deixou-os sozinhos. A Marta ficou a olhar para a porta por onde a amiga se evadira, e fazia uns gestos de quem meditava raspar-se; mas o marido tinha-a segura pelas mãos mimosas, beijando-lhas ambas com uma sensualidade delicada, um pouco babada, mas muito comedida, estendendo os beijos quentes e úmidos até aos pulsos lácteos e redondinhos. Marta, numa impassibilidade, não se recusava às carícias, e pareceu mesmo inclinar um pouco o rosto quando o esposo com um bom sorriso do amor dos quinze anos lhe pediu um beijinho, que foi mais demorado do que era de esperar da sua candura e da inexperiência de tais delícias. Estavam ambos rosados; mas o rubor de Marta era carminado demais e nos seus olhos havia uma rutilação vaga pela extensão da grande sala. Ela via a sombra de José Dias: era o José Dias em pessoa, dizia ela depois a D. Teresa, quando recuperou os sentidos, e não sabia como a transportaram para a cama da sua amiga a deixando fugir e sufocando-lhe os suspiros com os beijos a levara pelo braço e entrara com ela no seu quarto, apertando-a muito ao peito, levantando-a nos braços com muita força, não a deixando fugir e sufocando-lhe os suspiros com os beijos. Não se lembrava de mais nada. E D. Teresa, quanto cabia na sua alçada, contava-lhe o resto imperfeitamente; isto é que o marido a fora chamar ao laranjal, um pouco aflito, dizendo que a sua esposa estava na cama sem sentidos; e pedia vinagre para lhe chegar ao nariz.

Padre Osório veio jantar e buscar a irmã. Observou no aspecto do brasileiro uma irradiação de felicidade, o júbilo de um homem que se sentia impavidamente completo, na integridade da sua missão filogínia. Foi então que o padre assentou as sãs teorias um pouco flutuantes acerca das vantagens da castidade em benefício das impurezas alheias.

O Feliciano, quando o cirurgião chegou à tarde, contou-lhe com pouco recato de pudicícia conjugal as circunstâncias, particularidades ocasionadas no "fanico da sua esposa", dizia ele. O facultativo, um velho patusco, disse que não se admirava, porque a Sra. D. Marta era muito nervosa, imperfeita ainda na sua organização, e que as impressões desconhecidas e um pouco violentas nas constituições fracas produziam extraordinárias perturbações; mas que não se assustasse, que não era nada; que as segundas naturezas se faziam com o hábito. — Banhos de mar, aconselhava, bife na grelha e vinho do Porto, quanto mais choco melhor. O que se quer cá fora é um rapaz; não há como um filho para fortalecer a compleição de uma mulher débil; um filho, quando sai do ventre da mãe, traz consigo para fora os maus nervos, e acabam os chiliques. Ande-me com um rapagão para a frente!

Na ausência de D. Teresa, a melancolia de Marta cerrava-se de dia para dia. O governo da casa era-lhe de todo indiferente, como se fosse hóspeda. O marido não a compelia interessar-se nesses arranjos de que, dizia o Simeão, ela nunca quisera saber em Prazins. O Barão do Rabaçal mandara-lhe do Porto cozinheira e governanta. Marta saía raras vezes de uma saleta onde tinha um oratório que trouxera de casa. Confessava-se mensalmente a Frei Roque, o irmão da sua mestra, e professor do de Vilalva, e demorava-se no confessionário com perguntas desvairadas a respeito da alma de José Dias, porque dizia ela ao padre-mestre que o via muitas vezes em corpo e alma, e até o ouvia falar e lhe sentia as mãos no seu corpo. O frade, sem revelar o sigilo da confissão, dizia à irmã que a Marta dava em doida como a mãe.

O Feliciano ficou espavorido quando a mulher, num dos paroxismos epilépticos, se pôs a rir para ele com os olhos espasmódicos e a chamar-lhe José, seu Josézinho. Passada a nevrose, quando ela imergia num torpor físico e mental,; o marido contou-lhe o caso de lhe chamar Josézinho: Ela parecia esforçar-se muito para recordar-se, e dizia que não se lembrava de nada. Vinha o cirurgião a miúdo: — que era histerismo, e consolava o marido com a esperança no tal rapagão, esperanças bem fundadas, segundo as confidências do pai; mas, consultado pelo Padre Osório, o Pedrosa, um grande clinico, dizia que a brasileira não tinha simplesmente a gota coral; que havia ali epilepsia complicada com delírio, alienação mental intermitente, um estado de inconsciência ou consciência anormal, e que verdadeiramente se não podiam determinar bem quais eram os seus atos de lucidez intercorrente.

— Ela está grávida — observou o vigário de Caldelas. — Parece que este fato denota uma tal ou qual normalidade de consciência, uma concepção racional dos deveres de esposa...

— Não denota nada — refutou o médico. — Faça de conta que é uma sonâmbula. E, como a sua demência é funcional e não orgânica, não há desorganizações físicas que a estorvem de ser mãe. O meu colega que lhe assistiu à última vertigem disse-me que, alguns minutos antes do ataque, ela, numa grande irritabilidade, lhe dissera que fugia para Vilalva, que queria ver o José Dias... O marido felizmente fora nessa ocasião prover-se de vinagre à despensa. Eu considero-a perdida, a menos que se lhe não dê uma pronta e completa diversão ao espírito, e nem assim se consegue senão temporariamente deserdar os desgraçados que tiveram mãe e avó como esta Marta. Eu assisti ao primeiro e ao último período de Genoveva. Repetiram-se as vertigens, veio a decadência gradual da razão, delírios, idéias confusas, concepção difícil, nevroses vesânicas e, por fim, sucidou-se já num estado de demência epiléptica, que os especialistas consideram a mais incurável. Este me parece o itinerário da Marta, e casá-la com o tio deixou de ser um ato imoral para ser um estúpido arranjo de fortuna por lado do pai e de luxúria por parte do marido. Esta pequena tinha de vir a isto, e há de ir à demência, mesmo sem drama nem paixão. Tem o cérebro defeituoso assim como podia ter a espinha vertebral raquítica. Como se faz a perda da vista? Pela paralisia dos nervos ópticos; pois a perda da vista normal da alma é também a paralisia de uma porção de massa encefálica. Bem sei que isto embaraça um pouco os senhores teólogos-metafísicos, mas lá se avenham: a verdade é esta.

XVIII

Chegaram por este tempo, vindos das terras de Basto a Requião, os tão almejados missionários, interrompidos no seu estéril apostolado pela revolução de *Maria da Fonte*. Marta ouviu a notícia com alvoroço, e disse que queria seguir os sermões — que precisava de salvar a sua alma. O Feliciano viera um pouco estragado de Pernambuco a respeito de religião; mas respeitava as crenças alheias e não contrariava as devoções da sobrinha. O Padre Roque era de parecer que se não deixasse Marta entrar muito pela mística; aconselhava o marido que fosse viajar com a mulher, que a tirasse daquela terra, porque as suas enfermidades não podiam curá-las os sermões nem as hóstias. O egresso conhecia a farmácia do varatojano de Borba da Montanha, e sabia que a primeira receita de Frei João era exorcismá-la como demoníaca.

— Dão cabo dela, vocês verão, dão cabo dela — dizia o padre-mestre.

Eram quatro os missionários que assentaram o vestíbulo do paraíso em Requião.

O Padre José da Fraga ainda novo, bem composto e limpo nas suas vestes sacerdotais, grave e semblante inteligente. Tinha-se ordenado em Brancanes com o propósito de ir propagar o cristianismo na China; depois, interesses e rogos de família determinaram-no a ficar na pátria, sem abrir mão da vocação apostólica. Lera e percebera Raulica, Lacordaire, e imitava o segundo com bastante engenho. O Padre Osório dizia-lhe que guardasse as suas pérolas para outro auditório menos suíno. E, de feito, as mulheres, quando de madrugada o viam no púlpito, aconchegavam-se umas das outras para comodamente tosquenejarem o seu sono da manhã; e os homens diziam que não o chamava Deus por aquele caminho — que *não calhava p'r'á prédega*.

O Padre Cosme de Tagilde, robusto, de meia-idade, autor da *Escola do Céu pelas escarpas do Gólgota* e da *Via seráfica para o reino dos Querubins*, era pregador de sentimento. Tinha sido furriel no exército realista, e ordenara-se para herdar uns bens de uma parenta beata que tinha horror à tropa. Lera as novelas do Prévost e Badama de Genlis, quando era furriel. Ficou-lhe dessas leituras uma linguagem amelaçada, com interjeições trágicas, e um jeito especial de tocar as mães com imagens ternas tiradas das coisas infantis. Por exemplo. *E o teu filhinho, mulher, o filhinho que Deus te levou para a companhia dos anjos, quando lá do Céu te vê pecar, estende para ti os seus bracinhos, e diz: Mãe, ó mãe! não peques; mãe, não peques! pelas lágrimas que por mim choraste, não caias na tentação, porque, se te perdes, se te afundas no abismo eterno não tornarás a ver o teu filhinho que te chama do Céu, mãe, ó mãe!* E infantilizava o timbre da voz, inclinava a um lado a cabeça num langor menineiro, estendia os braços do púlpito abaixo com as mãos abertas, alongava os beiços no jeito da boquinha de criança, e muito mavioso, num trêmulo de voz e braços: *Mãe! ó mãe!* E todas as que tinham perdido filhinhos desatavam num berreiro.

O Padre Silvestre da Azenha, homem antigo, de uma porcaria de sotaina digna dos hagiológios, boa pessoa, incapaz de mentir voluntariamente, era forte na topografia do Inferno e nas genealogias, usos e costumes dos diversos diabos. Afirmava que a legião deles se dividia em esquadras, capitaneadas por Lúcifer, príncipe da Luxúria, por Asmodeu, Satanás, Belzebu e outros, cada um com a pasta ministerial dos seus competentes vícios. Dava notícia de um caudilho de esquadra, chamado Beemote, cujo empenho era bestializar os fiéis — verdadeira superfluidade. — Leviatã capitaneava o esquadrão da Soberba; e o ministro e secretário de Estado encarregado da pasta da Avareza chamava-se *Mamona*. A ciência moderna matou este diabo, extraiu-lhe o óleo, e pô-lo ao serviço dos intestinos dos pecadores — *óleo de Mamona*. Explicava o padre às mulheres o que era a corja dos *demônios íncubos*. Contava casos de algumas que ficaram grávidas desses devassos, e dizia em latim que tais demônios fecundos podiam, mesmo contra a vontade da mulher, *rem habere cum illa*. E as mulheres, sem pôr mais na carta, farejavam o latim e murmuravam indignadas: — T'arrenego! Catixa! cruzes, canhoto! — e benziam-se cuspinhando nos calcanhares umas das outras.

Fr. João de Borba da Montanha, conquanto não freqüentasse o púlpito, era o vulto mais proeminente da missão. Saíra já velho do Varatojo, peito fraco, um pigarro crônico de catarro pituitoso, com poucos dentes, por onde as palavras lhe saíam assobiadas que nem melro nos sinceirais de julho. Por isso o confessionário era a sua faina de prospérrimas colheitas para o Céu, e os exorcismos a sua famosa glória cheia de triunfos sobre todas as esquadras dos demônios conhecidos do seu companheiro Padre Azenha. Eram ambos, de mãos dadas, o terror do Inferno; um a explorar diabos no planeta, o outro a enxotá-los. À onipotência deste varatojano é que o vigário de Caldelas confiara a redução da mãe de José Dias.

Este egresso tinha feito à sua custa a terceira edição do *Pecador convertido ao caminho da verdade*, obra do seu conventual varatojano Frei Manuel de Deus. Vendia o livro por 720, meia encadernação. Chamava-lhe ele o *seu balde de tirar almas do profundo poço do enxofre infernal*. Todas as beatas se consideravam mais ou menos empoçadas, e por 720 metiam-se no balde de Frei João. Barato.

Foi este o missionário escolhido por Simeão, de harmonia com o genro. Marta lembrava-se que o seu José Dias lhe falara nele com muita esperança em que desfizesse os obstáculos do casamento. Quis confessar-se ao varatojano, e revelou para esse ato uma expectativa seráfica, grande deliberação ansiosa, um sobressalto jubiloso em que parecia influir a cooperação sobrenatural do querido morto. O Padre Osório entrevia prelúdios de loucura nas alegres disposições com que Marta, num recolhimento contemplativo, desde o apontar da aurora, esperava à porta da igreja que chegassem os missionários com o cortejo das mulheres encapuchadas, muito ramelosas, estralejando os seus tamancos ferrados na grade do adro que vedava a passagem aos porcos.

Enquanto na igreja, depois da missão, se depunha a hóstia nas línguas saburrentas e gretadas das beatas — que engoliam aquela farinha triga como quem devora sevamente um Deus — cá fora armavam-se no adro dois tabuleiros, assentes em tripeças de engonços, com seus pavilhões de guarda-sóis de paninho azul. Algumas mulheres de aspectos repelentes, sujas da poeira das jornadas, com os canelos calosos e encodeados, expunham nos tabuleiros as suas mercadorias, e ao mesmo tempo injuriavam-se reciprocamente por velhas rixas invejosas à conta de subornarem freguesas com caramunhas e palavreados. No silêncio do templo, ouvia-se cá de fora: — Arre, bêbeda! — Cala-te aí, calhamaço!

A exposição bibliográfica, feita nos tabuleiros, além das obras em brochura e encadernadas dos missionários, constava da *Regra de S. Bento da Missão aumentada, da Missão abreviada, das Piedosas meditações, das Horas do cristão, do Mês de Maria, do Mês de Jesus e do Livro de Santa Bárbara.* Havia também Novenas, Via-sacras com estampas de um horror sacrílego, uns Cristos que pareciam manipanços do Bié. Seguia-se a camada dos Escapulários; uns eram de N. S. do Carmo, de N. S. das Dores, da Conceição; outros do Preciosíssimo sangue de Jesus, do Coração do mesmo, da Santíssima Trindade e de S. Francisco. Tinham grande saída os Cordões do mesmo santo, e as Correias de S. Agostinho, com um botão de osso, a apertar na cintura — arnês impenetrável ao Diabo, por causa do botão, que, posto na correia, tem virtudes para osso muito admiráveis, quase como as da carne, mas no sentido inverso — ela atraindo o cão tinhoso, e ele repulsando-o. De Santo Agostinho e do Anjo da Guarda também havia *Rezas* enfiadas em metal, ou em cordão, simplesmente, mais baratinhas. Na espécie medalheiro, grande profusão: as medalhas mais procuradas eram as do Coração de Maria, do Coração de Jesus, do Anjo da Guarda e de Santa Teresa, a 10 réis.

As coroas, penduradas em barbantes ou estendidas em meadas, eram diversas no tamanho e na nomenclatura: as seráficas com sete *mistérios*, e cada mistério com dez ave-marias; as da S. da Conceição com doze Aves e três mistérios: — uma certa conta que os missionários lá graduavam com a gafaria espiritual das confessadas. Havia algumas que se agüentavam com os Rosários de quinze mistérios, e a Coroa dos nove coros dos Anjos, e a do Preciosíssimo sangue e coroação de Jesus. Mas o grande consumo era de contas de azeviche, refratárias aos maus-olhados; de modo e maneira que, se o azeviche é legítimo, senhores, logo que um inimigo nos encara a conta racha de meio a meio.

Marta, a beata, a senhora *brasileira de Prazins*, como lhe chamavam as regateiras das drogas da salvação, fornecera-se de tudo em duplicação; mas sobre todos os devocionários o da sua leitura dileta era o *Pecador convertido ao caminha da verdade*, edição do seu confessor varatojano, Frei João de Borba da Montanha. São impenetráveis os segredos revelados no tribunal da penitência por Marta ao seu diretor espiritual. O Padre Osório, não obstante, suspeitava que a penitente revelasse, com escrupulosa consciência, solicitada por miúdas averiguações do missionário, saudades, reminiscências sensualistas, carnalidades que se lhe formalizavam no espírito dementado, enfim, visões e sonhos com o José Dias. Inferia o padre a sua conjetura, sabendo que Frei João lhe mandara ler no *Pecador convertido*, três vezes por dia, o capítulo 33, intitulado *Resistência às tentações contra a castidade*. Fortalecia esta hipótese ter dito Marta a D. Teresa que a alma de José Dias lhe aparecia em sonhos; e às vezes, mesmo acordada, lhe parecia senti-lo na cama à sua beira; e então mordia o travesseiro para que o tio a não ouvisse chorar. Pode ser que estas revelações, comunicadas ao confessor, um simplório incapaz de destrinçar entre doença e pecado, fossem acompanhadas de particularidades sensitivas que Marta por vergonha não contava à sua amiga. É certo que a confessada do varatojano lia, declamando, diante do seu oratório três vezes por dia, a Resistência às tentações contra a castidade.

A oração dizia assim:

Senhor amorosíssimo, não vos escondais, não me deixeis sozinha, que se cerca o leão para me devorar; os seus rugidos me atormentam para que não goste das suavidades da vosso amor. Cercarei todo o Mundo, subirei aos Céus, não descansarei enquanto não achar o meu amor. Conjuro-vos, filhas de Jerusalém, criaturas da Terra que, se encontrares o meu amado, lhe digais que morro de amor. E, se quereis os sinais para conhecê-lo, ouvi. O meu amado é cândido e rubicundo, escolhido entre milhares; cândido por divino, e rubicundo por humano, cândido porque inocente, e rubicundo por chagado. Ai! doce amor, onde os escondestes? Tende compaixão de quem vos busca. Estes sinais que de vós tenho só servem de avivar-me a saudade, são setas que me ferem; morro, desfaleço, se vos não acho.

Os cabelos da sua cabeça são como o oiro mais puro e mais precioso, são como palmitos e pretos como o corvo. Se não entendeis, filhas de Jerusalém, nem eu vô-lo saberei explicar; o que vos digo é que os seus cabelos são fortes laços que bastam para prender a todo o Mundo, bastam para abrasar tudo de amor. Ai! amado do meu coração, se as admirações do que sois abrasam a alma, que vos vê por enigmas, que será quando vos vir claramente! Os seus olhos são como pombas sobre correntes de águas, mansos, puros, suaves, benignos, amorosos. Que majestosos, que humildes, que graves, que serenos, que doces, que suaves! Oh dulcíssimo amor, já que tanto fechais os olhos para não serem vistos, ao menos não os fecheis para me não verem! As suas faces são como canteiros de flores aromáticas, sempre belas, sempre cheirosas; passam os dias, os meses e os anos, e os séculos, e as faces do meu amor sempre são flores, nem o sol as murcha, nem o frio as corta, nem a água as corrompe, nem o vento as desfolha; são rosas, são açucenas, são brancas e encarnadas. Oh! quem me dera uma gota da água que as rega, um grão do calor que as vivifica; quem me dera que o jardineiro que as compõe me quisera semear umas flores no meu jardim e tomar à sua conta compô-las e regá-las, que o meu amado gosta muito de flores. Dizei-me, aves do ar, flores do campo, peixes do mar, viventes da Terra, dizei-me se sabeis onde assiste este jardineiro. Mas que digo, se este mesmo é o amado a quem busco e não mereço achar! Ó saudade ardente, ó sede matadora, ó seta penetrante, ó amor escondido! Que fareis, Senhor, que fareis, se o vosso empenho é ser amado, porque a minha ventura está em vos ter amor, como escondeis o mesmo que me havia de enamorar? Os seus lábios são lírios, que destilam mirra excelente, lírios de pureza de onde saem palavras que inflamam no amor da mortificação. Oh! se fora tão ditosa minha alma que recebera alguma parte da mirra que destilam teus lírios! Oh! se foram tão felizes meus olhos que viram a engraçada cor de tais lábios! Onde estais escondido, amado do meu coração? Não saem por esses lábios as palavras com que andais chamando pelas ruas, fortalezas e muros da cidade: "Se algum é pequenino venha para mim?" Logo, como vos escondeis desta pequenina pobre e necessitada que com tanto empenho vos busca? Suas mãos são como de oiro feitas ao torno e cheias de jacintos, todas perfeitas, todas preciosas; mas reparai, filhas de Jerusalém, e por aqui vos será mais fácil conhecê-lo, que, no meio do oiro e jacintos, tem em cada mão um precioso rubi que a passa de uma para a outra. O seu peito e entranhas são de marfim ornadas de safiras, dando a conhecer a cor celeste da safira, a branca do marfim e sua dureza, que os seus afetos são puros, cândidos, castos, virginais, fortes, celestiais e divinos, sinceros, compostos, sólidos e constantes. Ó peito de amor, entranhas de piedade, como assim vos fechais para quem vos ama? Aqui deve de haver mistério! Gostais talvez de me ver aflita para provar se sou amante! Quereis que me custe muito o que muito vale, porque, se o lograr a pouco custo, farei talvez pouco caso do que não tem preço. Mas ai, amado meu, que, se me não dizeis onde passais a sesta ao meio-dia, temo que, andando vagabunda, venha a cair nas mãos dos vossos contrários! A sua aparência é como a do Líbano, a sua composição como a do cedro; em Judéia o monte mais formoso é o Líbano, no Líbano a árvore mais excelente é o cedro: assim é o meu amado entre os filhos dos homens. A sua garganta é suavíssima, porque saem por ela as vozes, as respirações do peito, que é arquivo de amores e suavidades; enfim, todo é formoso, todo perfeito, todo amável. Tal é o meu amado, este é o meu amigo, filhas de Jerusalém, criaturas da Terra; se o achardes, dizei-lhe que morro de amor ...

Marta dizia a oração em voz alta, em modulações cantadas, num arroubamento de *preghiera*. Aqueles dizeres, alinhavados pelo varatojano, são extratos e imitações das escandecências eróticas do poema dramático da *Sulamita* no "Cântico dos Cânticos" — os trechos mais liricamente sensuais da antigüidade hebraica. Eles deram o tom de todas as exaltações nevróticas, desde os êxtases histéricos de Teresa de Jesus até às alucinações da beata Maria Alacoque e da portuguesa madre Maria do Céu, a cantora dos passarinhos de Vilar de Frades. Desta peçonha doce, elanguescente, vibrátil e enervante, cheia de meiguices epidérmicas de um corpo nu em frouxéis de arminhos, é que se fizeram uns Manuais modernos em França por onde as adolescentes principiam a conversar com Jesus e a compreende-lo em linhas corretas, sob plásticas macias, a esperá-lo, a desejá-lo, como lho figuram com todas as pulsações, redondezas e flexibilidades da carne.

Marta, entre o Deus incompreensível e o Cristo-homem, via um ser tangível, o seu único termo de comparação — o José Dias, esposo da sua alma e dominador dos seus nervos reacendidos e abraseados pela saudade. Nas apóstrofes a Jesus, palpitavam-lhe nítidas as curvas do amante que a ouvia de entre as nuvens, numa clareira azul, com a sua lividez marmórea e os anéis dos cabelos louros esparsos como nas cabeças dos querubins. Tinha aquele namoro no Céu quando abria a página do livro com que o confessor lhe dissera que havia de exorcizar as tentações voluptuosas da sua alma e do seu corpo.

XIX

Frei João não se entendia já com a sua confessada. Deviam ser grandemente disparatadas as revelações de Marta para que o varatojano desconfiasse que ela estava obsessa e que as suas visões deviam ser malfeitorias de demônio íncubo. Feliciano discordava da opinião do inexorável exorcista, quando ele o interrogava sobre miudezas de alcova. O marido contava singelamente que sua mulher passava a maior parte do dia a rezar pelo livro no oratório; que tinha dias de comer bem e outros dias de não comer nada; que não dava palavra às criadas, nem se metia no governo da casa; que com ele também falava pouco, e não desatremava. Que dormia bem e sempre na mesma cama com ele. Verdade era que às vezes ele acordava e a via sentada com os olhos postos no teto.

— Pois é isso... atalhava o varatojano.
— É isso quê, sr. Frei João? — perguntava o marido.

O confessor não podia explicar-se. O seu praxista Brognolo, ampliado pelo padre-mestre arrábido Frei José Maria, admoestava-o a ocultar de terceiras pessoas os sinais evidentes da obsessão de uma alma, sem estar devidamente aparelhado para o combate e na presença do inimigo. O aparelho, neste caso, era a estola, a água benta, o latim — uma língua familiar ao Diabo. Além dos preceitos da arte, havia a inviolabilidade do segredo da confissão; e uma caridade decente aconselhava que Feliciano ignorasse as tentativas adúlteras do demônio íncubo, figurado na pessoa espectral do José Dias. Com o vigário de Caldelas foi menos reservado o exorcista. Asseverou-lhe que a brasileira de Prazins estava possessa, muito gravemente energúmena. O Padre Osório abriu um sorriso importuno, destes que vêm de dentro em golfos involuntários como a náusea de um embarcadiço enjoado. O egresso reparou no trejeito herético da bôca do padre, e perguntou-lhe se tinha alguma dúvida a pôr.

— Uma pequena dúvida, sr. Frei João — respondeu intemeratamente o vigário. — Não posso aceitar que o Diabo, sendo filho de Deus, seja o ente perverso que faz sofrer a pobre Marta...
— *O Diabo, filho de Deus!* — interrompeu o varatojano, levando as mãos enclavinhadas à testa. — Padre Osório, o senhor disse uma blasfêmia enorme... Santo nome de Jesus! *O Diabo filho de Deus!* Anátema!
— Anátema à lógica, ao raciocínio, portanto! — contraveio sereno e risonho o outro.

— A lógica? a lógica de Calvino, de Voltaire.
— Não, senhor, a lógica do professor que ma ensinou no seminário bracarense. Criador não é pai?
— É sim, e daí?
— Deus é pai de tôdas as suas criaturas; ora o Diabo é criatura de Deus; logo: Deus é pai do Diabo.
— *Distinguo!* — contrariou o varatojano.

E o vigário, sem atender à interrupção escolástica:

— Se Deus é bom, as suas criaturas não podem ser más; ora, o demônio é mau: logo, o demônio não pode ser criatura de Deus; mas, se o Diabo não é criatura de Deus, pergunto eu o mesmo que um negro da África perguntava ao missionário: Quem é o pai do Diabo?

— *Distinguo!* — insistiu o varatojano apoiado nas velhas fórmulas da dialética esmagadora — Deus criou os anjos; destes houve alguns que se rebelaram contra o seu criador, e foram precipitados do Céu: são os espíritos infernais. Alguns desses anjos não desceram às trevas inferiores, e permanecem para flagelo do gênero humano no ar caliginoso. *Aer caliginosus est quasi carcer doemonibus usque in diem judicii*, diz S. Agostinho. Deus permite que os demônios vexem as criaturas, pelo bem que pode resultar às criaturas desse vexame. É o que se colhe do Evangelho de S. João: *Omnia per ipsum acta sunt*. Portanto, Deus permite o mal? logo: este mal é bom, porque Deus é o Sumo Bem. Verdade é que os males não são bens ...

— Ia eu dizer... — atalhou o Padre Osório; ao que o missionário acudiu prestes e vitoriosamente:

— Mas Deus tira os bens desses mesmos males, como diz S. Tomás: *Bonum invenire potest sine malo, sed malum non potest invenire sine borro*. Logo: Deus permite o mal como causa do bem; id est, permite o demônio como exercitação saudável do gênero humano. *Melius judicavit Deus de malis bora facere, quam mala nulla esse permittere*, diz S. Agostinho; e S. Tomás ainda é mais claro e persuasivo: "A divina sabedoria permite que os demônios façam mal pelo bem que daí resulta". *Divina sapientia permittit aliqua mala tieri per malos Angelos propter borra que ex eis elicit.* São doze as causas por que Deus permite que os demônios atormentem as criaturas humanas. Primeira: para que o homem obstinado na culpa seja neste mundo e no outro atormentado; segunda...

— Estou convencido, sr. Frei João — atalhou o vigário — vossa reverência já esclareceu a minha dúvida. É o caso que Deus permite demônios flagelantes para depurar com eles os pecadores, uns e outros criaturas da sua divina justiça.

— É isso mesmo.

— O espírito do mau homem, do pecador que é em si um demônio interno, depura-se pela ação de outro demônio externo, ambos criaturas do seu divino amor... Percebi. Estou convencido... Deus é como um pai que azorraga o seu filho querido a ver se ele recebe as mortificações como carícias. Rico pai! — E acrescentou com amargura: — Ah! meu Frei João, receio muito que as superstições venham a desabar o catolicismo que deve a sua existência à vitória que alcançou sobre as mentiras da idolatria com as armas da verdade. *Ego sum veritas*.

Frei João ia fulminar segunda vez a argumentação do Padre Osório, quando os outros missionários chegavam, para assistirem ao jantar de despedida em casa da brasileira.

Fechara-se a missão; os padres iam dali para Barcelos; mas Frei João, empenhado em desendemoninhar a pobre Marta, hospedou-se na quinta da Revolta, em cuja capela celebrava missa e confessava as suas filhas espirituais insaciáveis do pão dos anjos, que digeriam numa vadiagem dorminhoca, amesendadas nos adros das igrejas e nos soalheiros, catando as próprias pulgas e as vidas alheias.

Frei João andava apercebido com todos os utensílios infestos ao Diabo. Resolvido a dar-lhe batalha, armou a energúmena das mais provadas armas nos seus triunfos sobre o Inferno. Lançou-lhe ao pescoço um santo lenho, um breve da Marca, a verônica de S. Bento, o Símbolo de Santo Atanásio, cruzinhas de Jerusalém, verônica com a cabeça de Santo Anastácio, relíquias de vários santos, umas esquirolas de ossos grudadas em farrapinhos, orações manuscritas da lavra do varatojano, metidas em saquinhos surrados da transpiração de outras obsessas.

Marta devia jejuar, como preparatório. Parece que o demônio se compraz de habitar estômagos confortados na quentura do bolo alimentício. O exorcista jejuava também conforme o preceito dos praxistas, e aconhelhava ao Feliciano que jejuasse, em harmonia com o texto de Jesus que dissera pela boca de S. Mateus que "tais diabos, sem jejum nem oração, não saíam do corpo": *Hoc genus demoniorum in nullo potest exire nisi oratione et jejuino*. O Feliciano dizia que sim, que jejuava; mas, às escondidas do frade, comia bifes de presunto com ovos; começava a revelar idéias egoístas, um cuidado da sua alimentação e do seu repouso, certo desprezo cínico pela parte que o Diabo tomara na sua família.

Frei João de Borba da Montanha expendeu ao vigário de Caldelas os fortes sintomas que Marta apresentava de estar possessa. Eram muitos, e bastava-lhe citar os seguintes:

Ouvir a voz de José Dias que a chamava, no sonho e na vigília. E mostrava o texto: *quando patiens audit quasdam voces se vocantes*. Porque aborrecia a carne e o pão, e tinha grande fastio. O Osório lembrava-lhe que seriam enojos peculiares da gravidez; mas o varatojano confundia-o com o latim. *Quando quis non potuit gustare panem aut carnem*. Ela digeria com muita dificuldade os alimentos. Era obra do Diabo, porque o livro dizia — bem vê — mostrava Frei João ao Padre Osório: *Quando quis sanus cibum digerere non potest in stomacho*. Chorava e não dizia por que chorava. Diabrura com toda a certeza: — *Quando lacrymas plorat et nescit quid ploret*. Havia um artigo que acentuava as mais fortes presunções da obsessão íncuba de Marta. Parece que ela no confessionário se acusava de repugnâncias, de concessões violentadas, de resistências às caricias do esposo: e talvez revelasse que a imagem de José Dias intervinha nessas lutas da alcova. É o que se depreende do *Sinal* décimo terceiro que Frei João mostrava com o dedo no seu *Brognolo*, e vai em latim, como lá está, para que poucas pessoas possam alegar inteligência: — *Quando vir uxori et uxor viro apropinquare non potest, quia videt aliud corpus intermedium, aut sibi videtur esse*. — Aqui é onde bate o ponto! — dizia Frei João martelando com o dedo indicador na página indecente.

— Mas não será essa visão o intróito de uma alienação mental? — perguntava o de Caldelas. — Não vê, Padre João, que esta rapariga está abatida por uma grande amargura que prende com atos da sua vida passada? Não a vê tão caída, tão melancólica...

— Os melancólicos são os mais vexados pelo demônio — replicou o egresso. — Veja Galeno e Avicena, que aqui vêm citados. — E folheou o Brognolo, até encontrar o texto triunfal.

— Aqui tem; leia, verá que a demência pode ser obra do demônio.

O Padre Osório leu com uma grande ignorância curiosa: *Os demônios acometem mais os melancólicos. Primeiro, porque o humor melancólico com dificuldade se tira e é de sua natureza inobediente e rebelde. Segundo, porque o humor melancólico é mais apto para gerar diversas enfermidades incuráveis, porque, se é muito enxuto, ofende as membranas do cérebro e faz ao homem doido; se ofende os ventrículos causa apoplexia, e gera raivas, frenesis e ódios; e estes efeitos de melancolia muitas vezes os costumam causar o demônio etc.*

— O Padre Osório está-se a rir?! — invectivou Frei João abespinhado. — Sabe o senhor que mais? Eu já tinha ouvido dizer ao Abade de Santiago de Antas que o sr. padre vigário de Caldelas não era muito seguro em matéria de fé; que tinha um bocado de fedor herético nas suas prédicas, e que dava mais importância à quina do que aos santos milagrosos na cura das maleitas.

— Se isso fede a heresia, então, sr. Frei João, estou de todo podre — obtemperou Osório, e continuou deixando impar de espantada indignação o missionário. — A respeito da enfermidade de Marta, sou a dizer-lhe que em vez de exorcismos quereria eu que lhe ministrassem banhos de chuva, calmantes, distrações; e, baldados estes recursos, que a internassem num hospital de alienadas, porque esta mulher é filha de uma doida, é neta de outros doidos, e pouco há de viver quem a não vir de todo mentecapta. Além de herege sou profeta, meu caro senhor Frei João. A sua energúmena tem infelizmente o demônio que raras vezes a ciência vence: o demônio da demência hereditária que a não se curar com a água em chuveiro, também se não cura com a água benta. Seria bom que vossa reverência, antes de pôr à prova os exorcismos, ouvisse a opinião dos médicos.

— Eu sei o que dizem os médicos — e sorria com menosprezo da pobre medicina. — Eu, aqui onde me vê, com os exorcismos, com este remédio que não inventei, mas que a Igreja de Nosso Senhor Jesus Cristo me deixou, e que ele mesmo, o divino Mestre usou, como o senhor Padre Osório deve ter lido nos seus Evangelhos... ou nega a autoridade dos Evangelhos? Nega que Jesus Cristo expulsava demônios?

— Não senhor, eu sei a história da legião que se meteu nos porcos...

— E outras; os livros sagrados estão cheios desses *fatos* a que o Padre Osório chama *histórias*; não são histórias, são fatos.

— Ah! sr. Frei João! Jesus Cristo, a sua vida e os seus milagres não são história.? não pertencem à história? Mau é isso então!

A polêmica prolongou-se um tanto azeda; Osório escandalizava os pios ouvidos do egresso que, pondo as mãos no peito e os olhos no Céu, exclamava com S. Paulo que era necessário que houvesse escândalos. Interrompera-os o brasileiro dizendo que sua sobrinha estava com um ataque e que lhe dera no jardim. Frei João entrou na alcova para onde a tinham levado em braços, e o Padre Osório ficou ouvindo a revelação da governanta, que lhe dizia:

— A desgraçadinha está de todo varrida! Eu estava no tanque a passar uns lenços por água quando ela entrou no pomar sem fazer caso de mim, como se ali não estivesse viva alma. E vai depois pôs-se a cortar rosas e a dizer que eram para o seu amado José Alves, para o seu esposo José Alves. V. Sa não me dirá quem diacho, Deus me perdoe, é este José Alves?

— E depois?

— Depois, sentou-se debaixo da ramada, esteve a chorar com o ramo das rosas muito chegado à cara e daí a pouco caiu para o lado a dar aos braços e a espernear. Eu então chamei a cozinheira e levamo-la para o quarto com os sentidos perdidos! O José Alves, quanto a mim, acho que foi derriço que ela teve em solteira. Já ouvi dizer que a casaram com o arenque do tio contra vontade ... É o que tem estes casamentos ...

O Padre Osório não elucidou a governanta. Assim que o Feliciano lhe disse que se iam ler os exorcismos, retirou-se, pretextando deveres paroquiais, e observou-lhe:

— Não deixe mortificar muito sua sobrinha com os exorcismos, Sr. Prazins. O demônio que ela tem é a doença. Faça o que lhe disse o padre-mestre Roque que é um velho ilustrado e virtuoso. Vá dar um giro com ela. Leve-a à capital; demore-se por lá; e, quando a vir distraída, contente e com bom apetite, volte para sua casa.

O brasileiro disse que bem sabia que os exorcismos eram cherinolas; mas que o frade se lhe metera em casa, e dizia que não se ia embora sem curar ela. Acrescentou que não podia agora sair do Minho porque estava à espera que os filhos do Cerveira de Quadros perdessem na batota do Porto a sua parte de alguns contos de réis, que acharam por morte do pai; — que lhe convinha muito comprar a quinta da Ermida que partia com a dele, e havia outro brasileiro que a trazia de olho. Que a respeito da sobrinha tencionava levá-la a banhos do mar, e havia de comprar o Manual do Raspail, a ver o que ele dizia da moléstia, porque em Pernambuco toda a casta de doença se curava pelo Raspail, e que levasse o Diabo o frade e mais a caiporice dos exorcismos.

— Que sim, que comprasse o Manual do Raspail — concordou o Padre Osório, e saiu muito cansado — dizia ele à irmã — de lidar com as duas cavalgaduras.

XX

Marta estava no quarto, onde tinha o seu oratório de pau-preto com frisos dourados, e dentro uma antiga escultura em marfim de um Cristo dignamente representado na sua agonia humana. De cada lado da cruz ardia uma vela de cera benzida. Frei João entrara de sobrepeliz e estola: seguiam-no o Feliciano com uma vela de arrátel acesa, e o Simão com a caldeirinha da água benta. Marta, com um pavor na vista, tremia, de pé, encostada à cômoda. O exorcista sentou-se, e chamou a energúmena com um gesto imperativo de cabeça. Ela aproximou-se hesitante e ajoelhou. Frei João compôs o semblante e deu à voz uma toada lúgubre em conformidade com a rubrica de Brognolo com *grave aspecto e voz horrível*, diz o demonômano. Começou por exercitar o *Preceito provativo*, a ver se havia efetivamente demônio. E então bradou, fazendo estremecer Marta: *In nomine Jesu Christi. Ego Joannes este minister Christi...* Vinha a dizer, em vulgar, ao demônio ou aos espíritos imundos, *vel vobis spirits immundis*, que, se estavam no corpo daquela criatura, dessem logo um sinal evidente, ou vexando-a, ou movendo-lhe os humores, segundo o seu costume, pelo modo que por Deus lhe fosse permitido: *eo modo quod a Deo fuerit permissum*. Marta estava retransida de um sagrado horror, posto que não percebesse do latim do padre senão demônio e espíritos imundos. Nunca lhe tinham dito que ela estava endemoninhada, e à sua mentalidade faltava-lhe neste alance a força convincente e a energia da palavra para combater o engano do seu confessor. Não tinha vigor de caráter nem rudimentos de inteligência para reagir. Educada em melhores condições, sucumbiria com a mesma vontade inerte sob a violência do confessor. Há condescendentes humildades mais vergonhosas sem o diagnóstico da demência que as desculpe. Ela estava de joelhos; mas, não podendo suster-se, sentou-se num arfar de suspiros, ansiada, até que as lágrimas lhe explodiram numa torrente.

Frei João fez um trejeito de satisfação, um agouro de vitória, e pôs-lhe o *Preceito lenitivo*: "Que a vexação cessasse imediatamente — impunha ele aos demônios malditos — e toda a aflição causada por eles" *et omnia af flictio a vobis causata*. E atacou logo os demônios com o Preceito instrutivo: "que imediatamente a prostrassem na presença dele, se ela estava possessa": et statim coram me illam prosternatis. Marta, com efeito, estava prostrada, com a face no pavimento, estirando os braços no paroxismo epiléptico, e o colo e o tronco hirtos numa inflexibilidade tetânica.

— Não há que duvidar — disse o exorcista ao marido e ao pai da obsessa. — Levem-na daqui e depois continuaremos.

Marta, passado o letargo, disse ao tio que mal se lembrava do que passara no oratório com o sr. Frei João; mas que lhe tinha medo, que não queria mais confessar-se com ele.

— Cada vez mais provado que está obsessa. Já não é ela quem fala; é o demônio que me teme! — exclamou o exorcista com uma santa bazófia, refutando as vacilações um pouco céticas do brasileiro; ao passo que o Simeão asseverava que a filha tinha o demônio; porque a sua defunta mulher também o tinha, e se deitara ao rio porque nunca quisera que lhe fizessem as rezas.

Ao outro dia, vencidas as repugnâncias de Marta, continuou o exorcista, carranqueando cada vez mais e pondo vibrações horrorosas na laringe. Deu-lhe a ela o seu Brognolo para que lesse em voz alta os *Preceitos que a criatura vexada pode pôr ao demônio*. Marta, de joelhos, diante do oratório leu: *Demônio maldito, eu como racional criatura de Deus, redimida com o seu precioso sangue, depois que para me salvar se humanou, cheia de fé, te mando em virtude do santíssimo nome de Jesus, que logo me obedeças e me atormentes levemente, ou fazendo tremer o meu corpo ou lançando-o em terra, deixando-me em meu juízo.*

O corpo de Marta visivelmente tremia; ela deu o livro ao exorcista com um arremesso impaciente, e murmurou soluçante: — Deixem-me, deixem-me pelas chagas de Cristo!

Frei João sorriu-se, e resmoneou à orelha do Feliciano: — o maldito serve-se do nome de Cristo para me afastar! Eu vou escangalhar-te, Satanás!

E lançou mão do gládio das *objurgações*. As objurgações são perguntas feitas ao Diabo, à má cara, e latinamente. *Diz, maldito demônio, serpente insidiosa, conheces que existe Deus? Conheces que foste criado anjo alumiado de muitas prendas, e que pela tua soberba te perdeste? Sabes que, repulso do paraíso, perdeste para sempre a graça de Deus?* Pergunta-lhe afinal, depois de muitas injúrias, se reconhece nele um ministro de Deus, e como ousará a não manifestar-se? *Quomodo igitur poteris contra estimulum calcitrare?*

O demônio não respondeu ainda; mas o frade ia apertá-lo, mandando que se ajoelhassem todos. Ele então, numa postura seráfica, braços cruzados no peito e olhos no Cristo, declamou:

Veni, sancte spiritus: reple tuorum corda fidelium, et tui amores in eis ignem accende. Pedia ao Espírito Santo que descesse a encher os corações dos seus fiéis, e abrasá-los no fogo do seu amor. Depois: *Dominus vobiscum.*

— *É de co espirituo* — respondeu o Simeão, que sabia ajudar à missa.

Seguiram-se vários *Oremus* e deprecações, e a *Ladainha de Nossa Senhora*; mais outros *Oremus*, e a *detestação* da energúmena, uma estirada que principiava: *E tu, demônio maldito, com que autoridade intentas possuir jamais meu corpo ou molestar-me por modo algum?* Marta rejeitou o livro, e disse que não podia ler nem estar de joelhos; que tinha vágados e que se queria ir deitar. Mas o exorcista, severo e formidável no seu ministério — que não, que não se ia deitar, que não lhe fugia, que se pusesse de joelhos a seus pés! Ele então, segundo a rubrica do livro diretor, sentou-se, cobriu-se, *voz grave e horrível, virado contra o demônio, como juiz para tal réu já convencido, aspergiu a possessa de água benta,* ululando: *Asperge me, Domine...* e recomendou aos circunstantes que apagassem duas velas, e não dessem palavra. Profundo silêncio. Ouvia-se apenas o zumbido das moscas que se esvoaçavam do teto atraídas pelo calor da luz única, e pousavam na fronte chagada do Cristo. O recinto era espaçoso e quase em trevas. A vela, encoberta pelas curvas laterais do oratório, não alumiava senão o curto espaço da projeção em que Marta, retraída num terror, tinha os dedos das mãos postas, chegadas aos lábios, como se quisesse abafar os suspiros.

Passados minutos, o exorcista começou a conjurar e ligar o demônio em nome do Padre e do Filho e do Espírito Santo, tratando-o de *imundo*, afrontando-o bravamente com epítetos que deviam ofender o mais desbragado patife. Marta fez um movimento de aflitivo desabrimento; parecia querer fugir; mas o padre prendeu-a com a estola, em harmonia com o Brognolo: *Se não estiver quieta, pode-a prender com uma estola.* Feitas novas e mais terríveis conjurações, o exorcista levantou-se com pavorosa solenidade, e exclamou: *Exurge, Christe! adjuva nos!* Levanta-te, Cristo, e auxilia-nos!

O egresso continuava as evocações ao Cristo, quando Marta caiu sem acordo.

— Vitória! — exclamou o exorcista — vitória!

E, mostrando ao brasileiro uma página do livro: oiça lá, Sr. Feliciano: *O Sinal mais certo de que o demônio obedeceu e se retirou de todo é o que a sagrada Escritura nos expõe no capítulo IX de S. Marcos: — Deixar a criatura por terra algum tempo como morta. Isto se viu no endemoninhado surdo e mudo que Cristo nosso bem curou, e do qual diz o texto: Et factus est sicut mortuus.* Depois, com júbilo, limpando o suor:

— Podem levá-la, deitem-na, ponham-lhe as relíquias todas debaixo do travesseiro.

Os dois não podiam facilmente levantá-la; na rigidez, como empernida do corpo, parecia colada ao pavimento. O brasileiro pedia ao exorcista que a amparasse por um dos braços; mas o frade, artista austero, respondeu que lhe era defeso pôr as mãos nas possessas. E, de feito, Carlos Baucio, na *Arte do exorcista*, legisla: que os exorcistas não ponham as mãos fisicamente sobre a criatura, principalmente sendo mulher (*propter periculum*), pois que as mulheres nem com o sinal-da-cruz se devem tocar — *Mulieres nec signo crucis sunt tangendoe.*

Marta passara a noite muito agitada, febril, com delírio; dava risadinhas muito argentinas, falava no José Alves; sacudia a roupa com frenesi, e, quando emergia do torpor, sentava-se no leito a olhar para o tio, com uma fixidez repelente. Feliciano não se deitara, e de madrugada disse ao irmão que fosse chamar o médico, que a Marta estava com um febrão; e que levasse o Diabo o frade para as profundas do Inferno e mais os exorcismos.

Já quando era dia, o brasileiro foi descansar um pouco na cama de D. Teresa, porque receava que se lhe pegasse a febre da mulher. As nove horas, a governanta foi acordá-lo, muito alvoroçada, para lhe dizer que a Sra D. Marta tinha saído sozinha ao nascer do sol e que uma mulher a encontrara já perto da casa do vigário de Caldelas, a correr, que parecia uma doidinha. Fr. João recebeu também a nova da fuga, quando acabava de dizer missa em ação de graças pelo triunfo obtido sobre o demônio. O médico chegava ao mesmo tempo, e informado das cenas dos exorcismos, disse ao varatojano injúrias que o frade não tinha dito ao Diabo; chamou ao brasileiro e ao irmão corja de estúpidos, e partiu para Caldelas com o Feliciano. O frade, insultado pelo médico, e pelos modos bruscos e desabridos do brasileiro, citou umas palavras de Jesus que manda sacudir o pó das sandálias no limiar da casa dos ímpios, e foi-se embora. Seguiram-no algumas beatas num alto choro por longo espaço; e, quando ele desapareceu no cotovelo da estrada, houve delas que arrancavam cabelos, cheios de lêndeas; outras davam-se bofetadas, e as mais histéricas guinchavam uivos estridentes.

O Melro, o taverneiro, o compadre do Feliciano, quando elas lhe passaram à porta a chorar, atrás do missionário, saiu fora, e disse-lhes com um nacionalismo brutal:

— Ah grandes coiras!

Conclusão

Marta regressou com D. Teresa, alguns dias depois. O brasileiro, conveio no tratamento hidropático da esposa; e a compadecida irmã do vigário ofereceu-se como enfermeira da pobre senhora que se abraçava nela com medo imbecil, a pedir-lhe que a não deixasse, que a defendesse do missionário.

D Teresa assistiu ao nascimento da primeira filha de Marta. Imaginava a irmã do vigário que no espírito da mãe se havia de operar uma benigna mudança; que o amor à filha seria diversão à saudade de José Alves; mas a medicina não esperava alteração sensível, porque era matéria corrente nos tratados alienistas que um cérebro lesado não se restaura sob a impressão do amor maternal que só atua nas organizações normais. Porém, D. Teresa não podia crer que Marta estivesse confirmadamente louca, posto que nas suas conversações em que, raras vezes, se interessava, disparatasse afirmando que via a alma de José Alves, como quem conta um caso trivial.

Quando lhe mostraram a filha recém-nascida, contemplou-a alguns segundos; mas nem balbuciou uma palavra carinhosa, nem fez gesto algum de contentamento. A amiga dizia-lhe coisas muito meigas da filhinha, a ver se lhe espertava o coração. Punha-lha nos braços, dava-lha a beijar. Marta cedia com tristeza e constrangimento, beijando a filha como se fora uma criança alheia. A ama ia dizer às criadas que a brasileira era uma cafra, que não podia ver o anjinho do Céu.

Os paroxismos eram menos freqüentes; mas, três dias antes do ataque, a torvação de Marta manifestava-se com extravagâncias, delírios. Fechava-se no quarto com muitos vasos de flores, que enfileirava no sobrado, como se ajardinasse um passeio. Uma vez disse a D. Teresa, à madrinha de sua filha, que arranjara aquele caminho de rosas, porque o seu José Alves lhe dissera em Prazins que havia de fazer-lhe um jardim em Vilalva quando casassem, e ela fizera aquele jardim para passearem juntos quando ele viesse à noite. D. Teresa encarou-a com uma grande piedade, porque se convenceu então que estava perdida.

O Feliciano, quando ela se fechava no quarto, já sabia que estava a preparar-se o ataque; ia dormir noutra cama; necessitava do seu repouso, dizia ele; tinha de erguer-se cedo para ver o que faziam os jornaleiros, e não podia perder as noites. Como o arrependimento de se casar já o mortificava, evadia-se às irremediáveis apoquentações, olhando egoisticamente para o seu bem-estar, e lembrando-se às vezes que, tendo uma mulher assim doente, não lhe seria muito desagradável ficar viúvo. Não obstante, como, passado o ataque epiléptico, a esposa recaía numa serena indolência, numa impassibilidade mansa e tranquila, o tio ia dormir com ela, tendo sempre em vista as condições do seu bem-estar, as necessidades imperiosas da sua fisiologia. Assim se explica a fecundidade de Marta, que deu em sete anos cinco filhos a seu marido. O médico já tinha explicado satisfatoriamente ao Padre Osório que a demência de Marta era funcional, e as qualidades reprodutoras não tinham que ver com as anormalidades cerebrais. A Providência não teve a bondade de fazer estéreis as dementes.

Entretanto, nos três dias precedentes às crises epilépticas, parece que o marido lhe era repulsivo. Dava-se então a revivência de *José Alves*, o seu amado saía do sepulcro, e transportava-a nas suas asas de anjo ao paraíso de Prazins. D. Teresa, colando o ouvido à fechadura da porta, ouvia-a conversar como em diálogo, ficar silenciosa, depois de uma interrogação, por largo espaço de tempo; vinha de mansinho à porta espreitar que a não escutassem. Dizia palavras confusas, abafadas, cariciosamente proferidas, como se tivesse os lábios postos em contato de um rosto amado. O nome de José realçava com uma nitidez jubilosa, com um timbre de meiguice infantil; e às vezes, um grito em esforçado desespero como se ele se lhe desatasse dos braços para lhe fugir. Um espiritista da escola de Kardec tiraria desta loucura um argumento a favor das *Manifestações visíveis*, em que o fluído, o *perispírito* se apresenta semimaterial, com as formas vagas do corpo, quase tangível ao *medium*.

O Feliciano ignorava estas cenas extranaturais. Ele, ao sexto ano de casado, encouraçara-se num impenetrável egoísmo de avarento, cortando fundamente por todas as despesas que em vista da sua grande fortuna se reputavam sovinarias. A medicina já o considerava lunático, mais ou menos infeccionado da alienação da mulher. E a loucura que é se não a exageração do caráter? Porque o viam às vezes atravessar os seus pinhais, com o monóculo, gesticulando, e falando sozinho, chamavam-lhe doido. Errada hipótese do vulgo ignorante. Ele fazia operações aritméticas em voz alta como os velhos poetas inspirados faziam madrigais numa declamação rítmica ao ar livre e ao luar. O certo é que ninguém o apanhava em intervalo escuro para o defraudar num vintém. Comprou, umas após outras, todas as quintas que foram do Vasco Cerveira Lôbo, de Quadros; umas à viúva, e outras aos filhos. A D. Honorata Guião, casada em segundas núpcias com o desembargador do Ultramar Adolfo da Silveira, veio à Metrópole assim que viuvou para se habilitar herdeira de metade do casal não vinculado do Tenente-Coronel. Os filhos Egas e Heitor, sabendo que sua mãe estava nos Pombais, com o marido e filhos, tentaram escorraçá-la com ameaças e insultos, atirando-lhe tiros à janela. O magistrado fugiu com a sua família e acompanhou com força armada os atos judiciais. Afinal, Honorata, vendeu a sua parte, ao desbarato, ao brasileiro Prazins; e o morgado, vendido o seu patrimônio desvinculado, e mais o irmão, vergonhosamente casados, esfarrapam hoje o resto da torpe existência na tavolagem das tavernas. As filhas salvaram-se do naufrágio agarradas às pranchas dos seus dotes. Arranjaram fàcilmente maridos que desempenharam os seus casais e as sovavam de pontapés injustos e extemporâneos, quando se lembravam dos engenheiros do Conde de Clarange Lucote.

A brasileira de Prazins tem hoje cinqüenta e três anos. Os seus vizinhos que contam trinta anos, nunca a viram, porque ela, desde que, em 1848, morreu D. Teresa, nunca mais saiu do seu quarto. Já ninguém a vai escutar; mas repete as mesmas palavras do seu amor de há quarenta anos, pede que lhe levem flores, tem as mesmas alucinações, e — o que mais é — ainda tem lágrimas, quando, nos intervalos dos delírios, entra na angustiosa convicção de que José Dias é morto. O Padre Osório ainda a procura nesses períodos de razão bruxuleante e fala-lhe da irmã por sentir a inefável amargura doce de se ver acompanhado nas lágrimas. Mas o padre diz que nunca pudera ver nitidamente a linha divisória entre a razão e a insânia de Marta. Depois do delírio, sobrevém a monomania hipocondríaca. A alma continua a dormir sem sonhar, sem as alucinações. Nessa segunda crise de torpor, ele e só ele é admitido ao seu quarto, depois de esperar que desça da cama ou se embrulhe num xaile para encobrir a sordidez do corpete dos vestidos. Este xale é uma cintila resistente de instinto feminil que raras vezes se apaga no comum das dementes, exceto no maior número das histéricas com erotismo.

Marta tem duas filhas casadas e já mães. Às temporadas, vestem serenamente os seus trajes domingueiros e vão para casa dos pais, onde continuam na sáfara dos campos a sua lida de solteiras. O pai educara-as na lavoura, de pé descalço, e sachola nas unhas. Trabalham nas lavras com uma grande alegria e garganteiam cantigas muito frescas. E os maridos, cheios de bom senso, já as não procuram. Quando regressam, recebem-nas sem as interrogarem; porque, se as afligem, dão-lhes vágados e choram. Nos outros filhos intanguidos, escrofulosos, tristes e sem infância predomina a diátese da imbecilidade e a falta de senso moral que é uma espécie patológica menos estudada dos alienistas. Entre estes filhos há um que estudou para clérigo. Passava por ser o mais escorreito. O pai achava-lhe talento. Estudou seis anos latim, em Braga, debaixo das mais rigorosas violências à sua incapacidade; e quando Feliciano, pródigo de dinheiro para este filho, e desenganado pelo professor, o mandou buscar com três reprovações, ele trazia numa caixa de lata cinco mil e tantas hóstias com que se prevenira para as suas consagrações de sacerdote. E o pai foi tão feliz que pôde vender as hóstias com o pequeno prejuízo de dez por cento.

— Aí tem o brasileiro de Prazins, se nunca o viu — dizia-me há três meses o Padre Osório mostrando-me no mercado de Famalicão um velho escanifrado, muito escanhoado, direito, com o monóculo fixo, vestido de cotim, com um guarda-pó sujo, esfarpelado na abotoadura, e uma chibata de marmeleiro com que sacudia a poeira das calças arregaçadas.

— Tem 84 anos — continuou o vigário de Caldelas — veio a pé de sua casa, que dista daqui légua e meia, janta um vintém de arroz, bebe outro vintém de vinho, tem quinhentos contos, e volta para sua casa a pé, através ou pouco menos das suas catorze quintas. Com a frugalidade, com o exercício e com o seu egoísmo sórdido viverá ainda muito tempo, porque o velho Alexandre Dumas disse que os egoístas e os papagaios viviam cento e cinqüenta anos.

P. S.

Com os subsídios ministrados pelo cura de Caldelas compus esta narrativa, espraiando-me por acessórios do duvidoso bom senso, cuja responsabilidade declino dos ombros daquele discreto sacerdote. Tudo que neste livro tem bafio de velhas chalaças, ironias e sátiras é meu; e, se alguém por isso me argüir de pouco respeitador do vício e da tolice, retiro tudo.

Se o meu condescendente informador me permite, ouso dizer-lhe — para nos esquivarmos ambos às insídias da crítica portuguesa — que a demência de Marta não é extremamente original nem o meu romance uma singularidade incontroversa. O que, sem disputa, é original é duvidar eu de que o sou.

Num conto de Charles Nodier, autor remoto que se perde no crepúsculo da literatura arqueológica, há uma Lídia que endoideceu quando o marido, um barqueiro de limpo nascimento e generosa índole, pereceu num incêndio salvando três crianças e sua mãe.

Lídia enlouquece e cuida que seu esposo está no Céu de dia e a visita de noite. Ela, desde o repontar da aurora, sai ao jardim, e colhe flores para o brindar quando ele desce do azul com asas de penas de ouro. Ao cabo de seis anos deste sonhar delicioso a ditosa doida, quando andava a recolher as flores diletas para o *bouquet* das núpcias com o anjo de cada noite, sentou-se em dulcíssima sonolência e expirou.

As analogias de Lídia e Marta frisam pela visão dominante na demência de ambas — uma espécie de ressurreição do amado. No que elas diversificam essencialmente é que uma sonhou seis anos e a outra vai no trigésimo sétimo da sua demência; Lídia sonhou absorvida na sua ideal aliança com um celícola, um bem-aventurado com asas de ouro; Marta quando imerge alucinada no seu letargo, é a paixão leal ao amado sempre vivo na Terra e no seu coração. Lídia passa as noites em amplexos do marido celestial; Marta, sem consciência da sua vida orgânica, tem cinco filhos, como se arrancasse de si a porção ignóbil de seu ser e a rejeitasse ao sevo sensual do marido ressalvando a alma dessa inconsciente materialidade. Quer-me, portanto, parecer que não há nódoa de plagiato no meu livrinho — uma coisa original como o pecado.

O leitor pergunta:

— Qual é o intuito científico, disciplinar, moderno, deste romance? Que prova o conclui? Que há aí proveitoso como elemento que reorganize o indivíduo ou a espécie?

Respondo: Nada, pela palavra, nada. O meu romance não pretende reorganizar coisa nenhuma. E o autor desta obra estéril assevera, em nome do patriarca Voltaire, que deixaremos este mundo tolo e mau, tal qual era quando cá entramos.

São Miguel de Seide, dezembro de 1882.

PERFIL BIOGRÁFICO

Camilo Castelo Branco

Desenho de Roque Gameiro
(Biblioteca Nacional,
Rio de Janeiro)

Modelo da língua literária de sua época, Camilo Castelo Branco é fundamental na história da prosa de ficção do português, principalmente como romancista.

Camilo Ferreira Botelho Castelo Branco nasceu em Lisboa, em 16 de março de 1825. Cedo perdeu os pais, e teve muitas dificuldades na infância e adolescência. Casou-se aos 16 anos, deixou a mulher, tentou fazer medicina no Porto (1844) e direito em Coimbra (1845), viveu com outras mulheres. Para prover o sustento fez jornalismo no Porto e, tomado durante meses pelo fervor da religião, em 1850 entrou para um seminário, que logo trocou pela boêmia portuense e pela leitura de escritores franceses.

A louca paixão por Ana Plácido, casada com um comerciante, levou à prisão dos dois por adultério (1861), na cadeia da Relação. A união, porém, consolidou-se: o casal jamais se separaria, indo viver em Lisboa, mais tarde em São Miguel de Seide, sempre com muitos problemas financeiros. Camilo Castelo Branco fez tudo para viver da literatura. A concessão em 1885 do título de visconde de Correia Botelho não lhe melhorou as condições de vida, agravadas pela doença e pela ameaça de cegueira, além da melancolia crescente e autodestrutiva.

Camilo Castelo Branco representou em seu país diversas tendências da literatura européia do século XIX, mas tanto por convicções estéticas como por temperamento foi sobretudo um autor romântico. Versátil, de produção copiosa e que contemplou o romance, o teatro e a crítica literária, realizou-se como romancista de feição gótica, às vezes irrefreavelmente sentimental.

Reconstituiu em suas obras o panorama dos costumes e dos caracteres do Portugal de seu tempo, quase sempre com uma profunda sintonia com as maneiras de ser e sentir do povo português. Daí a celebridade quase exclusivamente nacional, que deve à pureza da cepa de sua linguagem, capaz de abarcar todas as situações de seu universo cultural.

Obras

Na primeira fase, Camilo Castelo Branco deu a suas novelas caráter folhetinesco, entre o patético e o macabro. Marcadas pela leitura de Eugène Sue são *Anátema* (1851), *Mistérios de Lisboa* (1854), *Duas Épocas na Vida* (1854), *O Livro Negro do Padre Dinis* (1855). Outra etapa, de influência balzaquiana, valoriza a realidade social em *Vingança* (1858), *Carlota Ângela* (1858), *A Morta* (1860).

Seus livros mais conhecidos refletem a experiência do cárcere, tratando em estilo conciso, mas brilhante, do amor reprimido e exacerbado: *O Romance de um Homem Rico* (1861), o famoso *Amor de Perdição* (1862), o *Amor de Salvação* (1864), *O Olho de Vidro* (1866), *A Doida do Candal* (1867), *O Retrato de Ricardina* (1868), *A Mulher Fatal* (1870). De outra linha, *Doze Casamentos Felizes* (1861), *Estrelas Funestas* (1861), *Estrelas Propícias* (1863) veiculam intento moralizador.

Em *Coração, Cabeça e Estômago* (1862), *A Queda dum Anjo* e outros, prevalecem toques de humorismo discreto. Camilo também fez romances históricos, como *O Judeu* (1866), e satirizou o realismo com *Eusébio Macário* (1879) e *A Corja* (1880), tornando-se ele próprio um realista convincente em *Novelas do Minho* (1875-1877) e *A Brasileira de Prazins* (1882).

Menos significativo como poeta, dramaturgo ou historiador

literário, em seus últimos romances atingiu mestria extraordinária como observador e retratista dos tipos humanos e da sociedade de sua terra. Depois de saber que ficaria definitivamente cego, Camilo suicidou-se em São Miguel de Seide, Vila Nova de Famalicão, em 1º de junho de 1890.

Biografia em datas

1825 Nasce Camilo Castelo Branco, em Lisboa, em 16 de março.

1835 Órfão de pai e mãe, vai morar com a tia paterna em Trás-os Montes. Inicia os primeiros estudos.

1839 Passa a viver com a irmã Carolina, recém-casada, em Vilarinho de Samardã.

1841 Casa-se com Joaquina Pereira, abandonando-a com a filha tempos depois.

1843 Muda-se para o Porto e matricula-se no primeiro ano de medicina.

1844 Reprovado na cadeira de anatomia, volta a Vilarinho de Samardã, abandonando a medicina.

1845 Passa a viver em Coimbra e prepara-se para ingressar na Faculdade de Direito. Publica *Os Pundonores Desagravados*, poesia.

1846 Deixa Coimbra, abandonando os estudos regulares.

1847 Publica *Agostinho de Ceuta*, teatro.

1848 Muda-se para o Porto, mergulhando na atmosfera excitante dos jovens literatos, boêmios e dândis de sua geração, avessos a toda ordem burguesa. Dedica-se ao jornalismo, satirizando os homens de dinheiro e denunciando a corrupção de costumes. Publica *A Murraça*, poesia.

1849 Publica *O Marquês de Torres Novas*, teatro.

1850 Conhece Ana Plácido e se apaixona por ela, que se casa com um comerciante rico por vontade paterna. Devido a uma crise de religiosidade, ingressa no Seminário do Porto, onde aperfeiçoa sua cultura de raiz eclesiástica.

1851 Publica *Anátema*, novela.

1852 Abandona o Seminário do Porto.

1854 Publica *Os Mistérios de Lisboa*, novela.

1855 Publica *Livro Negro do Padre Dinis*, novela.

1856 Publica *Onde Está a Felicidade?*, *Um Homem de Brios*, novelas.

1857 Publica *Duas Horas de Leitura*, teatro.

1858 Passa a viver com Ana Plácido, que abandona o marido. Publica *O que Fazem as Mulheres*, *Carlota Ângela*, novelas.

1860 Processados por crime de adultério, são presos no Porto.

1861 Camilo e Ana Plácido são julgados e absolvidos. Publica *Doze Casamentos Felizes*, *Romance de um Homem Rico*, novelas.

1862 Publica *Amor de Perdição*, *Coisas Espantosas*, *Coração, Cabeça e Estômago*, novelas, *Memórias do Cárcere*, memórias. Camilo e Ana Plácido mudam-se para Lisboa.

1863 Publica *Noites de Lamego*, teatro, *Aventuras de Basílio Fernandes Enxertado*, *A Filha do Doutor Negro*, *O Bem e o Mal*, *Agulha em Palheiro*, *Estrelas Propícias*, novelas.

1864 Camilo e Ana Plácido, viúva do ex-marido, passam a morar em São Miguel Seide. Trabalha incansavelmente para sustentar a mulher e os três filhos, um deles demente, apesar dos sofrimentos que a sífilis começa a lhe causar com a progressiva perda da visão até levá-lo à cegueira. Publica *Amor de Salvação*, novela.

1865 Publica *O Esqueleto, Luta de Gigantes, Memórias de Guilherme do Amaral, A Sereia*, novelas, *Esboços de Apreciações Literárias*, crítica.

1866 Publica *O Santo da Montanha, A Queda dum Anjo*, novelas, *O Judeu*, biografia romanceada.

1867 Publica *A Doida do Candal*, novela.

1868 Publica *O Senhor do Paço de Ninães, O Retrato de Ricardina*, novelas.

1869 Publica *Os Brilhantes do Brasileiro*, novela.

1872 Publica *Quatro Horas Inocentes*, teatro.

1873/1874 Publica *O Demônio do Ouro*, novela.

1874 Publica *O Regicida*, novela.

1875 Publica *A Filha do Regicida*, novela.

1875/1876 Publica *A Caveira do Mártir*, novela.

1875/1877 Publica *Novelas do Minho*, novelas.

1876 Publica *Curso de Literatura Portuguesa*, crítica e história literária.

1879 Publica *Os Críticos do "Cancioneiro Alegre"*, polêmica, *Eusébio Macário*, novela.

1880 Publica *A Corja*, novela.

1882 Publica *A Morgadinha de Val de Amores*, teatro, *Perfil do Marquês de Pombal*, história, *A Brasileira de Prazins*, novela.

1883 Publica *Questão da Sebenta*, polêmica.

1886 Publica *Vulcões de Lama*, novela.

1888 Publica *Nostalgias*, poesia.

1890 Publica *Nas Trevas*, poesia. Cansado, cego e muito doente, Camilo suicida-se em 1º de junho.

Índice

Introdução 11
Capítulo I 19
Capítulo II 23
Capítulo III 27
Capítulo IV 35
Capítulo V 46
Capítulo VI 50
Capítulo VII 55
Capítulo VIII 62
Capítulo IX 68
Capítulo X 75
Capítulo XI 88
Capítulo XII 97
Capítulo XIII 103
Capítulo XIV 109
Capítulo XV 117
Capítulo XVI 129
Capítulo XVII 136
Capítulo XVIII 141

Capítulo XIX 148
Capítulo XX 154
Conclusão 158
Perfil biográfico 165
Biografia em datas 167

138 • COMPLEMENTO DE LEITURA

COLEÇÃO A OBRA-PRIMA DE CADA AUTOR

A BRASILEIRA DE PRAZINS

Camilo Castelo Branco

TEXTO INTEGRAL

MARTIN CLARET

EDITORA MARTIN CLARET
R. Alegrete, 62 - Bairro Sumaré - São Paulo -SP
Cep: 01254-010 - Tel.: (11) 3672-8144 - Fax.: (11) 3673-7146
www.martinclaret.com.br

Nome _____

Série _____ Grau _____ Professor _____

Escola _____

Esclarecimentos:

Este instrumento de trabalho tem por principal objetivo explorar a leitura, trazendo ao leitor a oportunidade de refletir e de confrontar-se com o texto. Ao nos depararmos com uma obra literária, não podemos desconsiderar o universo contextual do autor e o tipo de reprodução que ele realiza. Passado e presente, estilos individuais, de época, conceitos e preconceitos, tudo deve ser confrontado e analisado para entrarmos em contato profundo com uma obra. Por mais que a arte queira sobreviver por si própria, ela se tornará vazia e sem sentido se não trouxer marcas de humanidade.

A Editora Martin Claret tem como lema "pensar é causar", e lhe convida a trilhar os horizontes pedagógicos que aí estão para fazê-lo "ser mais" e "causar" — e isso quer dizer, operar transformações pessoais e sociais.

Sobre o autor e a obra

Camilo Castelo Branco reconstituiu em suas obras o panorama dos costumes e dos caracteres de Portugal de seu tempo, quase sempre com uma profunda sintonia com as maneiras de ser e sentir do povo português. Daí a celebridade quase exclusivamente nacional, que deve à pureza do estilo de sua linguagem, capaz de abranger todas as situações de seu universo cultural.

O autor representou em seu país diversas tendências da literatura européia do século XIX, mas tanto por convicções estéticas como por temperamento foi sobretudo um autor romântico. Versátil, de produção copiosa e que contemplou o romance, o teatro e a crítica literária, realizou-se como romancista de feição gótica, às vezes irrefreavelmente sentimental.

Na vida viveu uma ardente paixão e muitas vezes agiu como seus personagens românticos — impulsivo e apaixonadamente. Camilo Castelo Branco é autor de grandes obras literárias como *Amor de Perdição*, *Amor de Salvação*, *A Queda de um Anjo* e *O Judeu*, entre muitas outras.

Sua vida pode ser confundida com suas histórias: amor intenso, abandono, dificuldades, glória e por fim uma angústia causada pela doença e iminente cegueira, fato que o levou ao suicídio.

A Editora Martin Claret traz para você, leitor, mais uma obra intrigante deste autor português. Boa leitura!

Reflexões

1. Como se caracterizam os sentimentos amorosos dos jovens na obra de Camilo Castelo Branco?

_____
_____
_____
_____
_____

2. Quais as características sociais presentes em sua obra? Como, por exemplo, o casamento e a posição da mulher na sociedade.

3. Faça uma pesquisa, orientado pelo professor de História, sobre o momento político de Portugal que é retratado nesta obra de Camilo Castelo Branco. Nesta época como estavam as relações entre Portugal e o Brasil?

4. Como era vista a demência, a loucura de Marta, pelos personagens da história de Camilo Castelo Branco?

_____
_____
_____
_____
_____
_____
_____
_____
_____
_____

5. Quais as características românticas que podemos encontrar na obra?

_____
_____
_____
_____
_____
_____
_____
_____
_____

6. "Negociara a filha com o Zeferino como tinha negociado com o Tarraxa a vaca amarela na feira dos 13." (p. 22.)

O casamento visto como um acordo de conveniências ou como um negócio foi comum na sociedade por muito tempo. Que culturas ainda mantêm esta prática de casamento como um acordo, um jogo de interesses em que cada um assume seu papel social, relegando a segundo plano o amor. Nestas sociedades a família é estruturada ou não? Discuta esta questão em grupo.

_____
_____
_____
_____
_____
_____
_____
_____
_____
_____

7. Histórias de amores proibidos e que acabam em tragédias sempre foram contadas nos palcos dos teatros famosos ou em páginas de romances inesquecíveis. Romeu e Julieta são os jovens mártires que refletem toda a dor e desespero dos amores proibidos. Estabeleça um paralelo entre o drama *Romeu e Julieta*, de William Shakespeare e *A Brasileira de Prazins*, de Camilo Castelo Branco.

_____
_____
_____
_____
_____
_____
_____
_____
_____
_____

8. " Passados minutos, o exorcista começou a conjurar e ligar o demônio em nome do Padre e do Filho e do Espírito Santo, tratando-o de *imundo*, afrontando-o bravamente com epítetos que deviam ofender o mais desbragado patife." (p. 156.)

Diante das crises de Marta, o padre lança mão do exorcismo. Que função teria estes rituais? Eram permitidos pela Igreja daquela época? Em que outras religiões o exorcismo é praticado?

___

9. A influência do padre se faz presente durante toda a narrativa. Qual era o acesso dos párocos nos assuntos familiares naquela época? Por que razão teriam tanta influência?

___

10. Afirmaram muitas vezes que Marta herdaria da mãe a insanidade e que não seria por isso um bom casamento. Seria a loucura de Marta uma doença hereditária ou um modo romântico de protestar contra seu destino, que lhe negou conviver com o homem a quem amara? Sua loucura seria um traço de romantismo? Justifique sua resposta com trechos da obra em questão. Bom trabalho.

___

Suporte pedagógico editorial:

CRISTINA SPECHOTO: spechoto@martinclaret.com.br

Relação dos Volumes Publicados

1. **Dom Casmurro**
   Machado de Assis
2. **O Príncipe**
   Maquiavel
3. **Mensagem**
   Fernando Pessoa
4. **O Lobo do Mar**
   Jack London
5. **A Arte da Prudência**
   Baltasar Gracián
6. **Iracema**
   José de Alencar
7. **Inocência**
   Visconde de Taunay
8. **A Mulher de 30 Anos**
   Honoré de Balzac
9. **A Moreninha**
   Joaquim Manuel de Macedo
10. **A Escrava Isaura**
    Bernardo Guimarães
11. **As Viagens - "Il Milione"**
    Marco Polo
12. **O Retrato de Dorian Gray**
    Oscar Wilde
13. **A Volta ao Mundo em 80 Dias**
    Júlio Verne
14. **A Carne**
    Júlio Ribeiro
15. **Amor de Perdição**
    Camilo Castelo Branco
16. **Sonetos**
    Luís de Camões
17. **O Guarani**
    José de Alencar
18. **Memórias Póstumas de Brás Cubas**
    Machado de Assis
19. **Lira dos Vinte Anos**
    Álvares de Azevedo
20. **Apologia de Sócrates**
    Platão
21. **A Metamorfose/Carta a Meu Pai/Um Artista da Fome**
    Franz Kafka
22. **Assim Falou Zaratustra**
    Friedrich Nietzsche
23. **Triste Fim de Policarpo Quaresma**
    Lima Barreto
24. **A Ilustre Casa de Ramires**
    Eça de Queirós
25. **Memórias de um Sargento de Milícias**
    Manuel Antônio de Almeida
26. **Robinson Crusoé**
    Daniel Defoe
27. **Espumas Flutuantes**
    Castro Alves
28. **O Ateneu**
    Raul Pompéia
29. **O Noviço**
    Martins Pena
30. **A Relíquia**
    Eça de Queirós
31. **O Jogador**
    Dostoiévski
32. **Histórias Extraordinárias**
    Edgar Allan Poe
33. **Os Lusíadas**
    Luís de Ccmões
34. **As Aventuras de Tom Sawyer**
    Mark Twain
35. **Bola de Sebo e Outros Contos**
    Guy de Maupassant
36. **A República**
    Platão
37. **Elogio da Loucura**
    Erasmo de Rotterdam
38. **Caninos Brancos**
    Jack London
39. **Hamlet**
    William Shakespeare
40. **A Utopia**
    Thomas More
41. **O Processo**
    Franz Kafka
42. **O Médico e o Monstro**
    Robert Louis Stevenson
43. **Ecce Homo**
    Friedrich Nietzsche
44. **O Manifesto Comunista**
    Marx e Engels
45. **Discurso do Método / Regras para a Direção do Espírito**
    René Descartes
46. **Do Contrato Social**
    Jean-Jacques Rousseau
47. **A Luta pelo Direito**
    Rudolf von Ihering
48. **Dos Delitos e das Penas**
    Cesare Beccaria
49. **A Ética Protestante e o Espírito do Capitalismo**
    Max Weber
50. **O Anticristo**
    Friedrich Nietzsche
51. **Os Sofrimentos do Jovem Werther**
    Goethe
52. **As Flores do Mal**
    Charles Baudelaire
53. **Ética a Nicômaco**
    Aristóteles
54. **A Arte da Guerra**
    Sun Tzu
55. **Imitação de Cristo**
    Tomás de Kempis
56. **Cândido ou o Otimismo**
    Voltaire
57. **Rei Lear**
    William Shakespeare
58. **Frankenstein**
    Mary Shelley
59. **Quincas Borba**
    Machado de Assis
60. **Fedro**
    Platão
61. **Política**
    Aristóteles
62. **A Viuvinha / Encarnação**
    José de Alencar
63. **As Regras do Método Sociológico**
    Émile Durkheim
64. **O Cão dos Baskervilles**
    Sir Arthur Conan Doyle
65. **Contos Escolhidos**
    Machado de Assis
66. **Da Morte / Metafísica do Amor / Do Sofrimento do Mundo**
    Arthur Schopenhauer
67. **As Minas do Rei Salomão**
    Henry Rider Haggard
68. **Manuscritos Econômico-Filosóficos**
    Karl Marx
69. **Um Estudo em Vermelho**
    Sir Arthur Conan Doyle
70. **Meditações**
    Marco Aurélio
71. **A Vida das Abelhas**
    Maurice Materlinck
72. **O Cortiço**
    Aluísio Azevedo
73. **Senhora**
    José de Alencar
74. **Brás, Bexiga e Barra Funda / Laranja da China**
    Antônio de Alcântara Machado
75. **Eugênia Grandet**
    Honoré de Balzac
76. **Contos Gauchescos**
    João Simões Lopes Neto
77. **Esaú e Jacó**
    Machado de Assis
78. **O Desespero Humano**
    Sören Kierkegaard
79. **Dos Deveres**
    Cícero
80. **Ciência e Política**
    Max Weber
81. **Satíricon**
    Petrônio
82. **Eu e Outras Poesias**
    Augusto dos Anjos
83. **Farsa de Inês Pereira / Auto da Barca do Inferno / Auto da Alma**
    Gil Vicente
84. **A Desobediência Civil e Outros Escritos**
    Henry David Toreau
85. **Para Além do Bem e do Mal**
    Friedrich Nietzsche
86. **A Ilha do Tesouro**
    R. Louis Stevenson
87. **Marília de Dirceu / Cartas Chilenas**
    Tomás A. Gonzaga
88. **As Aventuras de Pinóquio**
    Carlo Collodi
89. **Segundo Tratado Sobre o Governo**
    John Locke
90. **Amor de Salvação**
    Camilo Castelo Branco
91. **Broquéis/Faróis**
    Cruz e Souza
92. **I-Juca-Pirama / Os Timbiras / Outros Poemas**
    Gonçalves Dias
93. **Romeu e Julieta**
    William Shakespeare
94. **A Capital Federal**
    Arthur Azevedo
95. **Diário de um Sedutor**
    Sören Kierkegaard
96. **Carta de Pero Vaz Caminha a El-Rei Sobre o Achamento do Brasil**
97. **Casa de Pensão**
    Aluísio Azevedo
98. **Macbeth**
    William Shakespeare
99. **Édipo Rei/Antígona**
    Sófocles
100. **Lucíola**
     José de Alencar
101. **As Aventuras de Sherlock Holmes**
     Sir Arthur Conan Doyle
102. **Bom-Crioulo**
     Adolfo Caminha
103. **Helena**
     Machado de Assis
104. **Poemas Satíricos**
     Gregório de Matos
105. **Escritos Políticos / A Arte da Guerra**
     Maquiavel

106. **UBIRAJARA**
José de Alencar

107. **DIVA**
José de Alencar

108. **EURICO, O PRESBÍTERO**
Alexandre Herculano

109. **CONTOS**
Lima Barreto

110. **A LUNETA MÁGICA**
Joaquim Manuel de Macedo

111. **FUNDAMENTAÇÃO DA METAFÍSICA DOS COSTUMES**
Immanuel Kant

112. **O PRÍNCIPE E O MENDIGO**
Mark Twain

113. **O DOMÍNIO DE SI MESMO PELA AUTO-SUGESTÃO CONSCIENTE**
Émile Coué

114. **O MULATO**
Aluísio Azevedo

115. **SONETOS**
Florbela Espanca

116. **UMA ESTADIA NO INFERNO / POEMAS / CARTA DO VIDENTE**
Arthur Rimbaud

117. **VÁRIAS HISTÓRIAS**
Machado de Assis

118. **FÉDON**
Platão

119. **POESIAS**
Olavo Bilac

120. **A CONDUTA PARA A VIDA**
Ralph Waldo Emerson

121. **O LIVRO VERMELHO**
Mao Tsé-Tung

122. **ORAÇÃO AOS MOÇOS**
Rui Barbosa

123. **OTELO, O MOURO DE VENEZA**
William Shakespeare

124. **ENSAIOS**
Ralph Waldo Emerson

125. **DE PROFUNDIS / BALADA DO CÁRCERE DE READING**
Oscar Wilde

126. **CRÍTICA DA RAZÃO PRÁTICA**
Immanuel Kant

127. **A ARTE DE AMAR**
Ovídio Naso

128. **O TARTUFO OU O IMPOSTOR**
Molière

129. **METAMORFOSES**
Ovídio Naso

130. **A GAIA CIÊNCIA**
Friedrich Nietzsche

131. **O DOENTE IMAGINÁRIO**
Molière

132. **UMA LÁGRIMA DE MULHER**
Aluísio Azevedo

133. **O ÚLTIMO ADEUS DE SHERLOCK HOLMES**
Sir Arthur Conan Doyle

134. **CANUDOS - DIÁRIO DE UMA EXPEDIÇÃO**
Euclides da Cunha

135. **A DOUTRINA DE BUDA**
Siddharta Gautama

136. **TAO TE CHING**
Lao-Tsé

137. **DA MONARQUIA / VIDA NOVA**
Dante Alighieri

138. **A BRASILEIRA DE PRAZINS**
Camilo Castelo Branco

139. **O VELHO DA HORTA / QUEM TEM FARELOS?**
Gil Vicente

140. **O SEMINARISTA**
Bernardo Guimarães

141. **O ALIENISTA**
Machado de Assis

142. **SONETOS**
Manuel du Bocage

143. **O MANDARIM**
Eça de Queirós

144. **NOITE NA TAVERNA/MACÁRIO**
Alvares de Azevedo

145. **VIAGENS NA MINHA TERRA**
Almeida Garret

146. **SERMÕES ESCOLHIDOS**
Padre Antonio Vieira

147. **OS ESCRAVOS**
Castro Alves

148. **O DEMÔNIO FAMILIAR**
José de Alencar

149. **A MANDRÁGORA / BELFAGOR, O ARQUIDIABO**
Maquiavel

150. **O HOMEM**
Aluísio Azevedo

151. **ARTE POÉTICA**
Aristóteles

152. **A MEGERA DOMADA**
William Shakespeare

153. **ALCESTE/ELECTRA/HIPÓLITO**
Eurípedes

154. **O SERMÃO DA MONTANHA**
Huberto Rohden

155. **O CABELEIRA**
Franklin Távora

156. **RUBÁIYÁT**
Omar Khayyám

157. **LUZIA-HOMEM**
Domingos Olímpio

158. **A CIDADE E AS SERRAS**
Eça de Queirós

159. **A RETIRADA DA LAGUNA**
Visconde de Taunay

160. **A VIAGEM AO CENTRO DA TERRA**
Júlio Verne

161. **CARAMURU**
Frei Santa Rita Durão

162. **CLARA DOS ANJOS**
Lima Barreto

163. **MEMORIAL DE AIRES**
Machado de Assis

164. **BHAGAVAD GITA**
Krishna

165. **O PROFETA**
Khalil Gibran

166. **AFORISMOS**
Hipócrates

167. **KAMA SUTRA**
Vatsyayana

168. **O LIVRO DA JÂNGAL**
Rudyard Kipling

169. **DE ALMA PARA ALMA**
Huberto Rohden

170. **ORAÇÕES**
Cícero

171. **SABEDORIA DAS PARÁBOLAS**
Huberto Rohden

172. **SALOMÉ**
Oscar Wilde

173. **DO CIDADÃO**
Thomas Hobbes

174. **PORQUE SOFREMOS**
Huberto Rohden

175. **EINSTEIN: O ENIGMA DO UNIVERSO**
Huberto Rohden

176. **A MENSAGEM VIVA DO CRISTO**
Huberto Rohden

177. **MAHATMA GANDHI**
Huberto Rohden

178. **A CIDADE DO SOL**
Tommaso Campanella

179. **SETAS PARA O INFINITO**
Huberto Rohden

180. **A VOZ DO SILÊNCIO**
Helena Blavatsky

181. **FREI LUÍS DE SOUSA**
Almeida Garrett

182. **FÁBULAS**
Esopo

183. **CÂNTICO DE NATAL/ OS CARRILHÕES**
Charles Dickens

184. **CONTOS**
Eça de Queirós

185. **O PAI GORIOT**
Honoré de Balzac

186. **NOITES BRANCAS E OUTRAS HISTÓRIAS**
Dostoiévski

187. **MINHA FORMAÇÃO**
Joaquim Nabuco

188. **PRAGMATISMO**
William James

189. **DISCURSOS FORENSES**
Enrico Ferri

190. **MEDÉIA**
Eurípedes

191. **DISCURSOS DE ACUSAÇÃO**
Enrico Ferri

192. **A IDEOLOGIA ALEMÃ**
Marx & Engels

193. **PROMETEU ACORRENTADO**
Esquilo

194. **IAIÁ GARCIA**
Machado de Assis

195. **DISCURSOS NO INSTITUTO DOS ADVOGADOS BRASILEIROS**
Rui Barbosa

196. **ÉDIPO EM COLONO**
Sófocles

197. **A ARTE DE CURAR PELO ESPÍRITO**
Joel S. Goldsmith

198. **JESUS, O FILHO DO HOMEM**
Khalil Gibran

199. **DISCURSO SOBRE A ORIGEM E OS FUNDAMENTOS DA DESIGUALDADE ENTRE OS HOMENS**
Jean-Jacques Rousseau

200. **FÁBULAS**
La Fontaine

201. **O SONHO DE UMA NOITE DE VERÃO**
William Shakespeare

202. **MAQUIAVEL, O PODER**
José Nivaldo Junior

SÉRIE OURO
(Livros com mais de 400 p.)

1. **LEVIATÃ**
Thomas Hobbes

2. **A CIDADE ANTIGA**
Fustel de Coulanges

3. **CRÍTICA DA RAZÃO PURA**
Immanuel Kant

4. **CONFISSÕES**
Santo Agostinho

5. **OS SERTÕES**
Euclides da Cunha

6. **DICIONÁRIO FILOSÓFICO**
Voltaire

7. **A DIVINA COMÉDIA**
Dante Alighieri

8. **ÉTICA**
Baruch de Spinoza

9. **DO ESPÍRITO DAS LEIS**
Montesquieu

10. **O PRIMO BASÍLIO**
Eça de Queirós

11. **O CRIME DO PADRE AMARO**
Eça de Queirós

12. **CRIME E CASTIGO**
Dostoiévski

13. **Fausto**
    Goethe
14. **O Suicídio**
    Émile Durkheim
15. **Odisséia**
    Homero
16. **Paraíso Perdido**
    John Milton
17. **Drácula**
    Bram Stocker
18. **Ilíada**
    Homero
19. **As Aventuras de Huckleberry Finn**
    Mark Twain
20. **Paulo – O 13º Apóstolo**
    Ernest Renan
21. **Eneida**
    Virgílio
22. **Pensamentos**
    Blaise Pascal
23. **A Origem das Espécies**
    Charles Darwin
24. **Vida de Jesus**
    Ernest Renan
25. **Moby Dick**
    Herman Melville
26. **Os Irmãos Karamazov**
    Dostoiévski
27. **O Morro dos Ventos Uivantes**
    Emily Brontë
28. **Vinte Mil Léguas Submarinas**
    Júlio Verne
29. **Madame Bovary**
    Gustave Flaubert
30. **O Vermelho e o Negro**
    Stendhal
31. **Os Trabalhadores do Mar**
    Victor Hugo
32. **A Vida dos Doze Césares**
    Suetônio
33. **Grandes Esperanças**
    Charles Dickens
34. **O Idiota**
    Dostoiévski
35. **Paulo de Tarso**
    Huberto Rohden
36. **O Peregrino**
    John Bunyan